クリスティー文庫
49

親指のうずき

アガサ・クリスティー
深町眞理子訳

5481

BY THE PRICKING OF MY THUMBS

by

Agatha Christie

Translated by

Mariko Fukamachi

Published 2022 in Japan by

HAYAKAWA PUBLISHING, INC.

This book is published in Japan by

arrangement with

AGATHA CHRISTIE LIMITED

through TIMO ASSOCIATES, INC.

この本を、世界各国から私にお手紙をくださり、「トミーとタペンスはその後どうなりましたか？いまなにをしていますか？」そう問いあわせてこられた大勢の読者の皆様にささげます。

このとおり、トミーもタペンスもだいぶ年をとりましたが、ふたりの敢闘精神はいささかも衰えておりません。皆様、どうかよろしく。そしてこのふたりとの再会を楽しんでくださいますように。

――アガサ・クリスティー

なんだか親指がずきずきするよ、
やってくるんだ、邪悪なものが。
——マクベス

目次

第三部　失踪——主婦

第四部　教会があって塔がある、扉をあければひとがいる

親指のうずき

登場人物

タペンス・ベレズフォード……………主人公
トミー・ベレズフォード………………タペンスの夫
エイダ・ファンショー…………………トミーの叔母
ミス・パッカード………………………〈サニー・リッジ〉の園長
ランカスター夫人………………………〈サニー・リッジ〉の入居者
エイモス・ペリー………………………〈運河の家〉の住人
アリス・ペリー…………………………エイモスの妻
フィリップ・スターク…………………大地主
ネリー・ブライ…………………………町の活動家
ジェームズ・エクルズ…………………弁護士
エマ・ボスコワン………………………彫刻家
アルバート………………………………ベレズフォード家の召使い
アイヴァー・スミス……………………トミーの旧友

第一部　サニー・リッジ

1　エイダ叔母さん

　ベレズフォード氏夫妻は、朝食のテーブルに向かっていた。どう見ても、ごくありふれた夫婦だった。いまこの瞬間にも、イギリスじゅうでほかにも何万という似たような中年夫婦が、朝食の席についているだろう。この日はまた、ごくありふれた日でもあり、七日のうち五日はこんな日がめぐってくる、といったたぐいの日だ。どうやら一雨きそうな気配だが、先のことはだれにもわからない。

　ベレズフォード氏は、かつては赤毛だった。いまでもわずかに赤毛の痕跡は残っているが、大半は色褪せて、赤毛の主が中年になると往々にしてそうなるように、砂色がかった灰色の髪をしている。いっぽうベレズフォード夫人は、かつては勢いよくカールした黒いもじゃもじゃ髪の主だったが、いまその髪には、どうやら勝手気ままに散らばっているとしか見えない灰色の線条がまじっていて、むしろこれがいい感じになっている。一度は髪を染めることを考えたベレズフォード夫人だったが、結局は自然のままにまかせたほうがいいと判断した。かわりにいまでは、くすんだ感じをひきたてるために、前よりは明るい色調の口紅を用いるように心がけている。

仲よく朝食をとっている初老の夫婦。感じのいい夫婦だが、とくにめだったところはなにもない——傍観者ならそう言ったことだろう。さらに、その傍観者が若ければ、たぶんこうつけくわえてもいたはずだ。「いかにも、感じは悪くないが、それでも、世の老人の例に漏れず、死ぬほど退屈な存在であることは言うまでもない」と。

とはいえ、ベレズフォード氏夫妻はまだいまのところ、自分たちを老人と考えるほどの域には達していなかった。当然、自分たちや他の同年配のひとびとが、もっぱら高年であるというだけの理由から、死ぬほど退屈な存在と機械的に決めつけられるとは、思ってみたこともない。もとより、そう決めつけるのは若いものだけだが、その場合も、若いものは人生の機微についてなにも知らないのだから、と寛大に考えてやることにしている。かわいそうに、若いものときたら、年じゅう試験のことやら性生活のことで頭を悩まし、自分をちょっとでもよくめだたせるために、しょっちゅうとっぴな服を買いこんだり、とっぴな髪形にしてみたりしている。ベレズフォード夫妻は、本人たちの観点から見れば、人生の盛りをわずかに過ぎたばかりのところだ。ふたりとも、自分たち自身を好み、おたがい同士を好み、そうして毎日は平穏に、心楽しく過ぎてゆく。

といっても、むろん、問題がないわけではない。問題はだれにだってある。ベレズフォード氏はいま、一通の手紙を開封し、目を通して、それを左側の小さな山にのせたところだった。つづいて、つぎの手紙をとりあげたが、それを開封しようとはせず、しばらく手に持ったままでいた。彼の目は、その手紙を見てはいなかった。見ているのはトースターだった。ちょっとのあいだ、夫のようすを見まもっていてから、彼の妻は口を切った——

「どうかしたの、トミー？」

「どうかした？」トミーは漠然と言った。「どうかした？」

「それはわたしの言ったことよ」と、ベレズフォード夫人。

「どうもしやしないさ」ベレズフォード氏は言った。「どうかするわけでもあるのかい？」

「なにか考え事をしてたじゃない」とがめるようにタペンスは言った。

「いや、なにも考え事なんかしてたつもりはないけどね」

「いいえ、してたわ。なにかあったの？」

「配管工事屋から請求書がきたんだ」

「いや、なんにも」そう答えてから、彼はつけくわえた。「予想よりも高かったのね。そうでしょ?」

「ああ」なるほどといった面持ちでタペンスは言った。「予想よりも高かったのね。そうでしょ?」

「もちろんさ」と、トミー。「いつだってそうなんだ」

「どうしてわたしたち、配管工事を習っておかなかったのかしら。あなたに配管工の技術があれば、わたしが助手になって、ふたりで毎日ばんばんお金を稼いでたところなのに」

「きわめて近視眼的だったってわけだ——その機会に気づかなかったとは」

「いま見てたのは、その配管工事屋の請求書なの?」

「いや、そうじゃない。ただの〝アピール〟ってやつだよ」

「非行少年問題の? 人種差別反対の?」

「どっちでもない。またぞろべつの老人ホームから、寄付をお願いしたいと言ってきたのさ」

「あら、そうなの、それならまだ話がわかるけど。でもね、合点がいかないのは、なぜあなたがそれを読んで、そんなに浮かない顔をしなけりゃならないのか、ってことよ」

「なに、ぼくはそのことを考えてたんじゃないのさ」

「じゃあ、なにを考えてたの？」

「たぶんこれから連想したんだろうな」

「だから、なにを？　結局はなにもかも話さなくちゃならなくなるのよ。わかってるでしょうに」

「なにもそんなに重大視するほどのことじゃないんだ。ただね、ことによると——いや、その、エイダ叔母さんのことなんだけど」

「ははあ、なるほどね」即座にタペンスは、これで疑問が氷解したといった顔つきになった。それから、そっと、物思わしげにつけくわえた。「そうだったの。エイダ叔母さんねえ」

　ふたりの目がかちあった。当節、ほとんどの家庭に、この〝エイダ叔母さん〟なる問題が存在しているのは、残念なことに事実である。名前はそれぞれのケースによって異なる——アミーリア伯母さん、スーザン叔母さん、キャシー叔母さん、ジョーン伯母さん。伯母さんでなくて、お祖母さんであることもあれば、高齢の従姉妹とか、場合によっては大伯母さんのこともある。だが、いずれにしても彼女らは存在し、そして各人の人生にたいし、処理せねばならない問題をつきつけてくる。なんらかの手を打つことがもとめられるのだ。老人を預かってもらえる施設を探さねばならず、それらについてありとあらゆる調査がなされなければならない。かかりつけの医師とか友人などからも、推薦がもとめられる――かつて〝ベックスヒルの〈月桂樹荘《ローレル》〉〟とか、〝スカーバラの〈幸福牧場《ハッピー・メドウズ》〉〟とかいった施設で大往生を遂げるまで、しあわせな老後を送った彼ら自身の〝エイダ叔母さん〟を持つ友人たちから。

いまや時代は変わった。エリザベス伯母さんとか、エイダ叔母さんとかいった老婦人たちが、長年住み慣れたわが家で、時にちと専制的になることはあっても忠実そのものの老召使いにかしずかれて、安楽な晩年を過ごせるといった時代は過ぎた。かつては、かしずく側もかしずかれる側も、こうした取り決めに満足していた。また召使いでなければ、数えきれないほどの貧しい親族とか、生活に困窮している姪とか、知能に多少問題のある独身の従姉妹など、いずれも、三食つきの満足な家庭と、寝心地のいい寝室とを切望している女たちがいて、需要と供給の釣り合いはおのずから保たれ、すべては円満におさまっていた。こうした事情は、今日ではまったく異なってきている。

今日のエイダ叔母さんたちのためには、いろいろと適切な手配がなされねばならない。しかもこれは、たんに関節炎や他のリューマチ性疾患のため、ひとりにしておくと階段から転落するおそれがあるとか、慢性の気管支炎をわずらっているとか、あるいは、隣人といさかいを起こしたり、出入り商人を侮辱したりする癖があるとか、そういった老婦人のためにだけ、すればいいのではない。

あいにく、これらのエイダ叔母さんたちは、年齢という天秤の反対側の皿にのっているものより、はるかに扱いにくい。相手が子供なら、里親に預けるとか、身内のだれかに押しつけるとか、休暇ちゅうでも寮に置いてくれる好都合な寄宿学校に入れるとか、いくらでも方法があるし、またそうでなくても、ポニーで遠乗りに出かけたり、キャンプに行ったり、気晴らしの種には事欠かぬうえ、概して、そうした手配の対象になった本人たちから、それについて苦情が出ることはめったにない。ところが、エイダ叔母さんたちは大ちがい。タペンス・ベレズフォード自身の伯母――プリムローズ大伯母さん――など、その最たるもので、名だたるトラブルメーカー。この伯母さんを満足させることはまず不可能である。どこであれ、伯母さんが老婦人のために快適な家庭とあらゆる安楽を提供すると保証された施設にはいり、その施設について、きわめて満足げな手紙を姪に書き送ってきたかと思うまもなく、つぎに聞かされるのは、伯母さんがなんの予告もなく、憤然とそこをとびだしたという知らせなのだ。

「ごめんこうむります。もうあんなところには一分だっていられません！」

およそ一年たらずのあいだに、プリムローズ伯母さんは十一カ所ものこうした施設を出たりはいったりしたあげくに、どういういきさつからか、ある非常に魅力的な青年にめぐりあったと書いてきた。

「じつに献身的な青年なのです。幼いころに母親を失い、母の愛情にひどく飢えているようです。わたしがフラットをひとつ借りましたので、彼もそこへきていっしょに住むことになりました。わたしたちは天性、相性がいいのです。ですからねプルーデンス、これ以上わたしの身を気づかってくれるには及びませんよ。わたしの将来は動かぬものになりました。あす、弁護士に会うつもりです。万一わたしがマーヴィンよりも先にあの世へ行ったような場合、彼のために多少の遺贈分を設けておくことが必要ですから。わたしが彼よりも先に死ぬというのは、もとより世の自然の成り行きですが、目下のところ、すこぶる良好な健康状態にあるということは保証します」

タペンスはとりいそぎ北へと向かった(この一件が起きたのは、アバディーンでのことだったのだ)。だが着いてみると、そこへは警察のほうが先着していて、かねてから警察が行方を追っていた魅力的な青年マーヴィンは、欺罔《ぎもう》による財産詐取のかどで連行されたあとだった。プリムローズ伯母さんは痛憤やるかたなく、これは自分にたいする迫害だといきまいたが、何度か法廷に出たあとでは(裁判の場には、ほかに二十五件もの同様の事件が持ちだされた)、しぶしぶ被後見人にたいする意見を改めざるを得なくなったのだった。

いま、トミーが言った。「ぼくはね、近いうちにちょっと出かけて、エイダ叔母さんを見舞ってくるべきだと思うんだ。前回からは、もうだいぶになるからね」

「そうのようね」タペンスは気のない返事をした。「どのくらいになるかしら」

トミーは考えた。「かれこれ一年近くになるはずだ」

「あら、それ以上よ。一年以上になると思うわ」

「やれやれ、時のたつのは早いものじゃないか。もうそんなになるなんて、信じられないよ。だけど、きみがそう言うんなら、そうなんだろうな」トミーはうなずいた。「まったく、人間、忘れっぽいのにはあきれるね。ぼくとしても、すこぶる寝ざめがよくない心地だよ」

「そんなに気にすることはないと思うわ」と、タペンス。「なんてったって、いろんなものを送ってあげたり、たびたび手紙だって出してるんですもの」

「うん、まあ、そりゃわかってるんだ。そういう点、きみはじつによくやってくれてるよ、タペンス。とはいうものだ、ときとしてえらく気にかかる話を読まされたりするものでね」

「図書館から借りてきた、あの忌まわしい本のことを言ってるのね。たしかにあれはひどい話だわ。気の毒にあのお年寄りたち、どんなにつらい思いをしたことか」

「あれは実際にあった話らしい——実話に取材してるんだよ」

「ええ、そうね」タペンスは相槌を打った。「ああいう場所って、たしかにあるんだと思うわ。それに、ああいったひどく不幸なひとたち——不幸になるしかないみたいなひとたち——そういうひとたちがいることも事実よ。でも、だからといって、ほかになにができるっていうの？」

「だれにでもできるようなことをやるだけさ——ただし、できるだけ慎重に。なにか決めるにしても、入念な心配りをして、それについて徹底的に調べあげる。医者だって、なるべくいい医者にかかれるようにとりはからう。それしかないね」

「マレー先生よりいいお医者様なんて、ほかにはいやしないわ。それだけは確かよ」

「うん」トミーは言った。徐々にその面から懸念の色が薄れていった。「たしかにマレーは第一級の医者だよ。思いやりがあって、辛抱づよくて。万一なにかまずいことでもあれば、すぐに彼が知らせてくれるだろう」

「だから、そのことで気をもむことはないと言ってるのよ」タペンスは言った。「ところで、叔母さんはいくつになったんでしたっけ」

「八十二だ。いや――そうじゃない、たしか八十三だと思う」それからトミーはつけくわえた。「それにしても、周囲のだれよりも長生きするってこと、これはどっちかというといやなものだろうな」

「それはわたしたちの勝手な思惑よ。ご本人たちはけっしてそうは思っていないわ」

「どうしてそう言いきれるんだ？」

「とにかく、あなたのエイダ叔母さんはそうは思っていないはずよ。だって、覚えていない？――自分よりも先に亡くなった旧友のだれかれを数えあげるときの、あの叔母さんのまるでほくそえんでるみたいな顔。おまけに、締めくくりにはきまってこう言うの――『それから、エイミー・モーガンだけど、あのひともうわさではもう長くないらしい。半年も保《も》たないだろうってことだよ。いつでもあたしのことを、あんたは蒲柳《ほりゅう》の質だから、なんて言ってたものだけど、それがどうだい、このとおり、いまじゃあたしのほうが長生きするのは確実になっちまった。それも、たっぷり何年も差をつけてね』って。〝意気揚々と〟っていうのが、そういうときの叔母さんを表現するのにぴったり」

「とはいうものの――」トミーは言いかけた。

「わかってるわよ」タペンスは言った。「ちゃんとわかってますって。とはいうものの、あなたはそれを自分の義務だと感じる。だから行かなきゃならない。そう言うんでしょ？」

「それがひとの道として正しいとは思わないか？」

「あいにくね、まさにそのとおりだと思うわ。完全にあなたの言うとおりよ」タペンスは言い、それからこうつけくわえたが、その口調には、わずかに果敢な犠牲的精神らしきものがうかがえた。「となれば、わたしもいっしょに行かなくちゃ」

「おいおい、そりゃだめだよ」トミーは言った。「なぜきみまでくる必要がある？　彼女はきみの叔母さんじゃないんだから。ぼくひとりで行ってくるさ」

「いいえ、とんでもない」と、タペンス。「わたしもおなじ苦難を忍びたいわ。夫婦ですもの、ともに苦しむべきよ。あなたにだって、その訪問が楽しいはずはないし、わたしにとっても同様。エイダ叔母さん自身ですら、一瞬たりともそれを楽しむとは思えない。でもね、それは人間としてどうしてもやらなきゃならない義務のひとつなの」

「いや、きみがくるのには反対だな。なんてったって叔母さんには、この前の訪問のとき、きみにあれほど失敬《しっけい》な態度をとった前科があるんだから。覚えてないかい？」

「あら、あのことならもうなんとも思ってやしないわよ。もしかしたら、あのときだけだったかもしれないんだから——わたしたちの訪問をあのお年寄りが楽しんでくれたのは。そんなことで恨んだりはしてませんって、これっぽっちも」

「きみはいつだってあの叔母さんにやさしいんだな。叔母さんのことがあまり好きでもないのに」

「あのエイダ叔母さんを好きになるなんて、だれにだって無理よ。はっきり言って、だれかに好かれたことが、かつて一度でもあったとすら思えない」

「人間、相手が年とってくると、どんなに嫌ってても、だんだんかわいそうになるものじゃないのかね」

「わたしは、ならないわ。あいにくあなたほどお人好しじゃございませんのでね」

「女だからこそ、よけい冷酷になれるとも言える」

「たしかにそれは言えてるかも。なにしろ女は忙しすぎて、物事にたいして現実的になるよりほかにないから。つまりね、お年寄りとか病人とか、そういうひとたちを気の毒に思うことは思うの――もしもその相手がいいひとなら。でも、いいひとでなければ、そう、話はべつよ。それは認めなくちゃ。もしもはたちのときにいやなひとで、四十になってもやっぱりいやなひとで、六十になったらますます意地悪になって、八十になったらもう完全に手に負えなくなる、そういうひとだったら――ええ、そうね、そのひとが年寄りだというだけで、どうしてとくに気の毒に思わなくちゃならないのかわからない。じっさい、年をとったからって、人間、持って生まれた性格は、そう変わるものじゃないんだから。そりゃね、七十、八十になって、すごくかわいらしいひとだって、いることはいるわよ。たとえば、ビーチャム家の老夫人とか、メアリー・カーとか、パン屋のおばあさんとか、以前うちにお掃除にきてくれてたミセス・ポプレットとか。みんな思いやりがあって親切なひとだし、わたしだってこのひとたちのためなら、なんでもしてあげようって気になるんだけど」

「わかったわかった」トミーは言った。「せいぜい現実的になりたまえ。しかしね、もしもきみがほんとうに気高い心根から、ぼくといっしょにきたいと――」

「いっしょに行きたいのよ、わたしは」と、タペンス。「なんてったって、苦しいときも楽しいときもあなたにしたがう、そう誓って結婚したんですもの。そしてエイダ叔母さんは、まさしくその〝苦しいとき〟なの。だからどこまでもあなたについてくわ。それからね、行くんなら花束と、中身のやわらかいチョコレートと、できたら雑誌も一、二冊、持っていきましょう。あなた、例のミスなんとやらに手紙を書いて、わたしたちが行くことを知らせてあげてくれる？」

「来週のいつかじゃどうだろう。火曜なら都合がつくけど。きみのほうさえよければ」

「火曜日ね、いいわ」タペンスは言った。「ときに、なんて名前でしたっけ。思いだせないの――あの寮母だか管理人だか園長だか知らないけど、あの女性。たしかPで始まる名だったと思うけど」

「ミス・パッカードかい？」

「ええ、それそれ」

「もしかしたら、今度はちがうかもしれんぜ」トミーは言った。

「ちがうって？　なにが？　どんなふうに？」

「そう訊かれても困るがね。なにかおもしろいことが起きるかもしれんってことさ」

「もしかすると、途中で列車事故にでも遭遇したりして」タペンスがいくらか目を輝かせて言う。

「なんでまた、列車事故なんかに遭遇したいのさ」

「あら、もちろん事故にあいたくなんかないわよ。ただ——」

「ただ？」

「なんていうか、そうなったらちょっとした冒険ができるかもしれないっていうだけ。たとえば、だれかの命を救うとか、なにかお役に立つようなことができるかもしれない。お役に立って、同時にわくわくさせられるようなことが」

「やれやれ、なんてだいそれた望みなんだ！」ベレズフォード氏は嘆息した。

「わかってるわ」タペンスはうなずいた。「ただね、ひとにはときとしてそういう考えが浮かぶこともあるってこと」

2　あなたのお子さん？

〈日《サ》の《ニ》あ《ー》た《・》る《リ》尾《ッ》根《ジ》園〉――この施設がどうしてこういう名を得るにいたったか、その点はつまびらかでない。周辺には、とくに尾根らしきものも見あたらないし、土地はあくまでも平坦――もっともこのほうが、高齢の入居者には好都合であるのは確かだが。園には、とりたててぱっとしたところはないが、広さだけはじゅうぶんな庭園があり、建物は、手入れのゆきとどいた、かなり大きなヴィクトリア朝ふうの邸宅。そこここに心地のよい緑陰がひろがり、アメリカ蔦《つた》が建物の壁を這い、二本のチリ松が異国ふうの趣を添えている。日向《ひなた》ぼっこに好適の位置を選んで、いくつかのベンチが配され、ほかにも一、二脚のガーデンチェアや、囲いのあるベランダがあって、老婦人たちが東からの風にさらされずに憩うことができる。

トミーが入り口の呼び鈴を鳴らし、まもなく彼とタペンスとは、ナイロンの上っ張りを着た、どこかそわそわした若い娘に迎えられて、なかに通された。娘はふたりを小さな居間に案内しながら、こころもち息をはずませて言った。「いまミス・パッカードを呼んでまいります。おいでをお待ちしていましたから、すぐに降りてまいりますわ。すこしお待ちいただけますわね？　じつは、またキャラウェイ夫人ですの。いつもそうなんですけど、きょうはまた指ぬきを飲んでしまって」

「まあ。どうしてそんなことをなさるのかしら」タペンスが目を丸くして言った。「いつだってそうなんですよ」

「おもしろがって、なさるんです」付き添い婦は簡潔に説明した。

彼女が出てゆくと、タペンスは腰をおろし、思案げに言った。「指ぬきなんて、わたしなら飲みたいとは思わないけど。食道を落ちてゆくとき、ずいぶんごろごろするでしょうに。そう思わない？」

それでも、思ったほど長く待たされることもなく、ドアがあいて、ミス・パッカードが言い訳しいしいはいってきた。年のころは五十がらみ、大柄な、砂色の髪をした女性で、トミーのつねに賛嘆してやまない、落ち着いた、有能そうな雰囲気を身辺にただよわせている。

「お待たせしてすみません、ベレズフォードさん」ミス・パッカードは言った。「ご機嫌いかがですか、奥さん。遠いところをよくいらしてくださいました」

「どなたかがなにかを飲みこまれたとか聞きましたが」トミーが言った。

「あら、じゃあマーリーンがお話ししたんですのね？　そうなんですの、キャラウェイ夫人なんですのよ。しょっちゅういろんなものを飲みこむ癖がおありになりまして。困りものですわ。わたくしどもも、たえず見張ってるというわけにはまいりませんし。子供がよくこれをやるのは知られてますけど、お年寄りがなさるなんて、趣味にしてもずいぶん変わってますでしょう？　しかもだんだんひどくなっていくんです。毎年その癖が高じてゆきますの。もっとも、とくになにかの害があるわけでもなさそうなので、それが不幸ちゅうのさいわいですけど」

「ひょっとすると、おとうさんが剣飲みの曲芸師だったとか」タペンスが言った。

「まあ、奥さんたら、ずいぶんおもしろいことをおっしゃる。でも、案外それがあたってたりして」それからミス・パッカードは言葉をつづけて、「ベレズフォードさん、お越しになることは、ミス・ファンショーにも申しあげておきましたわ。はっきりそれがわかってらっしゃるのかどうか、その点はなんとも言えませんけど。いつもそうなんですの、ご存じでしょうが」

「近ごろはどんなようすです？」

「そうですわね、申しあげにくいんですけど、衰えが急激に進んでるというところでしょうか」ミス・パッカードは落ち着いた声音で言った。「物事をどこまで理解され、どこまで理解されていないか、確かなところはだれにもわかりません。ゆうべも、甥御さんがお見えになりますよとお伝えしましたところ、いまはまだ学期ちゅうだから、それはわたくしの勘ちがいに決まってるとおっしゃいますの。あなたのこと、どうやらまだ小学生だと思っておいでみたいで。お年寄りって、ときどきそんなふうに頭のなかがごっちゃになるんです。とりわけ、時の経過の点で。ところがどうでしょう、けさになってもう一度、ご訪問のことで念を押しましたら、今度は、そんなことはありえない、あなたはとっくにお亡くなりになってるんだから、そうおっしゃいますの。でもまあいずれにしろ——」と、ミス・パッカードは快活に言葉をつづけて、「——実際にご対面になれば、きっと思いだされますわ」

「健康状態はどうなんです。相変わらずですか？」

「そうですね、まずまず予想どおりというところでしょうか。率直に申しあげて、今後それほど長くここでお過ごしになれるとは思えません。いえ、どんな意味ででも、苦痛がおありになるというわけじゃありませんけど、心臓の状態がね、相変わらずでして。どちらかというと、むしろ前より悪化しております。ですから、お二方にも、おいおい心の準備をしておいていただいたほうがよいかと。万一、急にいけなくなったような場合にも、心の準備さえあれば、ショックが軽くてすみますから」

「お花をすこし持ってきましたわ」タペンスが言った。

「それとチョコレートも」と、トミー。

「まあまあ、それはご親切に。きっとお喜びになりますわ。では、そろそろお部屋へまいりましょうか」

トミーとタペンスは立ちあがり、ミス・パッカードのあとから部屋を出た。彼女は先に立って広い階段をあがっていった。二階の廊下に面した、とある部屋の前を通りかかったときだった。とつぜんその部屋のドアがひらいて、身の丈五フィートそこそこの小柄な老女が、なにやらかんだかい声で叫びながら走りでてきた。「ココアをくださいな。あたしのココアがまだですよ。ジョーン看護婦さんはどこへ行ったの？ ココアをくださいな」

隣りの部屋から、看護婦の制服を着た女がとびだしてきた。「はいはい、ここですよ、どこにも行きやしません。ココアでしたら、もう召しあがりましたわ。二十分前にさしあげたばかりですよ」

「いいえ、まだですよ、看護婦さん。なにかのまちがいでしょ。ほんとにまだいただいてないんですから。ああ、ああ、喉が渇いた」

「やれやれ、困ったこと。じゃあもう一杯さしあげましょうね、そんなにおっしゃるなら」

「まだ一杯もいただいてないのに、どうしてもう一杯いただくなんてことができるんですか？」

三人はそこを通り過ぎ、やがてミス・パッカードが廊下のはずれのドアを軽くノックすると、ドアをあけて、なかにはいった。

「さあ、おいでになりましたよ、ミス・ファンショー」と、快活に言う。「お待ちかねの甥御さんのご面会です。よかったですわね」

窓に近いベッドで、高く積み重ねた枕にもたれていた老婦人が、いきなり半身を起こした。髪は鉄灰色、顔は痩せて皺《しわ》ぶかく、鼻は大きく、鼻梁が高く、そして全体にただようどこか非難がましい雰囲気。トミーは進みでた。

「やあ、エイダ叔母さん。お元気ですか？」

エイダ叔母さんは彼には目もくれず、腹だたしげにミス・パッカードに向きなおった。

「いったいどういうつもりなんです、淑女の寝室に殿方をお通しするなんて。あたしの若いころだったら、きっと顰蹙《ひんしゅく》を買ったはずですよ！　しかも言うことがいい、こんな男があたしの甥だなんて！　いったい何者です、これは！　配管工か電気の工事屋でしょう？」

「さあさあ、ミス・ファンショー。それはちょっと言いすぎですよ」ミス・パッカードは穏やかに言う。

「お忘れですか？　あなたの甥のトマス・ベレズフォードですよ」そう言って、トミーはチョコレートの箱をさしだした。「ほら、チョコレートを持ってきました」

「そんなものであたしを籠絡《ろうらく》しようったって、そうはいくものか。あんたのような男の魂胆なんて、ちゃんと読めてるんだから。まあいいさ、なんとでも好きなことを言うがいい。そこの女はだれだい？」叔母さんは不機嫌な目でじろじろとベレズフォード夫人をながめた。

「わたし、プルーデンスです」ベレズフォード夫人は言った。「あなたの姪のプルーデンスですわ」

「ま、なんてへんてこな名だろう（プルーデンスは用心とか思慮分別の意）。まるで小間使いみたいな名前じゃないか。むかし、うちのマシュー大伯父さんのところに、〝慰め《カムフォト》〟っていう小間使いと、〝神を愛する歓び《リジョイス・イン・ザ・ロード》〟って名のメイドがいたけどね。メソジストだった、そのメイドは。だけどさすがにファニー大伯母さんが、それをやめさせたよ。わたしのところに奉公してるかぎり、おまえをレベッカと呼ぶと申しわたしたのさ」

「叔母様に薔薇を持ってまいりましたわ」タペンスが言った。

「病室にお花はいらないよ。酸素をみんな吸っちまうからね」

「あとで花瓶にさしてあげましょうね」と、ミス・パッカード。

「いいったら、そんなことしなくたって。もういいかげんにわかってるはずですよ、あたしがいったんこうと言いだしたら、ぜったいにあとへはひかないってことは」

「どうやらお元気そうですね」と、ベレズフォード氏。「敢然と病気と取り組んでるってところですか」

「ふん、おまえの肚《はら》の底ぐらいちゃんと読めてるんだから。いったいどういうつもりなんだい、あたしの甥だなんて言いだして。名前はなんてったっけ？　トマス？」

「ええ。トマスまたはトミーです」

「聞いたことがないね。あたしには甥はひとりしかいなかった。ウィリアムといってね。この前の戦争で死んだよ。むしろそれでよかったのさ。生きてりゃどうせろくな人間にはならなかったろうから。やれやれ、あたしゃ疲れたよ」ふたたび枕に背をもたせかけながら、エイダ叔母さんは顔だけミス・パッカードに向けて、言った。「このふたりを連れてっておくれ。それから、知らない人間をこの部屋に通すのは、これっきりにしてほしいね」

「すてきなご面会人があれば、あなたも気がまぎれるだろうと思いましたのよ」ミス・パッカードは動じる気色もなく答えた。

エイダ叔母さんは、低くせせら笑いに似た音声を漏らした。

「わかりました」と、タペンスは快活に言った。「じゃあひきさがりますわ。でも、薔薇は置いてゆきますわね。そのうち、これへのお気持ちも変わるかもしれませんから。行きましょうトミー」そして戸口へと向かった。

「ん、うん、そうだね。じゃあ失礼しますよ、エイダ叔母さん。ぼくを思いだしていただけなくて、残念でした」

エイダ叔母さんは、タペンスがミス・パッカードとともに部屋を出てゆき、トミーもそのあとを追おうとするまで無言でいたが、そこでやおら声を高めて、彼を呼びとめた。

「お待ち、そう、おまえさんだよ。おまえさんのことなら、よく覚えてる。おまえさんはトマスだ。むかしは赤毛だったろう？　人参色とでも言うのかね。ここへおいで、話がある。そっちの女には用はない。あれがおまえの女房だなんてふりをしても無駄だよ。あたしゃそれほどばかじゃない。ああいう種類の女を、ここへ連れこむのはよくないね。とにかく、ここへきて、おすわり。そう、この椅子に。そしておまえのおかあさんのことを話しておくれ。おまえには用はないったら」入り口でためらっているタペンスにむかって、まるで手紙の追伸のようにそう言い足すと、エイダ叔母さんは手をひらひらとふってみせた。

タペンスは即座に退散した。

「近ごろはいつもあの調子ですのよ」連れだって階段を降りながら、ミス・パッカードが落ち着きはらって言った。「あれでときどきは、とても親しみやすくおなりなんですけどね。信じられないでしょうけど」

いっぽうトミーは、エイダ叔母さんにすすめられた椅子にすわり、相手に逆らわぬようにあくまでも穏やかな調子で、母はもう四十年も前に死んだから、話してあげられることはあまりない、と答えていた。そう聞いても、エイダ叔母さんはけろりとしていた。「おや、そうかい、もうそんなになるかねえ。ま、光陰矢《こういんや》のごとしって言うからね」そう言いながら、思案げな面持ちで甥を上から下までながめまわした。「おまえ、なぜ結婚しないんだい？　だれか気だてがよくて、家事のうまい嫁をもらって、身のまわりの世話をさせるのさ。ぼやぼやしてると、どんどん年をとるいっぽうだよ。ああいった自《じ》堕落《だらく》女をひっぱりこんで、あちこち連れまわしちゃ、これが女房でございい、なんて口をきくのはやめなくちゃ」

「わかりました。そんなら今度こちらへうかがうときには、ぜひタペンスに結婚証明書でも持ってこさせましょう」

「おまえ、あれを正式に女房にしたのかい？」

「タペンスとは、結婚してもう三十年以上になるんですよ。それに、息子と娘がひとりずついて、このふたりも、もうそれぞれ結婚しています」

「問題なのはね」と、エイダ叔母さんはたくみに論点をすりかえて、つづけた。「だれもこのあたしには、なんにも教えちゃくれないってことさ。おまえたちさえ、あたしが時勢に遅れないように、ちゃんと知らせておいてくれれば――」

トミーはあえて反論しようとはしなかった。いつぞやタペンスからきびしく申しわたされたことがあるのだ。「もしも六十五歳以上のだれかがあなたを非難したら、ぜったい反駁してはだめよ。ぜったい自分が正しいと言っちゃだめ。なんでもいいから、仰せごもっともとかしこまって、悪うございました、なにもかもぼくの責任です、まことに申し訳ございません、もう二度といたしませんから、そう言っとくの」

いま、このとき言われたことが、かなりの重みをもって脳裏によみがえってきた。まさしくこれがエイダ叔母さんを扱うときのこつだ、いままでだってつねにそうだったのだ、と。

「まことに申し訳ありません、エイダ叔母さん」トミーは言った。「人間、年をとると、とかく忘れっぽくなるものでしてね。必ずしもすべての人間が」と、臆面もなく言葉をつづけて、「叔母さんのように優秀な記憶力に恵まれてるとはかぎりませんから」

エイダ叔母さんはたわいもなく相好をくずした。これに勝るお追従はまずなかったろう。

「ようやくわかっておくれだね。さっきはちと乱暴な口をきいてすまなかったけど、あたしゃ虚仮《こけ》にされるのがなにより腹が立つのさ。ここにいると、油断も隙もないんだから。得体の知れないやつが、どんどん部屋に通されてくる。だれだろうと、おかまいなしさ。これこれこういうものでございますと名乗る相手を、いちいち真に受けて受け入れてたんじゃ、命がいくつあっても足りやしない。そいつが強盗か人殺しでないとはかぎらないんだからね」

「そりゃまあ、ちと考えすぎだとは思いますがね」と、トミー。

「わかるもんか。新聞にだってよく出てるじゃないか。それに、うわさもいろいろ聞かされるよ。なにも聞かされたことをいちいち信じるわけじゃないけどさ。けど、けっして油断はしないようにしてる。こないだもね、あきれるじゃないか。見たこともない男を連れてきてね——そう、ぜんぜん見も知らない男さ。それがドクター・ウィリアムズとやら名乗って、マレー先生が目下休暇ちゅうなので、新しくパートナーになった自分が代わりにうかがいました、と、こうなのさ。新しいパートナーが聞いてあきれるよ。そいつがほんとに新しいパートナーなのかどうか、どうしてあたしにわかるんだい？ そいつが自分でそう言ってるだけじゃないか」

「で、つまるところ、そうだったのですか？」

「そう、実際問題としてはね、そうだったのさ」それを認めることが、エイダ叔母さんは少々いまいましそうだった。「だけど、はじめからそうだなんて、だれにもわかりゃしない。いきなり車で乗りつけてきてさ、例の小さな黒い箱みたいなものを持ちこんで――そう、よく医者が持ち歩いてる、あれだよ。血圧をはかったり、まあそういったことのためにさ。ありゃまるで魔法の箱だね――むかしさかんに話題にされてた魔法の箱……ええと、あれはだれだったっけ、ジョアンナ・サウスコット（一七五〇～一八一四。英国の狂信者。自ら『黙示録』第十二章にしるされている母と名乗り、六十四歳で第二の救世主を産む予定だと称したが、果たさず、死亡）のご託宣？」

「いや、それはちょっとちがうと思いますがね。ある種の予言でしょう」と、トミー。

「そうかね。とにかくあたしの言いたいのは、ここみたいな場所では、お医者だと言いさえすれば、だれだって好き勝手にはいってこられるってことなのさ。しかも、お医者と聞くなり、たちまち看護婦たちがそろってにたにた、くすくす笑いはじめて、はい先生、もちろんですわ先生、とかなんとか、まったくばからしくって聞いちゃいられないよ！　おまけに、こんな男は見たこともない、とでも患者が言おうものなら、あのひとは忘れっぽくて困るとか、ひとの顔も見忘れてるとか、言いたいほうだい言われるのがおちなんだから。こう見えてもね、あたしゃぜったいひとの顔を見忘れたことなんかないよ」エイダ叔母さんはきっぱりと言った。「ああそうだとも、ぜったい見忘れたりするもんか。ところで、おまえのキャロライン叔母さんはどうしてる？　ここんとこ、ちっとも消息を聞かないねえ。近ごろ彼女に会ったかい？」

トミーはいくらか言いにくそうに、キャロライン叔母さんは亡くなってもう十五年にもなると答えた。この知らせをエイダ叔母さんは眉一筋動かさずに聞いた。なんといってもキャロライン叔母は、エイダ叔母さんの姉妹ではなく、ただの従姉妹にすぎなかったのだから。

「だれもが死んでいくみたいだねえ」と、ある種の満足感をこめてエイダ叔母さんは言った。「要するに持久力がないのさ。問題はそれだよ。心臓の衰弱、冠状動脈血栓、高血圧、慢性気管支炎、リューマチ性関節炎——その他もろもろ。虚弱なのさ、みんな。お医者がそれを一所けんめい生かしてやってるだけ。何箱も何箱も、幾瓶も幾瓶もの薬を飲ませてね。黄色い錠剤、ピンクの錠剤、緑の錠剤。そのうち黒い錠剤が出てきたって、あたしゃ驚かないね。うっ、いやだいやだ！　むかしうちのお祖母さんが生きてた時代に、よく硫黄糖水を飲まされたものだけど、あれでじゅうぶんさね、あたしに言わせりゃ。治るか、それとも硫黄糖水を飲むかって言われれば、いつだって治っちまうほうを選んだものさ」叔母さんはしたり顔で首をうなずかせた。「お医者なんて、だれが信用できるものかね、そうだろう？　とくにそれが専門的な問題となるとね——なにかはやりの方式をためしてみるとかさ——なんでも、聞くところによると、ここでもちょくちょく毒殺事件が起きてるそうだしね。外科医のほしがってる心臓を手に入れるためだとか——あくまでもうわさだけどね。あたし自身は、そんなこと信じちゃいないさ。ミス・パッカードは、そういうことを大目に見るようなひとじゃないから」

階下ではそのミス・パッカードが、いくぶん恐縮のていで、ホールの先のある部屋をゆびさしていた。

「まことに申し訳ございません、奥さん。でも、わかっていただけますわね、お年寄りの気まぐれがどんなものだか。勝手にお気に入りとそうでないひととを決めてしまって、それに固執するんです」

「さだめしむずかしいものなんでしょうね、こういう施設を運営するのって」タペンスは言った。

「いいえ、それほどでもないんですよ。わたくしはけっこう楽しんでおります。それに、お世辞ではなく、みなさんのことが大好きですから。こういう仕事をするものは、お世話をするかたがたを好きにならなきゃいけないんです。つまり、みなさんそれぞれちょっとした癖とか気まぐれをお持ちですけど、こつさえのみこんでしまえば、けっして扱いにくいということはないんです」

もしもそういうこつを心得てるひとがいるとすれば、ミス・パッカードこそそれにちがいない、そうタペンスは思った。

「お年寄りって、いってみれば子供みたいなものでしてね」と、ミス・パッカードは鷹揚に言った。「ただ子供のほうがはるかに筋が通っていて、それだけ場合によっては扱いにくいというだけで。その点、お年寄りは、理屈では動きません。信じたいと思っていることを相手に言ってもらう、そうすることで安心させてもらいたいと願っているわけです。そうすれば、またしばらくはしあわせでいられますから。さいわい、ここの職員はみんな優秀です。つまり、辛抱づよくて、気だてがよくて、なにより頭がよすぎないってことですわね。頭がよすぎると、えてして相手がばかに見えて、気みじかになりやすいものですから。はい、なんでしょう、ミス・ドノヴァン？」ミス・パッカードは首をねじむけて、階段を駆けおりてきた鼻眼鏡の若い女性に声をかけた。

「またロケット夫人なんです、ミス・パッカード。死にそうだから、すぐドクターを呼んでくれとおっしゃって」

「あらまあ」ミス・パッカードはすこしも動ぜずに言った。「で、今度は、なんで死にそうなの？」

「なんでも、ゆうべのシチューにはいってたマッシュルームにあたった、あれに黴菌がはいってたのにちがいない、毒を盛られたんだ、とか」

「おや、新しい手だわね、今度は。じゃあとにかく行ってみましょう。ちょっと失礼しますわね、ベレズフォードの奥さん。なんでしたら、あちらの部屋に新聞や雑誌がございますから」

「いえ、わたしならどうかおかまいなく」

タペンスは指示された部屋にはいっていった。庭園を見晴らす快適な部屋で、その庭に面してガラス張りのフランス窓がある。何脚かの安楽椅子が配され、テーブルには花を生けた水盤。いっぽうの壁ぎわには書棚があり、現代小説や旅行記をはじめ、ここの入居者の多くがそれとの再会を喜ぶだろう、永遠の愛読書と呼ばれるたぐいの書物が並んでいる。テーブルには雑誌も何冊か。

いま、部屋のなかにいるのは、ひとりだけだった。白髪を後ろへなでつけた品のよい老女で、ミルクのグラスを手にして椅子にすわり、そのグラスをしげしげと見ている。

顔の色は、きれいなピンクと白。タペンスがはいってゆくと、その顔をほころばせて親しげに笑いかけた。

「おはようございます。こちらにおはいりになるためにおいでになりましたの？　それともご面会？」

「面会ですわ」タペンスは答えた。「叔母がこちらにお世話になっておりますので。いま、主人が叔母のそばにおります。いちどきにふたりも押しかけたんじゃ、多すぎるんじゃないかと思いまして」

「それはそれは思いやりがおありになること」そう言って老婦人は、目を細めてミルクをすすった。「わたしはまた、てっきり――いえ、どういうことはないでしょうね。なにかお飲みになりません？　お茶かコーヒーでも？　わたしがベルを鳴らしてさしあげましょう。ここのひとたちは、なんでも気軽にやってくれますのよ」

「いえ、結構です。ほんとに」

「では、ミルクでもいかが？　きょうのは毒ははいっていませんよ」

「いえ、いえ、結構です。長くはお邪魔しませんから」

「そうですか、そうおっしゃるんなら――でも、ほんとに手間なんかかかりませんのよ。ここではだれも手数をいといませんの。なにか、その、まったく不可能なことでも要求しないかぎり」

「きょうわたくしどもが面会にきた叔母などは、たびたびそのての不可能なことを要求するんじゃないかと思いますわ」タペンスは言った。「ついでですけど、叔母と申しますのは、ミス・ファンショーです」

「おや、ミス・ファンショー」老婦人は言った。「そうでしたか——」

なにかが老婦人の舌に待ったをかけたようだったが、タペンスはかまわず快活に言った。

「ちょっと手に負えないと思われてるんじゃありませんかしら、叔母は。いつだってそうでしたから」

「ええ、まあね。たしかにそういうところはあります。じつはわたしにも叔母がひとりおりましてね、そっくりでした、あのかたと。とくに年をとりましてからは。でもわたしたち、みんなミス・ファンショーがとても好きですよ。その気になれば、それはそれはおもしろいひとにおなりになれますから。とくに、人間についての見かたが」

「はあ、それはありうるかもしれませんわね」そう言ってタペンスはちょっとのあいだ、この新たな見地からエイダ叔母さんを見なおした。

「とても辛辣ですけどね」と、老婦人はつけくわえた。「申し遅れましたけど、わたしはランカスターと申します。ミセス・ランカスターです」

「ベレズフォードと申します」タペンスも応じた。

「ただね、人間というのは、ときどきちょっとした意地悪を楽しみたくなるものでしてね。じっさい、ここのお仲間のだれやかれやについてのあのかたの見かた、それに、そのかたがたについておっしゃることといったら。まあじつをいうと、それをおもしろがったりしちゃいけないんでしょうけど、でも、ほんとにうまいことをおっしゃるものですから」

「お宅様はこちらにはお長いんですの？」

「もうだいぶになりますね。ええと、たしか七年——いえ、八年ですかしら。そう、そうですわね、八年以上になるのは確かです」老婦人は溜め息をついた。「こういうところにいると、世事に疎《うと》くなりがちでしてね。世間とも疎遠になるし。おまけにわたしなんか、身寄りはみんな海外におりますし」

「それはずいぶんとお寂しいことですわね」

「いいえ、それほどでも。親族とはいえ、もともとあまり気の合うひとたちじゃありませんでしたから。それどころか、ろくに知りもしないくらい。じつはわたし、悪い病気をいたしましてね——とてもよくない病気で——そのうえひとりぼっちですから、このような施設にお世話になるのがいいんじゃないか、そうあのひとたちは考えたわけです。ここにこられて、たいそう運がよかったと思いますよ。みなさんとっても親切で、思いやりがあって。おまけに庭はきれいですし。わたしひとりだったら、とうていこんな暮らしはできなかったでしょうね。と申しますのも、ときどきわたし、ひどい混乱を起こすんです。そりゃもう、ひどい混乱を」指先でひたいをとんとんとたたいて、「ここが混乱するんです。物事がこんぐらかるんですよ。過去にあった出来事が、きちんと思いだせなくなるんです」

「それはいけませんわね」タペンスは言った。「でも人間って、たいていそういったところをなにか持ってるものじゃありません？」

「病気にも、たいそうつらいものがずいぶんあります。ここにもふたりばかりいらっしゃいますよ、重いリューマチ性関節炎のかたが。そりゃもう、ひどい苦しみようで。ですからわたし、思うんですよ――ときおり過去の出来事とか場所、それがだれのことだったか、そういったことが多少こんぐらかったって、まだしもましじゃないかって。とにかく、肉体的苦痛はありませんからね、それなら」

「そうですわね、おっしゃるとおりですわ」

そのとき、扉がひらいて、白い上っ張りを着た若い娘が、コーヒーポットとビスケットを二枚盛った皿をのせたトレイを持ってはいってき、それをタペンスのそばに置いた。

「ミス・パッカードからのお申しつけです。コーヒーをどうぞ」

「まあ、ご親切に。ありがとうございます」タペンスは言った。

娘が部屋を出てゆくと、ランカスター夫人は言った――

「ね、言ったとおりでしょう？　とても思いやりがあるんです、ここのひとたちは」

「そのとおりですわね」

タペンスはポットからコーヒーをつぎ、飲みはじめた。しばらくふたりは無言ですわっていた。タペンスはビスケットの皿をさしだしたが、老婦人はかぶりをふった。

「いえ、結構。わたしはミルクだけをいただくのが好きですので」

そう言って、からになったグラスを置くと、彼女は軽く目をつむって、椅子の背にもたれた。ちょうど午前ちゅうのこの時間に、軽く昼寝をする習慣なのかも、そう思ったタペンスは、黙って控えていた。ところがしばらくすると、とつぜんランカスター夫人ははっとしたように身を起こした。目がひらき、その目がタペンスに向けられた。

「いま、暖炉を見てらっしゃいましたね？」

「あら、そうでしたかしら」タペンスはややどぎまぎしながら答えた。

「そうですとも。ふと気になったんですけど――」老婦人は一膝のりだして、声をひそめ、「──ごめんなさいね、あれはあなたのお子さんでしたの？」

ややや虚《きょ》を衝《つ》かれたかたちで、タペンスは口ごもった。

「え──いいえ、ちがうと思いますけど」

「ふと気になったんですよ。もしかしたらそれが、きょうここへお見えになった理由じゃないかって。いつかはだれかがくるべきなんですから。きっとくるでしょう、そのうちに。そしてあの暖炉を見る。ちょうどあなたがなさっていたように。あそこにあるんですよ、あれは。あの暖炉の奥に」

「あら。まあ。そうですの？」

「いつだっておなじ時間なんです」ランカスター夫人はひそひそ声で言った。「きまっていまごろの時間なんですよ」そしてマントルピースの上の時計を見やった。タペンスもつられてそれを見あげた。「十一時十分過ぎ。ね、十一時十分過ぎです。そうなんですよ、毎朝おなじ時間なんです」

そう言って、ランカスター夫人は嘆息した。

「ところが、だれもわかってくれなくて──みんなに話したんですよ、わたしの知ってることを──なのにだれも信じてくれようとしないんです」

タペンスが思わずほっとしたことに、ここで扉がひらいて、トミーがはいってきた。

タペンスはすぐさま立ちあがった。

「ここよ、トミー。すぐにでも出かけられるわ」戸口へ向かいながら、彼女は首だけ後ろへねじむけて、挨拶した。「失礼しますわ、ランカスター夫人」

連れだってホールへ向かうあいだに、彼女はトミーに問いかけた。

「どうでした、あなたのほうの首尾は？」

「きみがいなくなったら、まるで油紙に火がついたみたいにしゃべりだしたよ」

「どうやら叔母さんには、このわたしの存在が悪影響を及ぼすみたい。でも、ある意味では、ちょっぴりいい気分にさせられなくもないけど」

「なぜまたいい気分に？」

「なぜって、考えてもごらんなさいよ。この年で、このとおり身ぎれいで、見苦しくはないけど、でもちょっぴり退屈な感じ。なのによ、それが性的魅力たっぷりの自堕落な妖婦みたいに受け取られるなんて、なんだか痛快じゃない？」

「ばか」トミーは愛情をこめてタペンスの腕をつねった。「ときに、いま親しそうにしゃべってたの、だれだい？　見たところ、ずいぶんかわいらしいおばあさんじゃないか」

「ええ、とってもいいひと。上品で。でもね、あいにく頭がおかしいの」

「頭がおかしい？」

「ええ。なんでも、暖炉の奥に子供の死体があるとかなんとか、そんなふうに思いこんでるみたい。それがわたしの子供じゃないかって、そう訊いてきたわ」

「ぞっとしない話だな。しかし考えてみれば、こういうところに少々気がふれてるのがいたとしても、不思議じゃないさ。寄る年波のほかに、なにひとつ心配事なんかない普通の年寄りばかりじゃ、かえっておかしいよ。それにしても、いまのおばあさん、見た目はよさそうなひとに見えたじゃないか」

「あら、いいひとはいいひとよ。見た目だけじゃなく、ほんとに。品がよくて、すごくやさしくて。ただ気になるのはね、あの妄想の正体が正確にはどのようなものなのか、またそれはなぜなのかということ」

ここでミス・パッカードが、またしても忽然《こつぜん》とあらわれた。

「もうお帰りですか、ベレズフォードの奥さん。だれかがコーヒーをお持ちしたと存じますけど？」

「ええ、いただきました。ご親切に、どうも」

「こちらこそ、いらしていただいて、ほんとにありがとうございました」そう言ってから、ミス・パッカードはトミーのほうに向きなおった。「それからベレズフォードさん、ミス・ファンショーがご訪問をお喜びになったことはまちがいございません。奥様に失礼な態度をおとりになったこと、これについてはわたくしからもお詫びを申しあげます」

「あれでおおいに楽しんだと思いますわ、叔母は」タペンスは言った。

「ええ、おっしゃるとおりです。ひとに無作法な真似をするのが楽しみなんですの、あのかた。あいにくそれがまた、なかなかお上手でいらっしゃるので」

「で、できるかぎり機会をとらえては、その技術に磨きをかけてるというわけですか」トミーが言った。

「お宅様ではおふたりとも、とてもご理解がおありになるので、助かりますわ」と、ミス・パッカード。

「いまわたしがお話ししていたかたですけど」と、タペンスは言った。「ランカスター夫人、とかおっしゃいましたかしら」

「ええ、そうです、ランカスター夫人です。みんなあのかたがとても好きですわ」

「あのかた――すこし、その、変わってらっしゃいますのね？」

「まあね、なんと申しますか、夢をごらんになるのです」ミス・パッカードは鷹揚に言った。「ほかにも何人かおいでになりますよ、そうした空想をなさるかたが。まったく罪のないものなんですけど。ただ――その、そうなんです。ご自分の身のうえに起きたと信じてらっしゃることとかね。あるいは、ほかのどなたかの身に。わたくしども、なるべく気にとめないようにしています。ただ聞き流すだけで、こちらから空想をあおりたてたりはしないように。わたくしはじつのところ、あれはたんなる想像力の発露にすぎない、みなさんがそのなかに生きたがっていらっしゃる幻想が、かたちを変えてあらわれたものにすぎない、そう思っています。なにかわくわくするような幻想。でなければ、悲しく悲劇的な幻想。どっちでもいいんです。ただ、さいわい、被害妄想だけはないようですけど。あれは困りものですが」

それからまもなく、園を出て車に乗りこみながら、トミーが溜め息まじりに言った。

「やれやれ、やっと終わったか。これでもう、あとすくなくとも半年は、面会にくる義理もなくなったわけだ」

だが、そのときかぎりふたりは、半年ごとに面会に行く義理から解放された。というのも、それから三週間後に、エイダ叔母さんは眠ったまま安らかに息をひきとったからである。

3 葬儀

「お葬式って、なにやら物悲しいものね」と、タペンスが言った。

ふたりはエイダ叔母さんの葬儀からもどってきたところだったが、葬儀に出るのには、長くて面倒な汽車の旅を強いられた。エイダ叔母さんの家族や先祖の大半が、郷里のリンカーンシャーの片田舎に埋葬されているため、葬儀もそこで行なわれたからである。

「葬式が悲しいのはあたりまえじゃないか」トミーがしごくもっともな返答をした。「ほかのなにを期待してたんだ？ 飲めや歌えのどんちゃん騒ぎでも？」

「そうね、ところによっては、それもないではないわよ。アイルランドなんかでは、おおいにお通夜を楽しむってことだし。まずは思いきり泣き叫んでおいてから、あとはしたたか痛飲して、ばか騒ぎをするんですって。それで思いだしたけど、飲《い》む？」タペンスはサイドボードのほうへ目をやった。

トミーはそこに歩み寄ると、妻のために適当と思われるものを調合して、もどってきた。この場合は、ホワイトレディーだった。

「ああ、これでいくらか気分がさっぱりした」

そう言ってタペンスは黒い帽子を脱ぐと、それを部屋の隅へほうり投げ、つづいて長い黒のコートを脱ぎ捨てた。

「喪服って、いやね。いつ着ても、防虫剤のにおいがするの。ずっとしまいこんであるからだわ」

「なにもずっと喪服でいる必要なんかないんだぜ。ただ葬式に出るために着ただけなんだから」

「そりゃそうよ、わかってるわ。どうせあと一、二分もしたら、二階へ行って、気分を変えるために真っ赤なセーターでも着てくるわよ。もう一杯、ホワイトレディーをつくってくれない？」

「ねえタペンス、葬式がこんなに浮かれた気分をもたらすなんて、いままで考えてみたこともなかったよ」

「お葬式は物悲しいとさっき言ったのはね」と、一、二分後に明るい桜《さくらんぼ》桃色のドレスに着替え、肩にルビーとダイヤモンドの蜥蜴《とかげ》形のブローチまであしらって、二階から降りてきたタペンスが言った。「エイダ叔母さんのお葬式のようなのが、物悲しいという意味なの。いってみれば、列席してるのはお年寄りばかりで、お花はちょっぴり。泣いたり、鼻をくすんくすんいわせたりしてるひとも、あんまり見かけない。年をとって、孤独で、死んでもさほど哀悼されない、そんな死者だからなのよ」

「しかしぼくに言わせりゃ、あれがたとえばぼくの葬式なんかだった場合よりは、ずっと堪えやすいんじゃないのかね、きみにとっては」

「そこよ、そこがあなたの思いちがいしてるところ。わたしはね、とくにあなたのお葬式のことなんか考えたいとは思わない。だって、むしろあなたよりも先に死ぬほうがいいと思ってるから。でもね、もし万一、あなたのお葬式に出ることにでもなったら、悲しいどころじゃすまされないでしょうね。ハンカチをどっさり持っていかなきゃ」

「黒いへりのついたやつをか？」

「そうね、黒いへりまでは考えてなかったけど、それも悪くはないかも。それにね、埋葬式っていうのは、あれでなかなかおつなものだし。なんだか高揚した気分にさせられるの。ほんとうの悲しみって、リアルなものなのよ。ひどい気分にさせられるのは確かだけど、同時に、ある種の影響も及ぼすものなの。いってみれば発汗作用みたいに、たかぶった感情がにじみでてくるとでもいうか」

「いいかげんにしろよ、タペンス。ぼくが死ぬことと、それがきみに与える影響についてのご高説、言わせてもらえばずいぶん悪趣味だぜ。やな気分だな。もう葬式のことは忘れようじゃないか」

「同感だわ。忘れましょう」

「まあこれで、あのかわいそうなおばあちゃんも天国へ行ったと。しかも、ぜんぜん苦しまずに大往生を遂げたんだ。だから、そのことはもうこれっきりにしよう。それよりも、早くこいつをかたづけたほうがよさそうだ」

トミーはライティングデスクのところへゆくと、二、三の書類をぱらぱらめくってみた。

「さてと、ロックベリー氏の手紙はどこへやったかな？」

「ロックベリーさんって？　ああ、あの、あなたに手紙をくれた弁護士さんのこと？」

「ああ、叔母さんの財産管理の仕事を、これで打ち切るという問題についてね。どうやら、身内のうちで健在なのは、このぼくだけらしいんだ」

「あなたに遺してくれる遺産がなくって、残念だったわね」

「もしあったって、どうせあの〈猫たちの家《キャッツ・ホーム》〉に寄付しちまっていたろうさ。遺言状で指定してあったあの施設への遺贈分は、予備金をぜんぶ充当しても追っつかないくらいだよ。ぼくにまわってくる分なんか、もともと残りゃしない。べつにそれをあてにしてるとか、ほしがってるというわけじゃないけどね」

「叔母さんって、そんなに猫が好きだったの？」

「知るものか。そうなんだろうな、たぶん。当人が猫のことを話題にしてるのなんて、一度も聞いた覚えがないけど。思うに叔母さんは、古い友達なんかが見舞いにくるたびに、『遺言状であなたにちょっとしたものを遺しておきましたよ』とか、『このブローチ、あなたがとっても気に入ってらしたから、あなたにあげるように遺言状で指定しておきましたよ』とか、うれしがらせを言ってたんじゃないのかな。それでいて実際には、あの〈キャッツ・ホーム〉のほか、だれにもなにひとつ遺さなかったんだ」

「そうね、きっとそれでひそかな楽しみを味わってたんだと思うわ。いまあなたが言ったような台詞、それを旧友、もしくは――いわゆる旧友にむかって言ってるところ、目に浮かぶようよ。〝いわゆる〟っていうのはね、叔母さんがほんとうに好意を持ってたお友達なんて、どこにもいないと思うから。叔母さんは他人に誤った期待を持たせて、それを楽しんでただけなんだわ。そう言っちゃ悪いけど、あんな意地悪なひとって、ざらにはいなかったみたい。ただね、ひとつだけ、妙な話だけど、ひどい意地悪だったたってことで、なぜか叔母さんを好きにならざるを得ないの。年とって、ああいう施設に押しこめられて、それでもなおかつ人生から多少の楽しみをひきだせるなんて、たいしたものよ。それでわたしたち、また〈サニー・リッジ〉へ行かなきゃいけないの？」

「ええと、もう一通の手紙はどこへやったかな？　ミス・パッカードからのやつは？　ああ、これだ、ロックベリーのといっしょにしまっといたんだ。そうだな、そう言ってる。いくつか遺品があるから、引き取りにきてくれって。どうやらそういった品物は、いまじゃぼくのものってことになるらしい。叔母さんはあそこに入居するとき、二つ三つ自前の家具を持っていったんだ。それからもちろん、ほかの私物もね。衣類とかなんとか、いわゆる身の回りの品だ。だれかが出かけてって、それに目を通す必要があるらしい。それから手紙やなにかもね。ぼくは叔母さんの遺言執行人だから、きっとこれもぼくの役目ってことになるんだろうな。ぼくらがもらっておきたいものって、べつになかったろう？　ずっとぼくが目をつけてたあの小さなデスクのほかは。あれはたしか、死んだウィリアム伯父さんのものだったんだ」

「そうね、じゃあ形見としてもらっておくといいわ。ほかのものは、一括して競売に出してしまえばいいんじゃないかしら」

「となると、実際には、きみまで出かけてゆくには及ばないってことになる」

「あら、わたし、行ってみたいのよ」

「行ってみたい？　なぜ？　退屈じゃないのかい？」

「なにが？　叔母さんの遺品に目を通すこと？　いいえ、退屈だとは思わないわ。わたしって、けっこう好奇心が旺盛みたい。古い手紙とか、アンティークのアクセサリーとか、そういったものにはむかしから興味があるし、それに、その種のものって、競売に出したり、他人に検《あらた》めさせたりするんじゃなく、関係者が自分で目を通すべきだと思うのよ。ねえ、ぜひふたりで出かけましょうよ。でもって、もしわたしたちのほしいものがあったら、それだけもらっておいて、残りは処分することにする、と」

「ほんとはなぜ行きたいんだ？　ほかにも理由があるんだろう？　言ってごらんよ」

「あらまあ、たいした眼力ね。心の底まで見抜かれてるひとと夫婦でいるのって、これだから困るのよ」

「すると、ほんとうにべつの理由があるんだな？」

「理由ってほどのものじゃないけど」

「さあタペンス、きみはもともと他人の持ち物をひっかきまわしたりするなんてこと、そんなに好きじゃなかったはずだぜ」

「でも、それ、わたしの義務だから」タペンスはきっぱり言った。「ほかに理由と言えば、ただ——」

「さあ、どうした。さっさと吐いちまえよ」

「できればあの――あのかわいらしいお年寄りに、もう一度会ってみたいの」

「なに？　暖炉の奥に死んだ子供がいると思ってるとかいう、あのおばあさんかい？」

「そうよ、あのひとにもう一度会いたいの。あの話をしたとき、あのひとの頭にあったのがなんなのか、それが知りたいのよ。なにかあのひとの思いだしたことだったのか、それともたんなる妄想だったのか。考えれば考えるほど、あれは突拍子もない話に思われてくるの。それって、あのひとが頭ででっちあげた物語のたぐいだったのか、あるいは、実際に暖炉とか、死んだ子供とかに関連して、なんらかの事件がかつてあったのか。なにがあのひとに、それがわたしの子供だったかもしれないと思わせたのか。ねえあなた、わたしって、子供を亡くした母親のように見える？」

「わからんね。きみの考えてる〝子供を亡くした母親〟ってのがどんなものか、見当もつかないんだから。でもまあ、ぼくならそんなふうには見ないだろうね。ともあれタペンス、出かけるのはわれわれの義務なんだし、きみがそれなりにぞっとするような一面をそこに見いだすのもいいだろう。ではこれで決まったと。ミス・パッカードに手紙を出して、日どりを取り決めるとしよう」

4　一枚の絵

　タペンスは深く息を吸いこんだ。

「ああ、まるきりおんなじだわ」

　彼女はトミーとふたり、〈サニー・リッジ〉の上がり口の階段に立っていた。

「おなじであっちゃいけないのかい？」トミーが訊いた。

「さあね。気のせいかもしれない——なにか時間に関係のあることなんだけど。時間っていうのはね、べつの場所ではべつのペースで進むものなの。久しぶりにある場所にもどってくるでしょ。すると、留守のあいだに時がすさまじい速度で進んでいて、そのかんにありとあらゆることが起こり——なおかつ変化もしている、そんな感じを受けるわけ。それがここでは——ねえトミー、オステンデを覚えてる？」

「オステンデ？　ぼくらが新婚旅行に行った先じゃないか。忘れるものか」

「じゃあ、あそこで見た看板は覚えてる？　〈市街電車停留所《トラムステイルスタンド》〉——あれには笑っちゃったわ。とても滑稽な感じがして」

「それならノッケじゃなかったっけ？――オステンデじゃなく」

「どっちでもいいわ――とにかく、覚えてるでしょ？　わたしの言いたいのはね、これがあの言葉に似ているってことなの――トラムスティルスタンド――つまり、鞄語《かばんご》（“ブランチ”のように、二語の断片を合体してつくった新語）なのよね。タイムスティルスタンド――ここではなにひとつ起こらない。時はただ静止《スタンド・スティル》しているだけ。すべてがここではすこしも変わらぬままに進行している。まるで亡霊みたい――ただし亡霊とは逆の意味の」

「いったいなにを言いたいのさ、きみは。一日じゅうこんなところにつったったきり、時間のことで気のきいた台詞を吐いてるだけで、ベルも鳴らさないつもりかい？　言っとくが、エイダ叔母さんはもうここにはいないんだよ。それだってひとつの変化じゃないか」トミーは呼び鈴を押した。

「変化があるとしたら、きっとそれだけよ。わたしのお目当ての老婦人は、やっぱりミルクを飲みながら暖炉のことを話してるでしょうし、なんとか夫人は、指ぬきだかティースプーンだかを飲んじゃってるでしょうし、あのおかしな小柄なおばあさんは、ココアがほしいときいきい叫びながら部屋をとびだしてくるでしょうし、ミス・パッカードはきびきびと階段を降りてくるでしょうし、それに――」

ドアがひらいた。ナイロンの上っ張りを着た若い娘が言った。「ベレズフォードさんご夫妻でいらっしゃいますわね？ミス・パッカードがお待ちかねです」

その娘がこの前とおなじ居間に夫妻を案内しようとしたとき、ミス・パッカードが階段を降りてきて、ふたりを迎えた。彼女の態度は、きょうという場合にふさわしく、普段ほど事務的ではなかった。いつもよりずっと重々しく、なかば哀悼に近いものさえある——といっても、過度に、ではない。そんな態度をとられたら、かえってこちらのほうがどぎまぎしてしまったろう。どの程度の哀悼なら過不足なく受け入れられるか、それを心得ている点では、このミス・パッカードはひとかどの権威だった。

聖書によると、〝われらが年をふる日は七十歳《ななそじ》にすぎず〟ということだが、ミス・パッカードが采配をふるうこの施設では、死がそれ以下の数字で到来することはめったにない。ここでの死は、つねに予期されているし、また、予期されたとおりにやってくるのだ。

「よくおいでくださいました。遺品はすぐにお調べになれるように、整理して並べてございますから。実際問題として、欠員ができ次第、ここに入居したいというお申し込みが三、四件たまっておりますので、こんなに早くいらしていただけて、助かりましたわ。と申しあげても、むろん、どんな意味でもおふたりをせかそうとしているわけではないこと、これはご理解いただけますわね」

「もちろんですとも。よくわかっています」と、トミー。

「遺品はまだミス・ファンショーのお使いだったお部屋に置いてございます」

そう説明しながら、ミス・パッカードは、この前ふたりがエイダ叔母さんを見舞った、あの部屋のドアをあけた。室内にはあの、ベッドがきちんと埃よけでおおわれ、たたんだ毛布と、まっすぐに置いた枕の形とがその下にうかがわれる、といった部屋に特有の、空疎な、殺風景な雰囲気がただよっていた。

衣裳戸棚の戸はあけっぱなしにされ、なかの衣類はきれいにたたんで、ベッドの上に並べてあった。

「いつもはどういうふうになさってますの？　つまり——その、ほかのみなさんは、衣類やなにかをどう始末なさってらっしゃるんでしょう」タペンスがたずねた。

ミス・パッカードは、いつに変わらず有能で、しかも助けになる存在だった。

「なんでしたら、二、三の団体の名をお教えしてもよろしゅうございます。そういったものを喜んで受け取ってくれる団体です。なかに、かなり上等の毛皮のストールと、上質のコートが一着ございますけど、たぶん奥さんがご自分でお使いになることはございますまいね？　と申しましても、むろん奥さんのほうにも、そういったものをお譲りになりたいお心あたりがおありかもしれませんけど」

タペンスは首を横にふった。

「それから、宝石もいくつかお持ちでしたわ」ミス・パッカードはつづけた。「それはわたくしが別途保管しておきました。その化粧台の、右の引き出しに入れてございます。お見えになる直前に、そこに移しておきましたの」

「重ねがさねのご配慮、恐縮です」トミーが言った。

タペンスはマントルピースの上に飾られた一枚の絵を見つめていた。小型の油絵で、運河のほとりに建った淡いピンク色の家と、運河にかかった小さな太鼓橋とが描かれている。橋の下には、一艘の小舟。遠景には、二本のポプラの木。非常に落ち着いた、穏やかな風景画ではあるが、なぜタペンスがそんなにも熱心にその絵を見つめているのか、トミーにはぴんとこなかった。

「へんだわ」と、そのタペンスがつぶやいた。

トミーは物問いたげに妻を見やった。彼の長年の経験によると、タペンスがへんだと見なすところのものは、じつはぜんぜんそのような形容詞で表現さるべきものではないのである。

「どういう意味だい、タペンス？」

「へんなのよ、この前ここにきたときには、こんな絵があるのに気づかなかったんですもの。でもね、それよりも奇妙なのは、この絵をどこかで見たことがあるってこと。でなきゃ、これとちょうどそっくりの家を見たことがあるんだったか。よく覚えてるのよ、この家……ただそれがいつのことだったか、どこでだったか、それが思いだせないのがへんなの」

「きっと、意識してることを実際には意識せずに意識してたんじゃないのか？」言いながらトミーは、自分のその言葉の選択が、タペンスの〝へんだ〟という言葉の反復にも劣らず拙劣で、耳ざわりに聞こえるのを感じていた。

「あなたはこの絵に気がついてた？　この前ここにきたときに？」

「いいや。もっともあのときは、べつに気をつけて見てたわけじゃないから」

「ああ、その絵ですの？」ミス・パッカードが口をはさんだ。「そうですわ、この前こちらへおいでになったときに、それをごらんになったはずはございません。あのときそれがそこにかかっていなかったこと、まず確実でございますから。じつはその絵、べつのお客さんのお持ちになっていたものなんです。そのかたが叔母様に進呈なさいましたの。ミス・ファンショーが一度か二度、その絵をお褒《ほ》めになったことがあるとかで、そのかたがあなたに進呈するから、どうか持っていてほしいとおっしゃいまして」

「なるほど、それでわかりました」タペンスは言った。「それなら以前にここで見たことがないのも当然ですわね。でもわたし、やっぱりこの家をよく知ってるような気がするんです。ねえトミー、あなたはそんな気がしない？」

「しないね、いっこうに」

「では、わたくしはこれで失礼いたします」ミス・パッカードがてきぱきと言った。「ご用がございましたら、いつでもまいりますから」

笑顔で会釈すると、彼女は部屋を出て、後ろ手にドアをとざした。

「あのひとの歯、どうも気に入らないわ」タペンスがだしぬけに言った。

「あの歯のどこがいけないんだい？」

「あんまり数が多すぎるのよ。でなきゃ、大きすぎるのか――〝おまえを食ってやるのに便利なようにね〟って――まるで赤頭巾ちゃんのおばあさんの歯みたい」

「きょうはきみ、ばかに妙なことばかり言うじゃないか。へんだぞ、タペンス」

「かもしれないわ。いままではミス・パッカードのこと、いつだってとてもいいひとだと思ってたのに――それがきょうはどういうわけか、なんとなく邪悪に見えるの。そんなふうに感じたことって、ない？」

「ないね。さあ、早いところ本来の用件をかたづけてしまおう――気の毒なエイダ叔母さんの持ち物を点検するという用件をね。弁護士のいわゆる〝動産物件〟をさ。あれがこないだ話したデスクだ――ウィリアム伯父さんの。ほしいかい?」

「すてきな品ね。きっと摂政時代のものだわ。ここに入居するお年寄りにとっては、私物を持ちこめるのって、とてもいいことじゃないかしら。あの馬巣織《ばす》りの椅子、あれはいらないわね。でも、あっちのあの小さな仕事机、あれは気に入ったわ。ちょうどぴったりじゃない、うちの窓のそばのコーナー――いま例のぞっとしない飾り棚が置いてあるところ、あそこに置くのに?」

「よしわかった。じゃあ、以上二件をうちでひきとることにしよう」

「それと、あのマントルピースの上の絵も。とても魅力的な絵だし、たしかにあの家をどこかで見た覚えがあるのよ。さて、じゃあ宝石のほうにとりかかりましょうか」

タペンスは化粧台の引き出しをあけた。カメオの装身具ひとそろいのほか、フィレンツェ製のブレスレットとイヤリングのセット、そして色とりどりの石をはめこんだ指輪がひとつあった。

「こういう指輪、前にも見たことがあるわ」タペンスは言った。「普通、石の頭文字を並べて、ひとつの名前を綴るようになってるのよ。名前じゃなくて、〝最愛なるもの《ディアレスト》〟の場合もあるけど。ダイヤモンド、エメラルド、紫水晶《アメジスト》――いえ、ディアレストじゃないわね。そうだとはじつのところ思わなかったけど。あのエイダ叔母さんに、〝最愛なるもの〟と綴る指輪を贈るひとがあった、なんて信じられないもの。ルビー、エメラルド——むずかしいのはね、どの石から始めればいいんだか、見当がつかないってことなの。もう一度やってみましょう。ルビー、エメラルド、またルビー——いえ、これは柘榴石《ガーネット》。それからアメジスト、また赤っぽい石、今度はたぶんルビーでしょう。そして中央の小さなダイヤモンド。あっ、そうか、そうだわ、〝敬意《リガード》〟。こうしてみると、ちょっとしゃれてるわね。とっても古風で、センチメンタルで」

彼女はその指輪を自分の指にはめてみた。

「デボラなら、きっと喜ぶと思うわ。それと、このフィレンツェのセットもね。あの娘《こ》はヴィクトリア時代のアンティークに目がないから。近ごろの若いひとにはぞんがい多いのよ。さて、こっちはこのぐらいにして、衣類のほうにかかりましょう。こういう仕事って、どうもぞっとしないわね。ああ、これがさっき話に出た毛皮のストール。かなりの値打ちものらしいわ。わたし自身はいらないけど。だれかここの職員のひとで、とくにエイダ叔母さんに親切だったとか、ほかの入居者で、とくに叔母さんと親しかったかたって、いないかしら——つまり、ほかのお客さんよね。ここのひとたち、入居者をお客さんとか、滞在者とか呼ぶみたいだから。もしいらしたら、そのかたにこのストールをさしあげてもいいわね。本物の黒貂《セーブル》よ。あとでミス・パッカードに訊いてみましょう。ほかのものは、一括して慈善団体に寄付すればいい、と。じゃあこれでかたづいたわね？　階下へ行って、ミス・パッカードを探しましょう。さよなら、エイダ叔母さん」視線をベッドに向けながら、タペンスは声に出してそう言った。「この前ここへきたとき、ああしてお目にかかっておいて、よかったと思いますわ。わたしを気に入っていただけなくて、それが心残りですけど、もしもわたしを毛嫌いなさったり、悪たれ口をきいたりすることで叔母さんが楽しんでいらしたのなら、べつにお恨みはいたしません。人間だれしも、なんらかの楽しみがなくちゃやっていけませんものね。それにわたしたち、叔母さんのことは忘れませんから。ウィリアム伯父さんのデスクを見るたびに、叔母さんのことを思いだすでしょう」

それからふたりはミス・パッカードを探しにいった。トミーはデスクと小さな仕事机がほしい旨を伝え、いずれひとをよこしてひきとる予定であること、残りの家具については、地元の競売業者に手配して、処分を依頼するつもりであることを説明した。また衣類については、ミス・パッカードがその手間をいとわぬなら、寄贈先の選択については彼女に一任したいと申しでた。

「どなたかここのかたで、あのセーブルのストールをもらってくださるかた、ありませんかしら」タペンスは言った。「あれはとてもいい品物ですわ。どなたか叔母のとくに親しかったお友達ででも？　でなきゃ、看護婦さんかだれかで、とくに親身に世話してくださったかたでもあれば、そのかたでもいいんですけど」

「それはたいへんご親切に、奥さん。あいにくほかのお客さんがたのなかには、ミス・ファンショーがとりわけ親しくしてらしたかたというのはございません。ですけど、看護婦のひとりで、ミス・オキーフという女性、このひとならたいへんよくミス・ファンショーにお仕えしておりましたし、とりわけ親身に、上手に扱ってさしあげていましたから、そういうお申し出があれば、喜んでお受けすると存じますが」

「それからあの、マントルピースの上の絵なんですけど」タペンスはつづけた。「わたし、あれがいただきたいんです――でも、ひょっとして前にあれをお持ちだったかた、叔母にあれをくださったかた、そのかたが返してほしいとおっしゃるといけませんから、いちおうそのかたにおうかがいして――」

ミス・パッカードはそれをさえぎった。「いえ、せっかくですけど、それはご無理ですわ、奥さん。あれをミス・ファンショーに進呈なさったのは、ランカスター夫人とおっしゃるかたなんです。そしてランカスター夫人は、もうここにはおいでになりませんの」

「おいでにならない?」びっくりして、タペンスは問いかえした。「ランカスター夫人とおっしゃると、先日ここへきたときにお会いした、あのかたじゃないかしら——あの、真っ白な髪を後ろへなでつけてらっしゃるかたでしょう? 階下の居間でミルクを飲んでらっしゃいました。あのかた、もうご滞在じゃありませんの?」

「ええ。なんと申しますか、だいぶ急な話でございまして。一週間ほど前でしたか、ご親戚のジョンソン夫人とおっしゃるかたがお見えになって、ひきとってゆかれたんです。ジョンソン夫人は、ここ四、五年、アフリカに行ってらしたんですけど、それが先日、急に帰国が決まったとかで——ほんとに、ずいぶん急なことでした。帰国して、イングランドに家を持つことになったので、ご主人もおいでのことだし、これからは自分たちでランカスター夫人のお世話ができるから、そうおっしゃいまして。じつを申しますとね、ランカスター夫人ご自身は、あまり気が進まれないごようすでした。ここにすっかり——その、落ち着かれて、みなさんとも親しくおなりになって、しあわせにお暮らしだったんです。ですから、ここを出るとわかると、それはびっくりなさって、ずいぶんお嘆きでしたわ。でも、嘆いてもどうなるものでもありませんし。そのことで好き嫌いをおっしゃれる立場じゃないんですから。ここの費用をお出しになってたのも、ジョンソンさんご夫妻ですし。わたくしも見かねてお口添えはいたしましたの。こんなにここに長くいらして、すっかりここの暮らしになじんでおいでなんだから、なんならこのまま置いてさしあげては、って──」

「どのくらいここにいらっしゃいましたの、ランカスター夫人は？」

「ええと、六年近くになりますかしら。そうです、それくらいですわ。ですから、無理もないんですよ──ここをほんとうのわが家のようにお感じになっていたとしてもね」

「そうでしょうとも。よくわかりますわ」タペンスは眉をひそめて、ちらりとトミーのほうへ遠慮がちな視線を送ったが、やがて、思いきったようにあごをつきだした。

「あのかたがもうおいでにならないとうかがって、とてもがっかりしましたわ。じつはわたし、先日ここであのかたとお話ししたときに、以前どこかでお目にかかったような印象を受けたんですの──なんとなくお顔に見覚えがあるような。そのときは気がつかなかったんですけど、あとで、わたしの古いお友達の、ブレンキンソップ夫人とおっしゃるかたのお宅でお会いしたことがあるのを思いだしましたの。ですから、もう一度ここへ叔母を見舞いにくることがあったら、あのかたにお目にかかって、はたしてそうだったかどうか、確かめてみようと思ってましたのよ。でも、もちろんあのかたがご家族のもとへお帰りになったとあれば、それも無理ですわね」

「よくわかりますわ、ベレズフォードの奥さん。わたくしどものお客さんにとっては、古いおなじみとか、むかしご親戚のだれかをご存じだったとか、そういうかたと連絡がとれるのって、なににも勝る喜びなんです。あいにく、そのブレンキンソップ夫人とかのお名前が、あのかたの口から出るのを聞いたことはございませんけれど、みなさんが必ず古いお知り合いのことを話題になさるとはかぎりませんからね」

「もうちょっとランカスター夫人についてうかがわせていただけません？　どんな身寄りのかたがおいでになるとか、どんないきさつでここへおはいりになったとか――」

「と申しましても、お話しできるようなことはほとんどございませんのですよ。いまも申しあげたとおり、あれは六年ほど前でしたか、そのジョンソン夫人とおっしゃるかたから、このホームについてお問い合わせがございましてね。そのあと、ジョンソン夫人がご自分でお見えになって、おおざっぱなところを検分してゆかれました。なんでも、あるお友達から〈サニー・リッジ〉のことをお聞きになったとかで、条件とか、そういったことをおたずねになって、その日はお帰りになりました。それから一、二週間して、今度はロンドンの弁護士事務所から、もうすこし詳しい照会がまいりまして、そのあとやっと、もし欠員があればランカスター夫人を預けたい、さしつかえなければ、一週間かそこらのうちに、ジョンソン夫人が本人を連れてゆくから、との手紙が届いたわけです。たまたまそのときは、おりよくお部屋に空きがございまして、そんなわけでジョンソン夫人は、さっそくランカスター夫人を連れておいでになり、ランカスター夫人も、わたくしどもの用意したお部屋がお気に召したようでした。ジョンソン夫人がおっしゃるには、ランカスター夫人が私物を二つ三つ持ちこみたいと希望しておいでとのことでしたけど、これはどなたでもなさっていることですし、そのほうがみなさんにもずっと落ち着いていただけますので、わたくしとしても、一も二もなく承諾いたしました。というわけで、万事すこぶる満足すべきかたちでまとまったわけでございます。ジョンソン夫人のおっしゃるには、ランカスター夫人はご自分のご主人のほうの、それもあまり近いご親戚ではないのだけれど、近く自分たちがアフリカに——たしかナイジェリアだったと思います、そこでご主人が新たに官職に就かれたとかで——行くことになり、行けばまず数年は帰国できないから、そのかんのランカスター夫人の身の上が心配で、もしあのかたがわが家同様に落ち着ける施設があれば、そこで預ってもらえるように手配しておきたかったのだ、ということでした。その点、わたくしどものことについては、いままでに聞いた評判からも、おおいに安心しておいでだとのことで、そんなわけで、いっさいは上首尾にまとまり、ランカスター夫人ご本人も、しごく安楽にここに落ち着かれたという次第でございます」

「よくわかりましたわ」

「ここではみんな、ランカスター夫人のことがとても好きでした。しいて申せば、ちょっと——その、だいたいご想像がおつきでしょう——頭のはっきりしない点もございましたけど。いってみれば、物忘れをしたり、物事をとりちがえたり、ときどき名前とか住所なんかが思いだせなくなったり、その程度のことなんですが」

「お手紙なんかはたくさんきまして？」タペンスはたずねた。「つまり、海外やなにかから、便りはよくあったのかということですけど？」

「そうですわねえ、たしか最初の年に、アフリカのジョンソン夫人からでしたか——それともご主人のほうからでしたか——一、二度お便りがあったと思います。でも、ほら、人間って、とかく忘れっぽいものですしね。ことに、新しい土地へ行って、いままでとはまったくちがう生活を送るようになりますと、それも無理からぬことですし、もともとあのご夫婦は、とくにランカスター夫人とお親しかったというわけでもないようで。ただ遠縁のご親戚というだけでね。行きがかり上、身内としてほうっておけない——あのご夫婦としては、ただそれだけのお気持ちだったのではないかと。金銭的な問題は、なにもかも弁護士を通じて処理なさいました。エクルズさんとおっしゃって、とてもりっぱな、評判のよい弁護士さんです。じつはそれまでにも、この事務所とは何度か交渉がございましてね。先方がわたくしどもをご存じなのと同様に、こちらも先方を存じあげていたわけです。でも、ランカスター夫人のお友達やお身内のかたは、たいがいもうお亡くなりになっているみたいで、あのかたにはほとんどお便りもございませんでしたし、ご面会のかたがいらした覚えもございません。ただ一度だけ、あれは一年ぐらいたってからでしたか、それはりっぱな紳士のかたが訪ねて見えましたけどね。といっても、ランカスター夫人の直接のお知り合いというわけじゃなく、ジョンソンさんのお友達で、やはり海外で植民省のお仕事をなさっている、とかいうことでした。わたくしの思いますのに、ジョンソンさんのご依頼で、ランカスター夫人がここでつつがなく、おしあわせに暮らしてらっしゃるかどうか、それを確かめにおいでになったんじゃないでしょうか」

「で、それからあとは、だれもがあのかたのことを忘れてしまったと、こういうことですのね？」

「ええ、あいにくと、そのようです。でも、これって、じつはざらにあることなんですのよ。さいわいここにおはいりになるかたは、たいがいここで新しいお友達をおつくりになります。趣味が似ているとか、共通の思い出をお持ちだとかいうことから、自然に結びつきができるんです。ですから、人間関係はまずまずうまくいってると、そう申してもよろしいでしょうね。わたくしの見たところ、ほとんどのかたが過去の生活をあら詰まった。「――その、少々――」手がのろのろとひたいをさすったが、すぐに彼はその手をおろした。「いや、ぼくの言いたいのは――」

「わかりますわ、おっしゃりたいことは」ミス・パッカードが言った。「ご承知のとおり、ここでは精神疾患のあるかたはお預かりしておりませんけど、いわばその、ボーダーライン上のかたはお引き受けしております。いってみれば、お年のせいで頭がぼんやりして――身の回りの始末もよくおできにならないとか、独特の妄想や空想癖をお持ちのかたとか。ときとしてこういったかたたちの空想というのは、ご自分を歴史上の人物と見なす、といったところから始まりましてね。といっても、ごく罪のない妄想なんですけど。ここにもマリー・アントワネットがふたりおりましたわ。ひとりは、しょっちゅう〝プティ・トリアノン〟とかのことをお話しになっては、なにかその場所に関係のあるらしいミルクをどっさり飲んでおいででした。そうかと思うと、ご自分をキューリー夫人だと思いこんで、ラジウムを発見したのはわたしだと主張なさるかたもおひとり。いつでも新聞をそれは熱心にお読みになりましてね。とくに、原爆やら科学上の発見やらのニュースには、強い関心をお示しでした。そして、きまってこうおっしゃるんです

――この分野の研究に最初に着手したのは夫とわたしなんだから、関心があるのも当然でしょう、って。人間、年をとりますとね、そういったたわいのない妄想で、しあわせになれるものなんですのよ。それに、そういった妄想がしょっちゅうつづくわけでもないんです。毎日マリー・アントワネットであるわけじゃないし、毎日キューリー夫人であるわけでもない。それが起きるのは、普通、二週間に一回ぐらいでしょうか。その時期が過ぎてしまうと、そういった見せかけの役を演じるのにも飽きてくるみたいです。それに、申すまでもなく、お年寄りを悩ますものでそれよりもずっと多いのは、ありふれた健忘症ですわ。自分がだれだったか、思いだせなくなるんですのね。でなければ、たえずなにか重大なことを忘れてるような気がして、なんとか思いだしたいと、それぱっかり言いつづけていたり。まあそういったことですわ」

「わかりました」タペンスは言った。それから、一瞬ためらったすえに、思いきってつづけた。「そのランカスター夫人ですけど――あのかたの場合、いつも口癖のようにおっしゃることって、こちらの居間の暖炉のことでしたでしょうか。でなきゃ、特定の暖炉でなくても、ほかのどこの暖炉でも?」

ミス・パッカードはまじまじと彼女を見つめた。「暖炉ですって?　いったいなんのことでしょう」

「あのかたが口になさったことなんですのよ。それだけがのみこめませんでしたの——もしかすると、暖炉についてなにか忌まわしい思い出でもお持ちなのかもしれないし、でなければ、恐ろしい物語でもお読みになったのかしら、そう思いまして」

「そういうこともあるかもしれませんわね」

タペンスは言った。「わたし、いまだにあのかたがエイダ叔母にくださった絵のことが気がかりなんですけど」

「それならご心配には及びませんよ、ベレズフォードの奥さん。きっといまではすっかり忘れておいでalong でしょうから。とくにあの絵を大事になさってたようにも思えませんし。ミス・ファンショーから褒めていただいたのがうれしくて、それであなたにあげるとおっしゃっただけのことで。ですから、奥さんがあれを気に入ってくださったとわかったら、きっと喜んで持っていてほしいとおっしゃるはずです。あれはいい絵ですわ。わたくしもそう思いました。といっても、わたくしなんかに絵のことがわかるってわけじゃございませんけど」

「わたし、こうしようと思いますのよ。ご住所を教えていただけたら、そのジョンソン夫人にお手紙をお出ししてみますわ。わたしがあれをいただいてしまってもかまわないかどうか、それをうかがってみるつもりです」

「ご住所と申しましても、わたくしの存じておりますのは、あのかたたちのお泊まりになるご予定だったロンドンのホテルだけですけど——たしか、クリーヴランドといったでしょうか。そう、クリーヴランド・ホテルですわ。西一区ジョージ・ストリートの。そこへランカスター夫人をお連れになって、四、五日ご滞在になり、それから、スコットランドのご親戚へおいでになるというご予定でした。クリーヴランド・ホテルにお問い合わせになれば、郵便物の転送先がわかるんじゃございませんでしょうか」

「わかりました。お世話さま——では、あの毛皮のストールのこと、よろしくお願いしますわ」

「ミス・オキーフをここへよこしましょう」

ミス・パッカードは部屋を出ていった。

トミーが言った。「きみのブレンキンソップ夫人にもあきれたね」

タペンスは得意そうだった。

「わたしにしては、最高の思いつきだったわ。思いがけなく彼女を生かすことができて、よかったって気持ち。なにか名前を思いつかなきゃ、そう思ってたら、ふいにあのブレンキンソップ夫人が頭に浮かんできたわけ。いま思ってみても、あの事件って痛快だったわ。そうじゃない？」

「むかしの話さ——もはやわれわれには、諜報活動にしろ、防諜活動にしろ、まるきり無縁の存在だよ」

「残念だわ。ほんとにおもしろかったのに——あの高級下宿《ゲストハウス》に滞在して——自分のために新しい人格を発明する——ほんとにわたし、ブレンキンソップ夫人になりきったみたいな気分だったわ」

「あれがまんまとやりおおせられたのは、ひとえに幸運のおかげだったんだ。いつかも言ったことだけど、ぼくに言わせれば、きみは演技過剰だった」

「そんなことないわよ。わたしは完全にあの人物になりきってたわ。ちょっぴり愚かだけど、善良な女。そして三人の息子を育てあげることに献身してる母親」

「そこなのさ、ぼくが言いたいのは」と、トミー。「息子ならひとりでじゅうぶんだ。息子が三人なんて、たとえ想像上のことにしても、負担が大きすぎる」

「でも、三人ともわたしにとっては、完全に現実の存在だったのよ。ダグラス、レイモンド、それと——あらやだ、もうひとりの名を忘れちゃった。でも、三人がどんな顔だちで、どんな性格か、どこに勤務してるか、わたしにはたなごころをさすようにはっきりわかってたし、三人からきた手紙の内容だって、いたって軽率にしゃべりちらすことができたわ」

「ま、いっさいは過ぎたことさ」と、トミーは言った。「ここにはなにひとつさぐりだすべきことなんかないんだ。だから、ブレンキンソップ夫人のことは忘れるんだな。いずれ、ぼくが死んで、埋葬されて、然《しか》るべき服喪期間も過ぎて、きみがどこぞの老人ホームにでも落ち着いたら、そしたら月の半分は、ブレンキンソップ夫人だと思いこんで過ごすのもいいけどね」

「たったひとつしか演じる役がないんじゃ、きっと退屈でしょうね」タペンスは言った。「きみはなぜだと思う――年寄りがマリー・アントワネットやらキューリー夫人やら、そういった人物になりたがるのは？」トミーはたずねた。

「さあ、たぶん退屈をまぎらすためでしょうね。人間って、だれでも退屈するものなのよ。あなただって、きっとそうだわ。自分の脚で歩きまわることも、指がこわばって編み物をすることもできなくなったら。そうなったら、ひとはなんとかして自分を楽しませようとする。そこで、だれであれよく知られた人物になったつもりで、それがどんな感じがするものか、ためしてみようとするわけ。その気持ち、完全に理解できるわ」

「きみならば、さだめしそうだろうさ」トミーは言った。「気の毒なのは、きみの入居する老人ホームの仲間だよ。きみはきっと大半の時間を、クレオパトラのつもりで過ごすだろうってな気がするね」

「有名人にはならないわ」タペンスは言いかえした。「わたしは無名の人物になるの。たとえば、クレーベのアン（ヘンリー八世の四番めの妃）のお城のキッチンメイドかなにかになって、品の悪いゴシップを山ほど撒き散らすとか」

このとき、ドアがひらいて、ミス・パッカードがひとりの背の高い、そばかすのある娘を伴ってはいってきた。娘は看護婦の制服を着、くしゃくしゃに縮れた赤毛をしていた。

「ミス・オキーフです――こちらはベレズフォードさんご夫妻。なにかあなたにお話がおありだそうよ。じゃあわたくしはこれで。どなたか患者さんがお呼びだそうですので」

タペンスがしかつめらしくエイダ叔母さんのストールを進呈すると、オキーフ看護婦は目がくらんだかのような表情になった。

「まあ！　これをあたくしに？　でも、あたくしにはもったいなさすぎます。奥様がご自分でお使いになれば――」

「いいえ、わたしはいらないの。どっちみちわたしには大きすぎるし。このとおり小柄でしょう？　このストールは、あなたのような大柄なひとにこそふさわしいのよ。叔母は背の高いひとでしたからね」

「ええ、そうなんです！　あのかた、ほんとうに堂々としてらっしゃいましたわ——お若いころは、きっとごりっぱだったでしょうね」

「まあね」トミーがあいまいに言った。「しかし、世話をする身になってみれば、ずいぶん手を焼かされたんじゃないのかい？」

「ええ、まあ、そう言えばそうなんですけど。でも叔母様は、気位の高いかたでした。高潔なお心根をお持ちで、あのかたをおとしめられるものなんて、なにひとつありませんでした。それに、けっしてぼけてるなんてことはありませんでしたし。叔母様がどれほどいろんなことに通じておいでだったか、それはまあびっくりさせられるほどでしたわ。針のように鋭い、とでもいったところでしょうか」

「しかし、癇癪持ちだったろう？」

「ええ、それはもう。でも、あたくしたちお世話をするものがうんざりさせられるのは、それよりむしろ愚痴《ぐち》っぽいかたなんです。泣き言や不平ばっかりおっしゃるかたですわ。その点、ミス・ファンショーはごりっぱでした。いつだって、お話しになるのは、むかしの威勢のいい思い出話で——なんでも、まだお嬢さんのころ、田舎のお屋敷の階段を馬で駆けあがったことがおありだとか——ほんとなんですか？」

「まあね、あの叔母ならやりかねない」と、トミー。

「こういうところで働いておりますと、どんなお話でも信じられるようになるものでしてね。お年寄りたちがあたくしどものところへおいでになって、こっそり打ち明けられることといったら！　この施設に犯罪者がいるのを見つけた——すぐに警察に通報しなきゃ——さもないとあたくしたちは皆殺しになる、とかなんとか……」

「この前ここへうかがったとき、どなたかが毒を盛られたとかおっしゃってたようだけど」タペンスが鎌をかけた。

「ああ！　あれはロケット夫人ですわ。毎度のことなんです。でもあのかたは、けっして警察を呼んでほしいんじゃないんですよ。お医者様なんです——お医者様のこととなると、目の色が変わってね」

「それからもうひとり——小柄なかただったけど——ココアをくれとか……」

「それはきっとムーディー夫人でしょう。お気の毒に、もうおいでになりませんわ」

「おいでにならないって、お出になったの——ここを引き払われたの？」

「いいえ——血栓症でした——それもずいぶん突然のことで。こちらの叔母様に、とても心酔してらっしゃいましたわ——といっても、ミス・ファンショーのほうは、適当にあしらっておいでだったんですけど——なんていうか、いつもつまらないうわさ話ばかりするかたでしたし……」

「先ほどうかがったところによると、ランカスター夫人も急にお出になったんですって
ね」

「ええ、身寄りのかたが迎えにおいでになって。ご本人は気が進まなかったんですけど
ね」

「あれはどういうことだったのかしら、あのかたがわたしにおっしゃってたことは——居間の暖炉かなにかのお話でしたけど」

「ああ！　あのかたはいつもいろんな夢物語ばかりなさってましたから——むかしご自分の身に起きたことだとか——ご自分だけがご存じだという秘密だとか……」

「たしか、子供のことだったわ——誘拐されるか、殺されるかした子供の……」

「ねえ、おかしいでしょう？——みなさんが思いつかれることって。そういう話のヒントって、たいがいはテレビから得るんですけど……」

「たいへんでしょうね、あなたも——そういったお年寄りを相手に働くのって。きっとうんざりするんじゃないかしら」

「いいえ、それほどでも——あたくし、お年寄りが好きですから。だからこそ、こういうお仕事を選んだんですし……」

「ここには長くお勤めなの？」

「一年半ばかりになります」オキーフ看護婦はためらった。「――でも、来月には退職しますのよ」

「あら！　なぜ？」

ここではじめて、看護婦の口調がよどみがちになった。

「ええ、まあ、これという理由は……ご存じでしょうけど、ベレズフォードの奥様、だれでも変化が必要――」

「でも、これからもこういった方面のお仕事はおつづけになるんでしょ？」

「ええ、それはもう」看護婦は毛皮のストールをとりあげた。「あらためてお礼を申しますわ――それに、ミス・ファンショーを思いだすよすがができて、さいわいに存じます。あのかたはほんとうにりっぱな淑女でいらっしゃいました――近ごろ珍しいかたでしたわ」

5　老婦人の失踪

1

　エイダ叔母さんの遺品は、やがてつつがなく送り届けられた。デスクは所定の位置に据えられて、賞賛の目でながめられたし、仕事机のほうは、飾り棚を追放した――場所を奪われた飾り棚は、暗いホールの片隅に追いやられることになった。そして、運河のほとりの淡いピンク色の家を描いた絵は、タペンスの手で、寝室のマントルピースの上、朝のお茶を飲みながら鑑賞できる位置にかけられた。

　いまだにその絵の所属についていくらか良心のとがめを感じているタペンスは、それがどういういきさつで自分の手にはいったかを説明する手紙を書き、もしもランカスター夫人が返却を望むなら、その旨《むね》お知らせいただきたいと書き添えた。この手紙は、ロンドン西一区ジョージ・ストリート、クリーヴランド・ホテル内、ジョンソン夫人気付ランカスター夫人宛てで郵送された。

ところが、これにたいして返事はなにもなく、やがて一週間後には、手紙自体が〈受取人宛て先に尋ねあたらず〉との付箋をつけてもどされてきた。

「あらやだ、ずいぶんな扱いだこと」タペンスはぼやいた。

「ひょっとしたら、そのホテルには一晩か二晩、泊まっただけなのかもしれないぜ」トミーが言った。

「それでも、転送先ぐらいは言い置いてゆくものじゃない？」

「〝転送されたし〟と書いてやったのかい？」

「もちろんよ。いいわ、こうなったら電話で問いあわせるから——宿帳には、当然、住所が残ってるはずですもの……」

「ぼくだったら、もうほっとくけどね。どうしてまた、それほどそのことにこだわるんだ？　絵のことなんか、あのおばあさん、とっくに忘れちまってるよ」

「でも、いちおうやってみるわ」

タペンスは電話の前にすわりこみ、ほどなくクリーヴランド・ホテルを呼びだすことに成功した。

数分後、彼女は書斎にいるトミーのところへやってきた。

「なんだかへんなのよ、トミー――あのひとたち、例のホテルに泊まってさえいないの。ジョンソン夫人といい――ランカスター夫人といい――どっちの名前もぜんぜん記録に残っていないの。以前に宿泊したことがあるという記録すらないんですって」

「ミス・パッカードがホテルの名前をまちがえたのかもしれんぞ。急いでなにかに書きつけて――そのメモをなくしちまったとか――でなきゃもともと記憶ちがいをしてるのか。よくあることだからね、そういうことって」

「〈サニー・リッジ〉にかぎって、それはありえないわ。あのとおり、すべての点で有能なひとですもの、ミス・パッカードは」

「ことによると、前もって予約はしてなかったのかもしれない。ところが、いざ行ってみると、満員で、しかたなくよそへ行ったのさ。ロンドンのホテル事情がどんなものか、たいがい見当はつくだろう――それにしてもきみ、そこまで騒ぎたてなきゃいけないことなのかい？」

タペンスは退散した。

まもなく彼女はまたあらわれた。

「こうしてみたらどうかしら。ミス・パッカードに電話して、弁護士の住所を教えてもらうの……」

「弁護士って、なんの？」

「あなた、覚えていない？――ジョンソン夫人が海外に行ってるあいだ、どこかの法律事務所がいっさいの事務を代行していたって、そう彼女が話してたのを？」

トミーは近くある会議に出席する予定で、いまも、会議で行なうスピーチの草稿づくりに忙しく、しきりに口のなかで――「かかる不測の事態《コンティンジエンシー》が出来せる場合、適切な方策として考えられるのは――」などとつぶやいているところだったから、逆にタペンスに、

「ねえきみ、コンティンジェンシーって、どう綴るんだっけ？」との反問をぶつけた。

「あらやだ、わたしの話してたこと、ちゃんと聞いてたの？」

「ああ、聞いてたとも。名案だ――すばらしい――たいしたものだよ――ぜひそうしなさい……」

タペンスはいったん立ち去り、それからもう一度、首だけのぞかせて言った――

「C―o―n―s―i―s―t―e―n―c―yよ」

「ばかな――そりゃきみの聞きまちがいだ」

「なにを書いてるの？」

「論文だよ、今度のIUASで発表する予定の。だから、もうちょっと静かにして、これに専念させてくれないか」

「あら、ごめんなさい」

タペンスは退散した。トミーは原稿書きをつづけ、やがて、いま書いた一節を読みかえして、それを棒線で消した。徐々に書くスピードがあがり、それにつれて彼の表情も明るくなってきた――と思われたその矢先、またしてもドアがひらいた。

「わかったわよ」タペンスが言った。「パーティンデール・ハリス・ロックリッジ&パーティンデール、住所は西中央二区リンカーン・テラス三十二番地。電話はホルボーンの〇五一三八六。担当者はエクルズ氏」彼女はトミーの肘のそばに、一枚の紙片を置いた。「あとはあなたがやってくれるわね？」

「なんだって？　よしてくれよ。断じて断わる！」

「いいえ、たってお願いするわ！　だいいち、エイダ叔母さんはあなたの叔母さんなのよ」

「この件のどこにエイダ叔母さんがからんでくるんだ。ランカスター夫人は、ぼくの叔母さんなんかじゃないんだぜ」

「でも、相手は弁護士なのよ。弁護士との交渉となると、いつだって男の役目だわ。こっちを女だと見ると、てんからばかにしちゃって、ろくに話を聞こうともしないんだから……」

「ふん、きわめて賢明な態度だね、それは」

「ねえ、トミーったら！――お願いだから、なんとか頼むわ。あなたがここに電話してくれたら、そのあいだにわたしは辞書をひいて、コンティンジェンシーの綴りを調べてあげるから」

トミーはじろりと妻を見据えたが、それでも無言で書斎を出ていった。

ややあってもどってきた彼は、きっぱりと言った――「この一件はこれで終わりだ、タペンス」

「エクルズさんに連絡がついたの？」

「まあ厳密に言えば、つかまえた相手はウィルズ氏とやらだ――あれはどう考えても、パーティングフォード・ロックジョー＆ハリスン事務所の下っ端だね。とはいえ、事情はちゃんと把握していたし、雄弁でもあった。それによると、あらゆる手紙とか通信のたぐいは、サザン・カウンティーズ銀行のハマースミス支店を通じて送られているそうだ。この銀行で、いっさいの連絡を代行してくれるんだってさ。というわけで、タペンス、いうなれば臭跡はここでとぎれたってこと。銀行は、書類や通信類の転送はしてくれる――しかし、相手がきみにしろだれにしろ、顧客の住所の問い合わせには、ぜったいに応じないからね。面倒な規定があって、厳密にそれを守ってるのさ――彼らの口は、もったいぶったわれらが首相閣下のそれとおなじに、ぴったりとざされてるってわけだよ」

「わかったわ——じゃあその銀行気付で手紙を出してみましょう」

「どうぞご随意に。ただし後生だから、これ以上このぼくを巻きこまないでくれよ。さもないと、いつまでたってもこのスピーチが完成しないということになる」

「ありがとう、あなた。あなたがいなければ、どうしたらいいのやら、まるきりお手上げだわ」タペンスは夫の頭のてっぺんにキスした。

「やれやれ、最大級のお世辞だね」と、トミーは言った。

2

トミーがふと思いだしたようにたずねたのは、つぎの木曜日の夜になってからだった。

「ところでタペンス、例の銀行気付でジョンソン夫人に出すとか言ってた手紙、返事はきたのか？」

「よくぞおたずねくださいましたこと」タペンスは皮肉たっぷりに答えた。「じつは、まだなのよ」それから、思案げにつけくわえて――「そのうちにくるとも思えないわ」

「ほう、どうして？」

「あなた、ほんとは関心なんかないんでしょ？」タペンスは冷ややかに言った。

「まあそう言うなって、タペンス――たしかにぼくはこのところ、ちょっと頭のほうがお留守だった。それもみんな、ＩＵＡＳのせいなんだ――さいわい、年に一度のことだけどね」

「たしか、月曜日に始まるんでしたっけ？　五日間――」

「四日間だよ」

「――にわたって、あなたがたは一堂に会して、極秘裏に国家の最高機密を語りあう。そしてスピーチをしたり、論文を発表したり、ヨーロッパやその向こうの国々で、秘密の任務に就く青年たちの適性を吟味したりする。わたしなんか、ＩＵＡＳがなんの略だったのかも忘れちゃったわ。近ごろの世のなかときたら、やたら頭文字ばかりが氾濫して――」

「国際合同秘密機関連合《インターナショナル・ユニオン・オブ・アソシエーテッド・セキュリティー》だよ」

「なんて長たらしい名称なんでしょう。ばかばかしいもいいところ。それでいて、会場全体に隠しマイクが仕掛けてあって、みんなの内密の会話がみんなに筒抜けになってる、なんてね」

「おおいにありうることだね、それは」トミーがにやりとして言った。

「で、あなたは、それを楽しんでるってわけ？」

「まあね、ある意味では。だいいち、久しぶりに旧友と会える」

「いまじゃみんな、結構な耄碌《もうろく》じいさんになってるんでしょうね。だいたい、そんなひとたちと会って、なんの得があるんだか訊きたいわ」

「おやおや、なんという質問だろう！　そんな質問に、おいそれとイエスかノーかで答えられるわけなんかないだろう」

「だったら、集まるひとのなかに、りっぱなひとたちがいるとでもいうの？」

「その質問にならイエスと答えられるね。何人かはすこぶるりっぱな人間だ」

「あのジョッシュもくるの？」

「ああ、彼もくるはずだ」

「最近はどうしてるの、あのひと？」

「すっかり耳が遠くなって、目もほとんど見えないし、リューマチで足をひきずってる――とはいえ、彼の地獄耳にはいらないことなんてなにひとつない。それはまあ、驚くばかりだよ」

「でしょうね」タペンスは感慨ぶかげに言った。「わたしもいっしょに行けたらいいのに」

トミーはばつの悪そうな顔をした。

「きみだって、ぼくが留守にしてるあいだ、なにかしらやることがあるだろう」

「そうね、おそらくは」タペンスは遠いところを見るような目つきで言った。

ふと、漠然たる疑念がきざしてきて、彼女の夫はそっと彼女を見やった。それはいつの場合もこのタペンスが、彼の身内にひきおこす感情なのだった。

「タペンス――なにをたくらんでる？」

「なにって、べつに――いまのところは、まだ思案してるだけよ」

「だから、なにを思案してる？」

「〈サニー・リッジ〉のことよ。それと、あのやさしそうなお年寄りのこと――ミルクを飲みながら、死んだ子供のことと暖炉のことで、なにやらわけのわからないことを言ってたあのひと。あれにはすっかり好奇心をそそられたわ。あのときわたし、こう思ったの――ようし、このつぎにエイダ叔母さんのお見舞いにきたときにでも、きっとこれ以上のことをさぐりだしてみせる、って。ところが、エイダ叔母さんが亡くなって、その機会が失われてしまったわけ――しかも、つぎにわたしたちが〈サニー・リッジ〉を訪れたときには、当のランカスター夫人も——失踪していた！」

「身内がひきとっていったことを言ってるのかい？　あれは失踪なんてものじゃないだろう——いたって自然な出来事じゃないか」

「いいえ、失踪だわ。連絡可能な住所をどこにも残していかない——手紙を出しても返事をよこさない——まさしく計画的な失踪以外のなにものでもないじゃない。考えれば考えるほど、その事実がいっそう強固になってくる感じよ」

「しかし——」

タペンスは夫の〝しかし〟をさえぎった。

「聞いて、トミー。かりによ、かりに——あるときどこかでなんらかの犯罪があったとして——いままでそれは安全に隠されてきた——ところがいまになって、家族のだれかがなにかを見たか、なにかを知ったかする——だれか、お年寄りの、おしゃべりなひと——相手かまわず軽率なおしゃべりをしかねないひと——犯人は、とつぜんそのひとが自分にとって危険な存在になっていると気づく——さあ、あなただったら、どうする？」

「砒素入りのスープを飲ませるかな」トミーは快活に応じた。「でなきゃ、脳天を一撃するとか——階段から突き落とすとか……」

「それはちょっと極端すぎるわ——突然の死って、いつの場合も疑惑を招くもとですもの。犯人はもっと単純なやりかたを探す——そして答えを見つける。それが、高年女性のための評判のいいホームってわけ。あなたはジョンソン夫人、またはロビンソン夫人とでも名乗って、そこを訪れる——もしくはだれか、なにも知らない第三者に働きかけて、そのひとに手続きをまかせる——金銭上の問題は、信用のできる弁護士を通じて処理する。当のお年寄りについては、あらかじめ、たわいのない空想や妄想にふける癖がある、とでもほのめかしておく——お年寄りなら、まあたいがいそうだから——だれもそれを怪しいとは思わない。たとえご当人が毒入りミルクのことを口走ろうと、暖炉の奥に子供の死体があると吹聴しようと、陰惨な誘拐事件についてしゃべりだそうと、耳を傾けるひとはだれもいない。みんなはただ、ああまただれそれさんの夢物語が始まった、そう思うだけ——だれもこれっぽっちの注意も払おうとしない」

「ただひとり、ベレズフォード夫人を除いては」

「ご明察。ええ、そうよ、わたしはたしかに不審をいだいたわ」

「しかし、なぜそう感じたんだ?」

「それがよくわからないの」タペンスはのろのろと言った。「ちょうど例の魔女みたい。なんだか親指がずきずきするよ。やってくるんだ、邪悪なものが。ほんと、とつぜんだったわ、急に背筋がぞくっとしたの。これまではいつだってあの〈サニー・リッジ〉を、ごくあたりまえの、平穏そのものの場所と見なしてたのに。それが急に怪しく思われてきた……そうとしか表現できないわ、わたしには。だから、もっと多くのことが知りたくなったわけ。ところがどうでしょう、肝心かなめのランカスター夫人が、突如として姿を消してしまった。何者かが彼女を拉致し去ったのよ」

「しかし、なぜそんなことをする必要がある？」

「だんだん状況が悪化してきたから、でしょうね。そうとしか考えられないわ――その何者かの観点から見て、悪化してきたのよ――もっと詳しいことを思いだすとか、もっとたくさんのことをしゃべりちらすようになったとか、だれかを見て、そのだれかの正体に気がついたとか――でなければ、逆にだれかが彼女の正体に気づいたか、なんであれむかし起きたなにかについて、彼女にそれを見なおさせるようななにかをそのだれかがしゃべったか。いずれにせよ、なんらかの理由で、そのだれかにとって彼女の存在が危険になったんだわ」

「ねえタペンス、きみの話ときたら、はじめから終わりまでだれか、またはなにかばかりじゃないか。そんなのはたんに、きみが頭でこしらえあげたおとぎ話にすぎない。まさかきみ、そんな、自分にはなんのかかわりもないことに、わざわざ――」

「あなたに関するかぎり、かかりあいになる理由なんかなにもないのよ。だから、あなたは心配するには及ばないの」

「〈サニー・リッジ〉のことは、もうほっとけと言ったら」

「いまさら〈サニー・リッジ〉にもどるつもりはないわ。あそこのひとたちはすでに、知ってることは洗いざらい話してくれたと思うから。ただね、あのお年寄りも、〈サニー・リッジ〉にいるうちは、ある程度まで安全だったと思うのよ。だからこそ、いまどこにいるか、それを知りたいの――手遅れにならないうちに、あのひとの居所をつきとめたいの――なにかがあのひとの身に起こらないうちに」

「いったいなにが、彼女の身に起こりうるっていうんだい？」

「考えたくないわ。でも、乗りかかった舟ですもの、あくまで追求してみるつもり――つまり、私立探偵プルーデンス・ベレズフォードになるのよ。ねえあなた、わたしたちが〈国際探偵事務所〉だったころのこと、覚えてる？」

「ぼくがそうだったんだ。きみはたんなるミス・ロビンスンでしかなかった――ぼくの秘書のね」

「いつも秘書でしかなかったわけじゃないわ。とにかくね、わたしがするつもりでいるのは、それなの。あなたが〈極秘の殿堂〉で国際スパイ戦ごっこをやってる留守に。

〝ランカスター夫人を救え〞——これがわたしの旗印というわけ」

「どうせそのうち、彼女が元気でぴんぴんしてるのを見つけることになると思うけどね」

「それならそうなったで、結構な話じゃない。わたし以上にそれを念願してる人間はいないと思うけど」

「どうやってとりかかるつもりだい？」

「さっきも言ったとおり、まず思案してみなくちゃ。広告なんて、どうかしら。いえ、だめね、それはへたなやりかただわ」

「とにかく、くれぐれも気をつけてくれよ」トミーはなくもがなの忠言を呈した。タペンスは返事もしなかった。

3

月曜の朝、かつて人参色の髪をしたエレベーターボーイだった時分に、ベレズフォード夫妻によって犯罪撲滅運動に誘いこまれて以来、長年この家の家庭生活の柱石となってきたアルバートが、ふたつのベッドのあいだのテーブルにお茶のトレイを置くなり、カーテンをひいて、いいお天気ですよとのたまい、やおらそのいまでは肥満しはじめている体軀をひっさげて、寝室を出ていった。

タペンスはあくびをして半身を起こすと、目をこすって、お茶をカップにつぎ、レモンを一切れ落としたうえで、たしかにいいお天気らしくはあるけど、先のことはわからないわ、と論評を加えた。

トミーはうーんとうなると、寝返りを打った。

「お起きなさいよ」タペンスは声をかけた。「きょうは大事なところへ出かけるんだったでしょ？　忘れたの？」

「えいくそ、そうだったな」

トミーも起きあがって、自分でお茶をついだ。そしてマントルピースの上の絵を見やって、感嘆の面持ちで言った。

「ふうん。ねえタペンス、たしかにきみのあの絵だけど、あれはなかなかいいと言わなきゃならないよ」

「光線の加減でしょ。斜めに日があたって、絵が浮きあがって見えるせいよ」

「平和だ」と、トミー。

「前にどこであの家を見たんだったか、それさえ思いだせればねえ」

「そんなこと、どうだっていいじゃないか。そのうち思いだすさ」

「それじゃだめなのよ。いま、いますぐ思いだしたいの」

「へええ、そりゃまた、なぜ？」

「わからない？　あの絵はわたしの手にある唯一の手がかりなのよ。だって、もとはランカスター夫人のものだったんですもの……」

「しかし、そのふたつの事柄は、どうやったって結びつかないぜ。つまり、あの絵がもとはランカスター夫人のものだったのは事実だが、彼女はあれをどこかの展覧会で買ったのかもしれないし、家族のだれかが買ったのかもしれない。それを言うなら、だれかがプレゼントした、ということも考えられる。それを彼女が〈サニー・リッジ〉へ持ってきた——部屋の飾りにうってつけだと考えてね。要するに、あの絵と彼女のあいだに個人的なかかわりがなきゃならんという、そんな理由はどこにもないんだ。もしあるんだったら、エイダ叔母さんにくれたりはしなかったろう」

「でも、わたしの持ってる手がかりと言えば、あれだけなんだから」タペンスはくりかえした。

「しゃれた、平和な家だ」トミーが言った。

「にもかかわらず、わたしはあれが空き家だと思ってるの」

「どういう意味だ、空き家だとは？」

「あの家のなかには、だれも住んでいないということ。いくら待ってても、あの家から出てくるひとはだれもいない。だれもあの橋を渡るひとはいない。だれもあのボートのともづなを解いて、運河に漕ぎだすひとはいない」

「おい、よせよ、タペンス」トミーは妻を凝視した。「へんだぞ、きみ。いったいどうしたんだ」

「はじめてあれを見た瞬間に、そう感じたのよね――〃なんてきれいな家なんでしょう。住んだらきっとすてきだわ〃って。でも、そのあとすぐ、〃だけどあそこに住んでるひとはいない。だれも住んでいないことはぜったい確かだ〃、そう思ったの。そのこと自体、わたしが前にもあの家を見たことがあるのを暗示してるわ。あ、ちょっと待って。ちょっと待って……出かかってるのよ。ここまで出かかってるの」

トミーはまじまじと彼女を見つめた。

「窓から見たんだったわ」タペンスは息を殺して言った。「車の窓からかしら。いえ、いえ、そうじゃないわ。それだと角度がちがってくる。運河にそって走ってて……小さな太鼓橋と、あの家のピンクの壁と、二本のポプラの木と。いえ、二本以上だった。もっと、あったわ、ポプラの木が。ああ、なんとか、なんとかしてあれが――」

「おい、いいかげんにしろよ、タペンス」

「もうちょっとで思いだせそうなのに」

「こりゃいかん」トミーは腕の時計を見た。「急がなくっちゃ。きみの既視感《デジャビュ》なんかにつきあってちゃ、遅刻しちまう」

ベッドをとびだすなり、彼は大急ぎでバスルームへ駆けこんでいった。残ったタペンスは、ふたたび枕に頭をのせると、目をつむり、手が届きそうで届かないあたりをするりするりと逃げまわっている記憶を、なんとかつかもうと努めた。

トミーがダイニングルームで二杯めのコーヒーをつごうとしているとき、頬を紅潮させたタペンスが、意気揚々とあらわれた。

「わかったわ――どこであの家を見たんだったか、それを思いだしたの。汽車の窓から見たのよ」

「どこで？　いつ？」

「それはまだわからない。考えてみなくっちゃ。たしかそのとき、自分にこう言って聞かせたのを覚えてるのよ――〝いつの日か、きっともう一度ここへきて、あの家をじっくりながめよう〟って。だもんで、つぎに停まる駅の名を覚えようともしたんだけど、あいにく、近ごろの鉄道事情って、あなたもご存じのありさまで、小さな駅なんか、あっちでもこっちでも半分がたとりこわされてるのよ——それで、つぎに通過した駅も、すっかり荒れていて、プラットホームには草がぼうぼう、駅名表示板もなにも、ぜんぜん残っていないの」

「おおい、ぼくのブリーフケースはどこだ！　アルバート！」

あわただしい捜索が行なわれた。

まもなくトミーが息をはずませながら、出がけの挨拶をするためにもどってきた。タペンスは食卓にすわったまま、目玉焼きの卵をぼんやり見つめている。

「行ってくるよ」と、トミーは言った。「くどいようだが、タペンス、きみにはなんの関係もないことなんだ。そんなものに鼻をつっこまないでほしいな」

「じつのところわたしの考えてるのはね」と、タペンスは思案げな面持ちで言った。

「汽車でちょっとした小旅行をすることなのよ」

トミーはわずかながらほっとした表情になった。

「それはいい。ぜひそうしたまえ。なんなら定期券でも買うことだ。ごく手ごろな費用で、英国諸島全体をくまなくまわれるコース、ってのがあるはずだよ。あらゆる点で、きみにはうってつけじゃないか、タペンス。思いつくかぎりの列車に乗って、ありとあらゆる可能性のある場所を旅してみるといい。ぼくがもどるまで、きっと退屈しないでいられるはずだよ」

「ジョッシュによろしくね」

「承知した」トミーは気がかりそうに妻をかえりみながらつけたした。「きみもいっしょにこられるといいんだが。くれぐれも言っとくが、ぜったい——ぜったい無茶な真似はしないでくれよ」

「もちろんわかってるわよ」と、タペンスは答えた。

6　タペンス捜索にのりだす

「やれやれ、いったいどうしたらいいの？」タペンスは溜め息まじりにそう言って、陰気な目で周囲を見まわした。いまだかつて、これほどみじめな気分になったことはなかった。もとより、トミーが留守にすれば寂しくなるだろうとわかってはいたが、まさかこれほどとは思っていなかったのだ。

結婚以来の長い歳月を通して、トミーとタペンスは離ればなれに暮らしたことがほとんどなかった。結婚生活を始めるまで、ふたりは自称〝青年冒険家商会〟を名乗っていた。ふたりはともにさまざまな苦難や危険をくぐりぬけ、やがて結婚して、ふたりの子供ももうけ、世界がいくらか単調に、中年じみて感じられるようになったおりもおり、第二次大戦が勃発して、またしても彼らは、ほとんど奇跡的とも言える経路で、英国諜報部の外縁部分に巻きこまれていったのだった。いくらか非正統的な、異例の二人組として、ふたりは〝カーター氏〟と名乗る物静かな、得体の知れぬ男――だがその言葉にはだれもが頭をさげる人物——によって徴募された。ふたりは冒険を体験し、そしてこのときもまた、それを楽しんだ。もっともこれは、ついでに言うと、はじめからカーター氏本人によって意図されたことではなかった。徴募されたのはトミーひとりだったのだが、タペンスは生来の発明の才をぬかりなく発揮して、あっと驚くような盗み聞きをやってのけたのだ。その結果、ある朝、メドウズ氏という変名でさる海岸のゲストハウスに乗りこんでいったトミーは、そこで真っ先にひとりの中年女性に出くわし、せっせと編み棒を動かしながら無邪気な目で彼を見あげてくるその女性を、ブレンキンソップ夫人として受け入れざるを得なくなったのだった。以後、ふたりは終始ペアとして行動した。

「だけど、今度はそういうわけにはいかない」と、タペンスは胸のうちでひとりごちた。いかに盗み聞きや発明の才、あるいはほかのどんな才能を発揮しようとも、それは彼女を〈極秘の殿堂〉の奥の間へは案内してくれないし、ＩＵＡＳの複雑な機構に参与させてくれもしないのだ。どうせただのＯＢ親睦会でしかないのに、と心のうちで毒づいてもみたが、とにかくトミーがいなくては、家のなかは空虚そのもの、外へ出れば出たで、孤独の風が身にしみる。「だいいち、これじゃ自分の身をもてあましちゃう。いったいどうやって時間をつぶしたらいいの？」

この問いかけは、しかし、完全に言葉の綾《あや》でしかなかった。というのもタペンスは、自分の身をどう処するかという問題について、すでに計画の第一歩を踏みだしていたからだ。今回は、諜報活動や防諜活動といったもののはいりこむ余地はどこにもない。なにひとつ公的な性格のものはないのだ。

「私立探偵プルーデンス・べレズフォード、それがわたしよ」そうタペンスは自分に言い聞かせた。

残り物を寄せ集めた昼食があわただしくかたづけられたあと、ダイニングルームのテーブルには、列車時刻表や旅行案内、地図、タペンスの探しだしてきた古い日記帳、などが山と積み上げられた。

時間的にはここ三年以内（それ以上ではない――それだけは確かだ）、そのかんのいつごろかに、列車で旅に出た彼女は、車輛の窓から問題の家を認めたのだ。だがそれはいつのことだろう。

現代の旅行者はたいがいそうだが、べレズフォード夫妻もまた、旅行には主として車を利用する。汽車の旅はめったにしないし、だからこそまた、記憶に残ってもいるのだ。スコットランド――もちろん。娘のデボラの嫁ぎ先を訪れたとき。けれどもあれは夜汽車の旅だった。

ペンザンス——夏の休暇旅行。しかしあの沿線なら、それこそ暗記できるくらいによく覚えている。

そう、これはそのような定番の旅ではない。もっと臨時の性質の強い旅行だった。

忍耐と勤勉とをもって、タペンスは目当てのものに該当する可能性のある旅行を逐一書きだし、詳細な一覧表をこしらえた。競馬場へ行ったのが一度か二度。ノーサンバーランド州在住の知人訪問が一度。その可能性ありと考えられるウェールズの土地が二カ所。それから命名式。結婚式二回。競売一回。子犬の飼育をしている友人が流感で倒れたため、かわりに犬を届けにいったのが一回。落ちあったのは、ある閑散とした乗り換え駅だったが、駅の名は思いだせない。

タペンスは吐息を漏らした。これではいっそ、トミーの提案を実行してみるのも一案かも——回遊券かなにかを購入して、めぼしい線を実際に走りまわってみるのだ。

小さな手帳に、それがなにかの役に立つ場合を考えて、些細な記憶の断片——おぼろげな記憶のひらめきといったもの——を、逐一書きとめてみた。

たとえば帽子——そう、あのとき帽子を網棚にほうりあげた覚えがある。すると、帽子をかぶっていたわけだが——ということは——結婚式か命名式——子犬の件ではないことは確実だ。

それから――べつの瞬間的な記憶――靴を脱ぎ捨てたっけ――足が痛んだからだ。そう――それははっきりしている――しかも、ちょうどあの家を眼前に見ているときだった――そこで足の痛みを感じて、靴を脱いだのだ。

となると、これは明らかに社交上の儀式におもむくところか、もしくはその帰路だったと考えられる。もちろん、帰路だ――足が痛むということは、とりもなおさず、長時間よそゆきの靴で立ったり歩いたりしていた証拠だから。では、帽子の種類はどうだろう？　それがわかれば、おおいに役に立つ――花を飾った帽子――夏の結婚式――それとも冬のビロードの帽子だったろうか。

いろいろな線の時刻表を参照しては、その細目を書き写すことに忙殺されているさいちゅうだった――アルバートがそっとはいってきて、お夕食にはなにがよろしゅうございますか、肉屋と八百屋に注文しておくものでもありますでしょうか、とたずねた。

「あしたから二、三日留守にするつもりなの」と、タペンスは言った。「だから、なにも注文しなくていいわ。ちょっと汽車で出かけてこようと思ってるのよ」

「では、サンドイッチでもお持ちになりますか？」

「そうね。じゃあ、ハムかなにかをそろえておいてちょうだい」

「卵とチーズではいかがです？　さもなければ、食料室にパテの缶詰めもございますよ

――だいぶ前からあそこに残ってますから、そろそろ食べてしまったほうがよろしいようで」これはあまりぞっとしない提案だったが、それでもタペンスは承諾した。

「結構よ。それでいいわ」

「お手紙は回送いたしますか？」

「どこに行くかもまだ決まっていないのよ」

「はあ、さようで」

このアルバートのなによりの長所は、どんな事態でもすべてを受け入れるという点にある。いかなる問題も、けっして説明して聞かせる必要がないのだ。

アルバートは出てゆき、タペンスはまた作業にもどった。めざすものは、つまるところ、こうなる――帽子と、よそゆきの靴とを必要とする、社交的な会合。あいにく、いま書きだしてみたものは、それぞれべつの鉄道の線とつながりがある。結婚式のひとつは南部線だし、もういっぽうは東アングリア。命名式のほうは、ベッドフォードの北だ。

もうちょっと詳しく周辺の状況を思いだせたら……たしか、座席は進行方向にむかって右側だった。運河を見る前に、なにを見ただろうか――森？　木立？　農耕地？　遠方の村落？

知恵を絞って考えこんでいたタペンスは、ふと眉をひそめて顔をあげた――アルバートがもどってきている。彼がそこに立って、こちらの気づくのをずっと待っていたとさとるまで、どれほど深く目前の難問に没頭していたことか――

「今度はなんなの、アルバート？」

「あのう、もしあした一日じゅうお留守になさるのでしたら――」

「そしてあさってもね、たぶん――」

「でしたら、一日お休みをいただいてもよろしゅうございますか？」

「ええ、もちろんよ」

「じつは、エリザベスのやつに――発疹が出まして。ミリーが言うには、はしかじゃないかと――」

「あら、それはいけないわね」ミリーというのはアルバートの細君、エリザベスは彼の末っ子である。「それでミリーがあんたに、うちにいてほしいと言ってるわけね？」

アルバートは、ここから通り二本ほど離れた、こぢんまりした瀟洒な家に住んでいる。

「いや、まあ、それほど大袈裟なことじゃないんですが――ミリーのやつ、自分が病人で手いっぱいのときには、かえってわたしがいないほうが楽だって申しまして――ただ、ほかの子供たちがね――わたしがいれば、あいつの邪魔にならないところへ連れだしてやれますから」

「そりゃそうよ。あなたがた一家はみんな隔離されるべきだわ」

「ご冗談を！　とにかく、いちばんいいのは、子供たちがみんな早くはしかをすましちまうってことで。チャーリーはもうやってますし、ジーンもすんでます。まあなんにせよ、お休みをいただいてもかまいませんですか？」

すこしもかまわない、とタペンスは保証した。

と、その彼女の潜在意識の底で、なにかがうごめきだした——胸のはずむ期待——ある種の啓示——はしか——そう、はしかだ。なにかはしかに関係のあること。

しかし、運河のほとりのあの家が、どうしてはしかなどと関係が……？

あっ、そうか！　アンシアだ！　アンシアはタペンスの名付け子である。そのアンシアの娘のジェーンが小学校にはいって——最初の学期だった——表彰式があるとかで、アンシアが電話してきたんだっけ——下のふたりの子供がふたりとも、はしかにやられて発疹が出た。あいにく、手伝いにきてくれるものはだれもいないし、もしもだれも式に顔を見せなかったら、賞をもらうジェーンはひどくがっかりするだろう——もしやタペンスが……？

そしてタペンスは、お安いご用だと請けあったのだった——とくに用のある体でもなし——ジェーンの学校へ行って、あの子を連れだし、昼食をおごってやったあと、また学校にもどって、遊戯やらなにやらを見物するくらい、なにほどのこともない。ちょうど特別な通学列車もあることだし——

いっさい合財が、びっくりするほどの明晰さで記憶によみがえってきた——そのとき着ていたドレスの柄さえも——矢車菊の花模様の夏服だった！

そしてその帰りの列車からだったのだ、問題のあの家を見たのは。

往路は、買っていった雑誌に読みふけっていたため気づかなかったが、帰路は読むものがなくなって、ぼんやり窓の外を見ているうちに、一日の疲労と、窮屈な靴の圧迫のせいで、いつしかうつらうつらしはじめたのだった。

ふと目をさましたのは、列車がとある運河のそばを走っているときだった。処々《しょしょ》に雑木林の点在する田園地帯で、ときおり橋があり、曲がりくねった小道や、人影のない田舎道も見える——遠くには農場がひとつ——村落は見あたらない。

そうこうするうち、停止信号でもあったのか、駅でもないのに列車が速度を落としはじめ、とうとう、ある橋のそばでがたんと停まってしまった。小さな太鼓橋で、それがひっそりと運河にかかっている——おそらくはもう使われていない運河だろう。そしてその運河の対岸に、水ぎわに接して、一軒の家——一目見たとたん、いまだかつてこんなに魅力的な家は見たことがない、そうタペンスに感じさせた家——それが遅い午後の金色の日ざしを浴びて、静かなたたずまいを見せている。あたりには人影はまったくなかった——犬とか家畜などのいる気配もない。にもかかわらず、その家の緑色の鎧戸《よろいど》は、きちんとしまっていない。とすれば、家にはひとが住んでいるはずだ。だがいまは、いまこの瞬間にかぎっては、そこは無人なのである。

「いつかきっと、あの家のことを調べてみよう」そうタペンスは思った。「もう一度ここへきて、あの家を見るのだ。かねてからわたしが住みたいと思っていた家、それにぴったりだもの」

ひとつ大きくがたんと揺れて、列車がゆるゆると走りだした。

「つぎの停車駅の名前を確かめなきゃ——ここがなんという土地だか調べられるように」

だが、いくら走っても、これぞと思う停車駅にはぶつからなかった。ちょうど鉄道に種々の変化が起こりはじめていたころで——小さな駅は閉鎖され、あるいはとりこわされて、荒れたプラットホームに雑草が生い茂っているばかり。二十分間——ざっと半時間近く——列車は停まらずに走りつづけたが、そのかん、これというほどの目印はなにひとつ見つからなかった。一度だけ、田野のかなた、はるか遠方に、教会の尖塔を認めただけだ。

それからあとは、なにかの工場らしき建物——高い煙突——一列に並んだプレハブ住宅——そのあとはまた、どこまでもひらけた田野。

そのときタペンスは思った——あの家は、なんだか夢の家のようだ！　もしかしたら、ほんとうに夢だったのかも——二度とふたたび、あの家を見ることはないような気がする——見つけだすのはあまりにもむずかしい。のみならず、ちょっぴり心残りだが、おそらくあれは……

まあいつの日にか、縁があれば、またあの家に遭遇することもあるかも！

こうして——いつしかその家のことは完全に忘れ去られた——壁にかかった一枚の絵が、とざされていた記憶をいま一度よみがえらせるまでは。

そしていま、アルバートがはからずも漏らしたある一言が、タペンスの探索に終止符を打ってくれたのだった。

それとも、より正確には、もうひとつの探索が始まりつつあったというべきか。

テーブルの上の資料の山から、タペンスは三枚の地図と案内書一冊、それに二、三の付帯資料を選びだした。

いまや、どこを探すべきかについて、おおまかなところは判明したわけだった。まずタペンスは、ジェーンの学校に大きな×印をつけた——それから、ロンドン行きの本線に合流する鉄道の支線――あのときうつらうつらしていたあいだに経過した時間。

最終的に探索の対象に擬せられたのは、かなりの広範囲に及ぶ地域だった――メドチェスターの北方。小さな町だが鉄道の乗り換え駅としてはそれなりに重要な、マーケット・ベイジングの南東。そしておそらくはシェールバラの西方。

車を使うとしよう。明朝さっそく出かけるのだ。

立ちあがって、寝室へ行くと、いま一度マントルピースの上の絵を見なおした。

そうだ、まちがいない。これはまさしく三年前に汽車の窓から見た、あの運河の家にほかならない。いつの日にか探しにゆこうと心に誓ったあの家――

その〝いつの日にか〟が、ついにめぐってきた――あすこそはその日になるのだ。

第二部　運河の家

7　善意の魔女

あくる朝、家を出る前に、タペンスはあらためて自室に飾った問題の絵をじっくりと見なおした。その細部を克明に心に刻みつけるのが目的ではなく、その家が風景のなかでどんな位置を占めているかを記憶するためだった。今回は汽車の窓からではなく、道路からそれを見ることになる。角度がまるきりちがってくるはずだ。おそらくその周辺には、太鼓橋がいくつもあるだろうし、似たような運河だってたくさんあるにちがいない——ことによると、絵の家に似た家だってあるかもしれないのだ（もっともタペンスとしては、それを信じたくない気持ちではあったが）。

絵には画家の署名がはいっていたが、はっきり読みとれなかった——わかっているのは、Bで始まる名だということだけ。

絵の前から離れると、旅にたずさえてゆく品々を点検した――ABC式鉄道案内と、その付録である鉄道路線図。陸地測量部地図ひとそろい。試みに書きだしてみたいくつかの地名――メドチェスター、ウェストリー――マーケット・ベイジング――ミドルシャム――インチウェル――これらの土地によってかこまれる大きな三角形の内部、それが目標とする地域だった。以上の携行品のほかに、小型の旅行鞄も用意した。なにぶん、行動予定地に行き着くだけでも半日の行程だし、着いたら着いたで、それらしき運河を探して、勝手のわからぬ田舎道をのろのろ運転で走りまわらなくてはならない。

メドチェスターで一休みして、コーヒーと軽食で腹ごしらえしたあと、いよいよ、とある鉄道線路に隣接した二級道路を選んで、多数の小川が網の目のように走る叢林地帯へと乗り入れていった。

イングランドの田舎はおおむねそうだが、この地方にも道標だけはたくさん立っていて、いままで一度として耳にしたことのない、しかもめったに目的の土地には通じていそうもない地名を示していた。こうして見ると、たしかにイングランドのこの地方の道路網には、ある種、気の許せない一面があるようだ。いたるところで、それまでたどってきた道路が運河からそれてゆくかと思うと、この方向に運河があるはずだと確信してたどっていった道が、とんでもない袋小路につきあたる。グレート・ミチェルデンをめざして行ったつもりが、つぎに行きあたった道標によれば、ふたつの道のいずれか——ひとつはペニントン・スパローへ、もういっぽうはファーリンフォードへ通ずる——を選ばねばならない仕儀になる。そこで、ファーリンフォードを選び、どうにかそれらしき土地へ到達したかと思うまもなく、つぎなる道標は、断固としてメドチェスターにもどることを強制する。実質的には、おなじところをどうどうめぐりしているわけだ。事実タペンスは、ついにグレート・ミチェルデンなる土地を発見することができず、いったん見失った運河も、長らく再発見できずにいた。かりに、探しもとめる土地について、村名なり方角なりに多少とも知識があったなら、事態はもうちょっと容易だったろう。だが、錯綜した運河を地図の上でたどることは、まさしく判じ物を解くようなものだ。ときおり、鉄道線路にぶつかり、それでやや元気づいて、ビーズ・ヒルとかサウス・ウィンタトン、あるいはファレル-セント-エドマンドとおぼしき方角へむかって突き進む。かつてファレル-セント-エドマンドには鉄道の駅があったはずなのだが、行ってみると、なんと数年前に廃止されているとわかる！「じっさい、たった一本でいいから、お行儀よく運河にそって、でなきゃ線路にそって走っている道路がありさえしたら、事はずっと簡単になるのに」そうタペンスは胸のうちでぼやいた。

日がしだいに西に傾くにつれ、捜索はますます難航しはじめた。何度か運河に隣接した農場にも出くわしたが、肝心のそこへ通じる道路が、運河とかかわりを持ちたくないと主張して、そのまままっすぐ丘を越えてのびてゆき、ウェストペンフォールドなどという、四角い塔のある教会を擁する、まったく無関係な村に達しているありさま。

このウェストペンフォールドからよそへ通ずる唯一の道らしい、そしてタペンスの方向感覚によれば（といっても、それはいまではしだいにあてにならないものになりつつあったが）、行きたい方角とは正反対としか思えないほうへ向かっているでこぼこ道をたどって、敗北感にさいなまれつつ車を走らせていると、ふいに二本の細道が左右に分岐している地点にぶつかった。例によって、そこには道標の残骸らしきものがあったが、地名を示すはずの腕木が、二本とも欠け落ちている。

「さてと、どっちに行こうか」タペンスはつぶやいた。「ま、運を天にまかせよう」

彼女は左の道を選んだ。

道は右に左に曲がりくねりながら、うねうねとつづいていた。やがてついに、とある急カーブを曲がったところで、道は急に幅がひろがって、丘をのぼり、林を抜けて、ひらけたゆるやかな斜面に出た。丘の頂上を越えると、道は急勾配の下り斜面にかかった。さほど遠くないあたりで、物悲しい叫びが聞こえた——

「汽車の汽笛みたい」急に元気づいて、タペンスはそうつぶやいた。

たしかに汽笛だった——まもなく、斜面の下のほうに鉄道線路が見えてき、いましもそこを貨物列車が苦しげにあえぎながら走ってゆくのが見てとれた。そして線路の向こうに運河、運河の向こうには、まさしくタペンスの見覚えのあるあの家があって、その手前に、ピンクの煉瓦造りの小さな太鼓橋。道路は線路の下をくぐり、向こう側へ出たあとは、まっすぐその橋へと向かっている。タペンスは慎重に狭い橋を渡った。渡りきったところで、道は家を右手に見ながら、その向こうへとのびている。家の入り口を探して、タペンスはゆっくりその道を走らせていった。入り口はどこにも見あたらない。かなり高い塀がつづき、家を道路から遮断している。

家はいまやすぐ右手にきていた。タペンスは車を停めると、歩いて橋の上までもどり、そこからあらためて家を見なおしてみた。

縦長の窓の大半は、緑色の鎧戸で封鎖されていた。家全体もしんと静まりかえって、空虚な感じだ。傾いた日ざしのなかで、いかにも平和な、やさしげなたたずまいだが、ひとが住んでいそうな気配はいっさい見えない。車にもどったタペンスは、さらにすこし先まで進んだ。右側には、かなりの高さのある塀がずっとつづいている。いっぽう道路の左手には、一面の緑の野原へとつづく生け垣があるだけだ。

まもなく車は塀の一部に設けられた鍛鉄《たんてつ》の門の前に出た。路傍に車を停めたタペンスは、門の鉄細工のあいだから内部がうかがえないかと、門のところまで行ってみた。爪先だつと、どうにか門の上からなかをのぞくことができる。見えたのは庭だった。以前は農場だったのかもしれないが、いまはどう見てもそうではない。おそらくは、その向こうの原に面しているのだろう。いちおう手入れもされ、土が掘りかえされた形跡も見える。とくに手入れがゆきとどいているというわけではないが、及ばぬながらもだれかが世話をしているのはうかがわれる。

鍛鉄の門から、一本の小道が庭を横切って、湾曲しながら家へとつづいていた。そこが入り口にちがいないが、どう見ても表玄関とは思えない。頑丈ではあるが、めだたない造りのドア——要するに裏口である。こちら側から見ると、家はまるきり別物のように見えた。なによりもまず空き家ではない。住んでいるひとがいる。窓はあけはなたれているし、その窓にはカーテンがひるがえっていて、入り口にはごみバケツもひとつ。庭の向こうのはずれで、ひとりの大柄な男がせっせと土を掘りかえしているのが見える。初老の屈強な男で、緩慢ながらたゆまぬ動作で作業をつづけている。ここから見た家のたたずまいには、およそなんの魅力も感じられなかった。どんな画家だって、創作意欲をかきたてられたりはすまい。どこから見てもただの家であり、その家にひとが住んでいるというだけのことだ。タペンスは不思議に思った。そして躊躇した。このまま行き過ぎて、これきりこの家のことは忘れてしまうべきだろうか。いや、とうていそれはできそうもない。あれだけ苦心惨憺してたどりついた家なのだから。ときに、何時だろうか？　腕の時計を見ると、時計は止まってしまっていた。そのとき、奥でドアのあく音がした。タペンスはもう一度、門のうちをのぞいた。

入り口のドアがひらいて、女がひとり出てくるところだった。女は牛乳瓶を下に置くと、体を起こして、門のほうを見た。タペンスに気づいて、一瞬ためらうふうだったが、やがて心を決めたように、小道を門のほうへ近づいてきた。「まあ驚いた」タペンスは心のうちで叫んだ。「まるきり善意の魔女じゃない！」

五十がらみの女だった。そそけだった長い髪をしていて、風が吹くと、その髪が後ろへなびく。タペンスの目には、なんとなく箒にまたがった若い魔女の絵（ネヴィンソン描くところの？〔ネヴィンソンは一八八九〜一九四六。イギリスの画家〕）を連想させた。魔女という言葉が頭に浮かんだのも、たぶんそのせいだろう。とはいえこの女は、若くも美しくもなかった。中年で、皺ぶかい顔、服装も少々だらしない。なにやらとんがり帽子のようなものを頭にのせ、その下の鼻とあごとは、ともに前へせりだして、先端が触れあわんばかりだ。このように言うと、邪悪な相を思わせるかもしれないが、この女は悪人には見えなかった。いかにもにこやかで、尽きざる善意にあふれているかのよう。

「そうよね」と、タペンスは胸のうちでひとりごちた。「あなたはたしかに魔女の相をしている。でも、魔女は魔女でも、善意の魔女だわ。いわゆる〝ホワイト・ウィッチ〟――ひとの幸福にだけ力を貸す魔女だわ」

女はためらいがちに門まで歩いてくると、タペンスに声をかけてきた。かすかな田舎訛りこそあるが、声音は快い。

「なにかお探しですか？」

「すみません」タペンスは言った。「さぞ無作法な女とお思いでしょうね、こんなふうにのぞいたりして。ただ――ちょっとこのお宅に興味がありましたので」

「なら、なかにはいって、庭でもごらんになりますかね？」善意の魔女は言った。

「え、ええ――ご親切に――でも、ご迷惑じゃありません？」

「なんの迷惑なものですか。急ぐ用事があるわけでもなし。いいお天気ですね」

「ええ、ほんとうに」

「道にお迷いになったんでしょ？　よくそういうひとがくるんですよ」

「じつは、橋の向こうから丘をくだってきたとき、このお宅が目にはいって、なんてすてきなおうちだろうと思っただけなんですけど」

「ああ、あっち側はね、きれいなんですよ、ほんとに。ときどき画家がスケッチしにきたりします——というか、むかしはよくきてました」

「わかりますわ、その気持ち」タペンスは言った。「じつはわたし——以前にこういう絵を見たような気がするんです——どこかの展覧会で」急いでそうつけくわえる。「この家にとてもよく似た家。ひょっとすると、ほんとにこの家だったのかも」

「ああ、そりゃありえますね。妙なものですよ。あるとき画家がやってきて、絵を描いてゆく。それからすこしすると、またべつの画家がやってくる。毎年おんなじなんですよ、この地方の展覧会に出される絵といえば。画家って、みんなおなじ場所を選ぶみたいですね——どうしてだかわかりませんけど。ほら、いつだって牧場と小川とか、ある特定のオークの木とか、でなきゃ柳の木立とか、似たようなノルマン様式の教会の、似たようなながめとか。おなじ風景が五通りも六通りも描かれていて、それがたいがいどれも、あまりぱっとしない絵ばっかり。といっても、あたしに絵のことがわかるってわけじゃありませんけどね。とにかく、まあ、おはいんなさい」

「ご親切にどうも。とてもきれいなお庭ですこと」

「まあね、悪くはないでしょう？　草花とか野菜とかをちょっとつくってるだけですけど。ただ、主人も近ごろはあまりきつい仕事はできないし、あたしはあたしで、いろいろ雑用がありますしね」

「いつぞや汽車からこちらのお宅を見たことがありますのよ。ちょうど汽車がスピードを落としたとき、このお宅が目にはいりましたの。そのとき思ったものですわ――はたしてもう一度ここを見ることがあるかどうかって。もうだいぶむかしのことですけど」「それが、きょうあの丘を車でくだってくると、いきなり目にはいってきたってわけですか」善意の魔女が言った。「物事って、不思議な起こりかたをしますよね。何事もそんなふうにして起こるんです」

タペンスは考えた。「やれやれ、助かったわ。このひとはびっくりするほど話しやすい。なにを話すにしても、いちいち言い訳を考えなくてすむんだから。なんでも頭に浮かんだことをそのまま言えばいい」

「家におはいりになりますかね？」女が言った。「興味をお持ちだってことはわかりますよ。ごらんのとおり、相当に古い家でしてね。なんでも、ジョージ王朝時代の後期か、そのころのものだってことです。むろんその後に改築はされてますけどね。あたしどもの使ってるのは、こっち側の半分だけですが」

「そのようですわね。ふたつに分割されてるんでしょう？」

「こっち側は、ほんの裏側で。表はあっち側、あなたが橋からごらんになったほうです。分割するにしろ、妙なやりかたでしょう？　べつの分けかたをしたほうが、ずっと簡単でしたろうに。つまり、左右にね。前後に、じゃなく。じつのところ、こっちはぜんぶその後ろ側だけなんです」

「こちらには長くお住まいなんですの？」タペンスはたずねた。

「三年になりますか。主人が仕事をやめてから、どこか田舎で静かに暮らせる家がほしいと思いましてね。それも安いところが。そしたらここが、場所柄が不便だというんで、安く借りられたんです。近所に村もなんにもありませんしね」

「遠くに教会の塔が見えましたけど」

「ああ、あそこはサットン・チャンセラーです。ここからは二マイル半ありますよ。もちろん、おなじ教区のうちではあるんですが、あそこまで行くあいだに、一軒の家もありません。だいいち、あそこだってごく小さな村でしてね。お茶でもいかがです？　ちょうど二分ほど前に、やかんを火にかけたところだったんですよ——たまたま外を見て、あなたをお見かけしたときには」善意の魔女は口もとを手でかこうと、庭の向こうへむかって、「エイモス、エイモス！」と呼んだ。

庭のはずれにいる大男が、こちらをふりかえった。

「あと十分でお茶がはいるよ」

「了解」というしるしに、男は片手をあげてみせた。女は向きなおると、ドアをあけて、通るようにタペンスにすすめた。

「ペリーっていいます」と、女は気軽な口調で言った。「アリス・ペリーです」

「わたしはベレズフォード」タペンスも応じた。「ミセス・ベレズフォードです」

「おはいんなさいまし、ベレズフォードさん。よろしければ、なかをごらんになるといい」

タペンスはわずかに躊躇した。そして思った――「ほんの一瞬だけど、ヘンゼルとグレーテルに似てるみたいな気がしたわ。家におはいりと魔女にすすめられる。もしかしたらこれ、お菓子の家かも……きっとそうだわ」

それから、あらためてアリス・ペリーに目をやり、これはけっしてヘンゼルとグレーテルのお菓子の家の魔女などではない、と気づいた。このひとはごくありふれた、普通の女だ。いや、ごくありふれている、とは言えないか。どこか風変わりな、過剰な親切さといったもの、それがこのひとにはある。「ひょっとすると、魔法も使えるかも。といっても、善い魔法に決まってるけど」それからタペンスはわずかに背をかがめて、魔女の家の敷居をまたいだ。

内部はかなり暗かった。通路も狭かった。ペリー夫人は先に立ってキッチンを通り抜けると、その先の、家族の居間らしい部屋にはいっていった。こう見たところ、とくに目新しい点も見あたらない。タペンスの思うに、ヴィクトリア時代の後期に、本屋に建て増された部分がここらしい。奥行きは浅く、一本きりの暗い廊下に面して、ひとつづきの部屋が横並びに並んでいる。たしかに、家の分割法としては、妙なやりかたではある。

「おかけなさいまし。いまお茶をお持ちしますから」と、ペリー夫人が言った。

「お手伝いしますわ」

「いえ、ご心配なく。一分とかかりゃしませんから。もう用意はできてるんです」

キッチンでぴーっという音が鳴りわたった。やかんがようやくまどろみを終えたのだろう。部屋を出ていったペリー夫人は、まもなく、スコーンの皿とジャムの容器、三組のカップと受け皿をのせたトレイを持ってもどってきた。

「がっかりなすったんじゃありませんか、家のなかをごらんになって?」と、ペリー夫人は言った。

これはなかなかに鋭い、核心を衝いた質問だった。

「いいえ、とんでもない」タペンスはどぎまぎして言った。

「そうですかね、あたしが奥さんなら、がっかりしますよ。だって、ちょっとつりあわないでしょう? 家の表側と裏側が、ってことですけど。でも、住んでみればこれでもけっこう居心地はよくてね。部屋の数はたくさんはありません。採光もあまりよくないんですが、おかげで家賃が格段にちがってきますから」

「だれがなんのためにこんなふうに分割したんでしょうか」

「さあね。どうやらずっと前のことらしいですけど。だれのしたことにせよ、もとのまま じゃ広すぎて不便だと思ったんじゃないですかね。ただ週末を過ごすためかなにか、そんな家がほしかっただけのようですから。それで、ダイニングルームや応接間といった表側のいい部屋だけをとって、やはりあっち側にあった小さな書斎をキッチンに改造したんです。ほかに、二階の寝室を二間と、バスルームをとって、とった部分だけすっかり壁で仕切ったうえで、残ったキッチンとか旧式の流し場なんかにちょっと手を入れて、べつに住めるようにした、と」

「で、いまは、向こう側にだれが住んでらっしゃるんですか？　やっぱり週末にくるだけとか？」

「いまはだれも住んでいませんよ。さ、もひとつスコーンをいかがです？」

「いただきます」

「すくなくともここ三年ばかり、ここへくるひとはだれもいませんね。いまだれの所有になってるのか、それすらも知らないくらいで」

「でも、あなたがたがこちらへいらした当座は？」

「若い女のひとがきてましたね——女優だとかいううわさでしたけど。とにかくあたしたちはそう聞いてました。じかに口をきいたこともないんですよ。ときたま姿を見かけるだけで。いつも土曜の夜、遅くなってやってきました。たぶん、舞台がはねてからくるんでしょうね。帰るのはいつも日曜の晩でしたが」

「ちょっとした謎の女性ですわね」タペンスは気をひくように言ってみた。

「おや、いつもあたしが考えてたのとそっくりのことをおっしゃる。あたしはいつだってあの女のひとについて、いろんな想像をしてみたものですよ。ときには、グレタ・ガルボみたい、なんて思ったりもしてね。ほら、おわかりでしょう——いつもああいった黒眼鏡をかけて、帽子を目深にかぶって。おやおや、帽子といえば、あたしも帽子をかぶったきりなのを忘れてた」

そう言ってペリー夫人は、頭にのせていた魔女のかぶりものを脱ぎ、声をたてて笑った。

「じつは、サットン・チャンセラーの教会でやるお芝居の衣裳でしてね。ご存じでしょう——子供たちに見せるおとぎ芝居のたぐいですよ。あたしゃ魔女を演《や》ることになってまして」

「あら」わずかに虚を衝かれた思いで、タペンスはつい声をのみ、それから急いでつけくわえた。「なんておもしろいんでしょう」

「そうです、おもしろいでしょう? まさに魔女にぴったりだってことでね」ペリー夫人は笑って言うと、軽くあごをたたいた。「これなんですよ、ちょうど魔女にはお誂え向きの顔なんです。これがひょっとしてみんなの頭に、へんな考えでも吹きこまないといいんだけど。災いをもたらす邪眼《イーヴル アイ》の持ち主だ、なんて言いだすひとがいないともかぎらないから」

「そんなこと考えるひとはいないと思いますけど」タペンスは言った。「だって、どう見ても善意の魔女ですもの、あなたは」

「ま、そう言っていただけるとありがたいですがね。ともあれ、話をもとにもどして、その女優さん——名前は覚えてません——たしか、ミス・マーチメントといったと思いますが、ちがってるかもしれません——そのひとについて、あたしがこしらえあげた空想ですか、それをお聞かせしたら、きっとびっくりなさいますよ。じっさい、ほとんど会ったこともなければ、口をきいたこともないんですから。あるときは、彼女はただ人一倍内気で、神経質なだけなんじゃないか、そう思ったこともあります。新聞記者やらなにやらが、よく彼女を追いかけてここまできてましたが、ぜったいに会おうとしませんでしたからね。それからまたべつのときには——こんなこと言うと、ばかげていると思われるかもしれませんが——彼女について、すごく意地の悪い想像をしたこともあります。たとえば、なにか明るみには出せないことでもして、逃げ隠れしてるんじゃないか、なんてね。ひょっとしたら、女優でもなんでもないかもしれない。ひょっとしたら、警察に追われているのかもしれない。ひょっとしたら、なにかの犯罪者かもしれない。とにかくおもしろいものですよ、こういった空想をめぐらすのは。とくに——なんていうか——あんまりひととつきあわずに暮らしてるような場合には」

「だれかがそのひとといっしょにここへくるなんてこと、なかったんですか？」

「そうですね、それについてはあまりはっきりしたことは言えません。といっても、むろん、こういった仕切り壁、家をふたつに分割してる壁って、かなり薄いものでしてね。ときどき話し声がしたり、そういったことはありましたよ。週末にお友達でも連れてきてたのかもしれません」ペリー夫人はこくりこくり首をうなずかせてみせた。「おそらくは男の友達をね。だからこういったへんぴな土地を選んだんでしょう」

「奥さんのある男性、ってこともありますわね」ついつりこまれて、タペンスもこの空想ごっこに調子を合わせた。

「そうですよね、奥さんのいる男性。きっとそうでしょう」ペリー夫人も言った。

「でなければ、その男性って、その女性のご主人だったのかも。そのひとを殺そうとして、こういう人里離れた土地を選んだんです。そして死体を庭に埋めた」

「おやまあ！　奥さんもけっこう大胆な想像をなさいますね」ペリー夫人は言った。「そこまではあたしも思いつきませんでしたよ」

「そのひとのことをよく知ってたひと、だれかいるんじゃないでしょうか――たとえば不動産屋とか。そういったひとたちですけど」

「そう、それはいるでしょうね。でもあたしとしては、どっちかっていうと知りたくない気持ちが強いんですよ。この気持ち、おわかりになるでしょうか」

「わかりますとも」タペンスは言った。「ようくわかりますわ」

「それにしても、なにか雰囲気があるでしょう、この家って。なんていうか、ある感じが――なにが起こらなかったともかぎらない、そんな感じが」

「その女のひと、お掃除とか洗濯とか、そういった家事を頼んでいるひとはいなかったんですか？」

「ここらではむずかしいんですよ、お手伝いを雇うのは。手のあいてるものなんて、めったにいませんからね」

外のドアがひらいた。庭仕事をしていた大男がはいってきた。まっすぐ流し場へ行って、水道の栓をひねったところを見ると、手を洗うのだろう。やがて、男はのっそりと居間にはいってきた。

ペリー夫人が言った。「主人です。エイモスっていいます。お客様だよ、エイモス。ミセス・ベレズフォードとおっしゃる」

「はじめまして」タペンスは言った。

エイモス・ペリーは、背こそ高いが、どこかのろまな感じのする男だった。遠目に見たのよりも、さらに大柄で、さらに力が強そうだ。歩く足もとは、よたよたしていて緩慢だが、体つきは屈強そのもの。彼は言った――

「よくおいでなすった、ミセス・ベレズフォード」

その声は響きがよく、笑顔も温かかったが、なぜかタペンスはほんの一瞬、じつはこの男、いわゆる〝まとも〟とは言えない人間なのでは、と疑った。彼の目つきからは、ある種のおどおどした単純さがうかがわれ、そのことからふと連想させられたのは、ペリー夫人がついのすみかとして、わざわざここのようなへんぴな片田舎を選んだのも、夫のなんらかの精神的障害がひとつの原因なのかも、との考えだった。

「とても庭仕事が好きでしてね、主人は」と、ペリー夫人が言った。

エイモス・ペリーがはいってきたときから、会話はよどみがちになっていた。それまでは、おもにペリー夫人がしゃべっていたのだが、なぜか夫の出現を契機に、彼女の人格は一変してしまったようだった。いまでは、口のききかたからして神経質そうになり、とりわけ夫にひどく気を遣っているのが見てとれた。まるで息子を励ます母親のようだ、そうタペンスは思った。はにかみやの少年を励まして、なんとかしゃべらせよう、なんとかお客にいいところを見せようとしている母親。しかもいっぽうでは、息子がまともにふるまえないのではないか、とひそかに気をもんでもいる。タペンスはお茶を飲み干すなり、立ちあがった。

「もう失礼しますわ、ペリーさん。いろいろおもてなしにあずかって、ありがとうございました」

「出かける前に、庭を見ていきなさるがいい」ペリー氏も席を立った。「おいでなさい、わしが案内してさしあげよう」

連れだって屋外に出ると、彼はさっき作業をしていた庭の向こうの隅へとタペンスを案内した。

「ほら、この花、きれいでしょうが。こっちのやつは、オールドファッションド・ローズ──これを見なさい、この赤と白の斑《ふ》入りのやつを」

「〈コマンダン・ボールペール〉ですわね」タペンスは言った。

「わしらは〈ヨーク・アンド・ランカスター〉って呼んどるがね。薔薇戦争のさ。どうだ、いいにおいだろう？」

「すてきですわ」

「近ごろはやりの交配種《ニューファッションド》のティーローズなんかより、ずっといい」

見かたによっては、庭はペリーの自慢するわりにはお粗末だった。雑草も完全にとりつくされているとは言えない。だが花そのものは、しろうとっぽい手ぎわでではあるが、丹念に支柱に結《ゆ》わえつけてある。

「明るい色だ」と、ペリーは言った。「わしゃ明るい色が好きでね。ここへはちょくちょく庭を見にくるひとがいるんだ。奥さんもよくきてくださった」

「ありがとうございます」タペンスは言った。「お庭も、おうちも、とてもすてきですわ」

「そんなら、家の向こう側もぜひ見るといいね」

「あちらは、貸すか、売りに出されるかしていますの？　奥さんのお話では、いまはだれも住んでらっしゃらないとか」

「さあて、どうなってるのかな。だれも見かけないことは事実だが、貸し家の札も出ていないし、見にくるひともいないからね」

「住んだらきっとすてきでしょうね」

「奥さんは家を探しておいでなのかね？」

「ええ、まあ」すばやく心を決めて、タペンスは答えた。「じつはそうなんです。主人が退職したら、田舎に小さな家を持ちたいと思って。たぶん来年になるでしょうけど、それまでにたっぷり時間をかけて探したいので」

「この土地なら、閑静ではあるがね。閑静なのがよけりゃ、だが」

「でしょうね。とにかく、近くの不動産屋にでも訊いてみましょう。お宅もそうやってここをお探しになったんでしょう？」

「はじめは新聞広告で見たんだがね。それから不動産屋へ行ったわけだ、うん」

「それ、どこでしょうか——サットン・チャンセラーですか？　村の中心はそこなんでしょう？」

「サットン・チャンセラー？　いや、不動産屋はマーケット・ベイジングさ。ラッセル＆トムソンって店だがね。そこで訊いてみなさるがいい」

「そうしますわ。ここからマーケット・ベイジングへはどのくらいありまして？」

「サットン・チャンセラーまでが二マイル、そこからマーケット・ベイジングまでが七マイル。サットン・チャンセラーからは、ちゃんとした道路があるが、ここらあたりはみんな、こういった細道ばかりだ」

「わかりました。ではこれで失礼しますわ、ペリーさん。お庭を見せていただいて、ありがとうございました」

「ちょっとお待ち」ペリーはだしぬけにかがみこむと、大輪の芍薬《しゃくやく》を一本折りとり、タペンスの上着の襟をつかんで、ボタン穴にそれをさした。「ようし、これでいい。とてもきれいだ、うん」

ほんの一瞬、タペンスはいわれのない恐怖を感じた。この図体の大きな、のろまで善良な男――そんな男が、ふいに彼女を恐怖させたのだ。彼はにこにこしながらタペンスを見おろしている。というより、にたにたと、色目を使うように、とでも言ったほうがいいかも。

「奥さんがつけると、とてもひきたつよ」と、彼はくりかえした。「うん、きれいだ」

「若い娘でなくてよかった」と、タペンスは思った。「若い娘だったら、この男に花をつけてもらう気にはとてもなれなかったろう」それから、あらためて別れの挨拶をし、足早に家のほうへひきかえした。

入り口のドアはひらいていたので、彼女はペリー夫人に挨拶するために、なかへはいっていった。ペリー夫人はキッチンでお茶の道具を洗っていた。ほとんど無意識にタペンスは布巾掛けの布巾をとると、それをふきはじめた。

「ありがとうございました」あらためて礼を述べる。「奥さんにもご主人にも、温かいおもてなしをいただいて——あら、なんでしょう、あの音は？」

キッチンの壁から、というより、かつて旧式の料理用レンジが置いてあったその壁の奥から、きいきい、ぎゃあぎゃあとけたたましく鳴きたてる声にまじって、なにやらひっかくような物音が聞こえてきた。

「ああ、あれ、どうせまたコクマルガラスでしょう」ペリー夫人は言った。「向こうの家の煙突に落ちたんですよ。よくあるんです、この季節には。先週なんか、うちの煙突にも落ちましたしね。煙突のなかに巣をつくるものだから」

「すると、あれ——向こう側の家で？」

「そう、また落ちたんですよ」

またしても悲痛な声で鳴き叫ぶのが聞こえた。ペリー夫人が言った——

「向こうは空き家ですからね、だれも気にしないんですよ。ほんとは煙突掃除をしたり、暖炉の灰をさらったりしなきゃいけないんだろうけど」

ばたばた暴れる音はなおもつづいている。

「かわいそうに」タペンスは言った。

「しかたありません。自分の力じゃあがれませんからね」

「すると、あのまま向こうで死んじゃうってことですか？」

「ええ、まあね。いまも言ったとおり、うちの煙突にも一度落ちました。いえ、実際には二度でしたか。一度は、まだ雛鳥《ひなどり》でね。それは助かりました。あたしたちが出してやったら、どうにか飛んでいきましたからね。でも、もう一羽は、とうとう助かりませんでしたよ」

狂おしい羽ばたきの音とぎゃあぎゃあ鳴きたてる声、それはまだつづいていた。

「ああ」タペンスは溜め息まじりに言った。「なんとか出してやれないものかしら」

そのとき、ペリー氏がのっそりと戸口からはいってきた。「どうかしたのかね？」ふたりの女を見くらべながら、彼はたずねた。

「鳥だよ、エイモス。きっと向こうの応接間の煙突のなかだろう。ほら、聞こえるだろ？」

「あれか。またコクマルガラスが巣から落ちたんだな」

「あっちに行けるといいんだがね」

「しかし、わしらにはどうしてやることもできないぜ。たとえ怪我はしてなくても、落ちたショックで、いずれは死んじまうんだ」

「でも、においがする」

「こっちにいるかぎりは、さほどにおいはしないさ。おまえたち女どもときたら、じっさい気が小さいんだから」ペリーはふたりを見くらべながらつづけた。「もしどうしてもってんなら、行って行けないことはないがね」

「おや、窓があいてでもいるのかい？」

「ドアからはいれるのさ」

「ドアって、どこの？」

「庭に出るやつだよ。そこにキーがぶらさがってる」

外に出て、建物の端まであるいていったペリーは、そこにある小さな扉をあけた。内部はじつのところ植木鉢をしまっておく小屋でしかなかったが、そこから家の奥へ、もうひとつのドアが通じていて、そのドアのそばの釘に、六個か七個の錆びついたキーがさがっていた。

「これが合うんだ」

そう言ってペリーはそのキーのひとつをとると、鍵穴にさしこんだ。しばらくだましだまし押したりひねったりしていると、やがて、きしんだ音がして、キーがまわった。

「前に一度はいったことがあるんだ」彼は言った。「向こうで水の流れる音がしたもんでね。だれかが蛇口をきちんとしめていかなかったらしい」

ペリーはなかにはいり、ふたりの女もあとにつづいた。ドアの向こうは小さな部屋で、棚にはまださまざまな花瓶が置かれ、蛇口のついた流しもあった。

「フラワールームだろう。ここで花を生けてたんだな。ほら、花瓶がどっさり置いたままになってる」

フラワールームの先に、もうひとつドアがあった。これには鍵がかかっていなかった。ペリーはそれをあけ、三人は奥へ通った。それはあたかも別世界へはいってゆくかのような趣があった。ドアの向こうの廊下には、パイルの絨毯が敷きつめてあった。そのすこし先に、半開きになった扉があり、鳥の暴れる気配はその奥から聞こえてきた。ペリーはドアを押しあけ、細君とタペンスも室内にはいった。

窓には鎧戸がおりていたが、そのうちのひとつが、片側だけゆるんでぶらさがり、そこから光がさしこんでいた。室内は薄暗かったが、それでも、床一面に敷きつめられた深いサルビア色の、色褪せてはいるが美麗な絨毯が見てとれる。壁ぎわに書棚がひとつあるだけで、椅子やテーブルの類はいっさい見あたらない。家具がすべて運びだされていることは明白だった。カーテンと絨毯だけは、家屋に付属した調度として、つぎの店子《たなこ》に残しておかれたのだろう。

ペリー夫人が暖炉に歩み寄った。一羽の鳥が炉のなかにいて、さかんに羽ばたきしながらけたたましく鳴き叫んでいる。ペリー夫人はかがみこんで鳥をつかまえると、夫に声をかけた。

「エイモス、窓をあけておくれ」

エイモスは窓ぎわへ行って、ゆるんだ鎧戸を脇へ押しやり、残る片側もはずして、窓の掛け金を押しあげた。それから、ガラス窓の下半分をひきあげると、窓はきしみながらひらいた。窓があくと、ペリー夫人はその外へ身をのりだし、コクマルガラスを放した。鳥はぽとりと外の芝生に落ち、そのまま二、三歩そのあたりを飛び歩いた。

「いっそ死なせてやったほうがいいんだ」と、ペリーが言った。「ほら、怪我をしてる」

「しばらくほっといてみようよ」彼の細君が言った。「もうだめと決まったわけじゃないんだから。鳥ってのは、けっこう回復が早いんだ。いまとまどってるように見えるのは、落ちたショックのせいだよ」

いかにも、それからいくらもたたぬうちに、コクマルガラスはひとしきり声をふりしぼってやかましく鳴きたて、翼をばたばたさせたあげくに、そのまま飛び去った。

「また煙突から落ちなきゃいいんだけどね」と、アリス・ペリーが言った。「ばかなものだよ、鳥なんてのは。ぜんぜん目先が利かないんだから。たとえばの話、うっかり部屋のなかに飛びこんじゃうと、自力ではぜったい出ていけないのさ」それから彼女はつけくわえた。「やれやれ、ひどいありさまだ」

彼女だけでなく、タペンスもペリー氏もそろって炉のなかを見おろした。煙突から落ちたらしい大きな煤《すす》のかたまりや石ころ、煉瓦の破片などが散乱している。煙突がしばらく前から手入れを必要とする状態にあったのは明らかだ。

「だれかがここに住む必要があるね」と、ペリー夫人が周囲を見まわしながら言った。「ええ、家の管理をしてくれるひとがね」タペンスも相槌を打った。「建築業者にでもときどき見まわってもらって、なんとかしないと、遠からず家全体が立ち腐れになってしまいます」

「ひょっとすると、二階は雨漏りがしてるかも。ああやっぱり。ごらんなさい、天井にしみができてる。床までしみとおっちゃってますよ」

「まあ、もったいない。こんなにすてきなおうちをだめにしてしまうなんて――この部屋だって、ほんとはとてもきれいな部屋ですのに」

タペンスとペリー夫人とは、そろって室内を見まわした。おそらく一七九〇年ごろの建築だろう。その時代の建物に特有の優美さが、室内のすべてにうかがわれる。壁紙も色褪せてはいるが、もとは柳の葉の模様が描かれていたようだ。

「すっかり荒れちまってるな」と、ペリー氏も言った。

タペンスは靴の先で炉のなかの瓦礫をつついた。

「だれかがさらわなきゃね」ペリー夫人が言った。

「しかし、自分のうちでもないものを、わしらが心配してどうなる？」彼女の夫が言った。「ほっとけよ、おまえ。いくら掃除したって、あすの朝にはまたもとにもどっちまってるわな」

タペンスは爪先で煉瓦のかけらをかきわけた。

「うへえ」思わず口から嫌悪の叫びが漏れた。

炉床に鳥の死骸がふたつころがっていた。だいぶ前に死んだものらしく、すっかり干からびている。

「せんだって落ちたのがこれだろうな。それにしても、思ったよりにおわなかったのが不思議だ」ペリーが言った。

「これはなにかしら」タペンスが言った。

なかば瓦礫にうずまって炉床に横たわっているなにか、それを彼女は靴の爪先でつついてみた。それから、かがみこんで、そのものを拾いあげた。

「死骸にさわっちゃだめですよ」ペリー夫人が警告した。

「これは鳥じゃありませんわ」タペンスは言った。「やっぱり煙突から落ちたものみたいです。あら、そうじゃなさそうね」そのものを凝視しながらつづける。「人形ですわ、これ。子供のお人形です」

三人はそのものを見おろした。ぼろぼろの縫いぐるみで、衣裳もずたずたに裂け、首はひんまがって、いまにももげてしまいそうだ。だが、それでもそれが人形だったことは確実だった。ガラスの目玉は、片方がなくなっている。それを手にしたまま、タペンスは立ちつくした。

「不思議だこと。どうして子供のお人形なんかが、煙突のなかにあったんでしょう。奇妙きてれつだわ」

8 サットン・チャンセラー

運河の家を出たタペンスは、サットン・チャンセラーの村に通ずると目星をつけた曲がりくねった細道づたいに、ゆっくり車を走らせていった。寂しい田舎道で、あたりには一軒の人家もない——目にはいるのはただ、そこから奥へ未舗道路が通じている農場の木戸が二つ三つ、それだけだ。車の往来もほとんどなく、途中すれちがったのは、一台のトラクターと、あとは一台のトラックのみ——途方もなくふくらんだパンの絵と、〈母親の歓び《マザーズ・デイライト》〉という商標とを、でかでかと横腹に描いたトラックだ。遠くに認めた例の教会の尖塔は、いったん完全に視野から消えてしまったようだったが、まもなく、道が急角度に曲がって、とあるグリーンベルトを迂回すると、再度、だいぶ間近に出現した。タペンスは速度計に目をやり、運河の家からほぼ二マイルきたことを確かめた。

教会は、かなり広い敷地のなかに建った古風な魅力のある建物で、一本の櫟《いちい》の大木が入り口のすぐそばにぽつんと立っていた。

屋根つきの墓地門の外で車を降りたタペンスは、門をくぐると、しばしその場に立ったまま、教会と、それをかこむ墓地とを観察した。それから、丸みのあるノルマンふうのアーチのある入り口へと向かい、重みのある扉の把っ手を持ちあげた。鍵はかかっていなかったので、そのまま扉をあけてなかにはいった。

内部の造りは、さほど心をひかれるものではなかった。建物が古い時代のものであることは確かだが、ヴィクトリア時代の無神経な化粧直しが、せっかくの魅力を台なしにしている。脂松《やにまつ》でできた信徒席のベンチ、けばけばしい青と赤のガラスの窓などは、それがかつてそなえていただろう古風な味わいを損なっている。ツイードのスーツを着たひとりの中年の女性が、説教壇の周囲に配された真鍮の花瓶に花を生けていた――祭壇の花瓶のほうは、すでに終わっているようだ。タペンスがはいってゆくと、その女性はぐるりと向きなおり、怪訝そうな鋭い一瞥をこちらへ向けてきた。会堂の壁に飾られた追悼の銘額を見ながら、タペンスはぶらぶらと側廊を歩いていった。どうやら、ウォレンダーという一族が、むかしこのあたりの有力者だったらしい。どの銘額にも、サットン・チャンセラーの〈プライアリー屋敷〉の、とある。ウォレンダー大尉。ウォレンダー少佐。ジョージ・ウォレンダーの最愛の妻、セアラ・エリザベス・ウォレンダー。これらよりも年代の新しい銘額のひとつは、ジュリア・スターク（これまた最愛の妻）を追悼するもので、施主はおなじくサットン・チャンセラーは〈プライアリー屋敷〉の、フィリップ・スタークとなっている――してみると、ウォレンダー一族は死に絶えたのだろうか。これらの銘額のいずれも、とくに示唆に富むものでもなければ、興味をそそるものでもなかった。タペンスはふたたび教会堂を出ると、建物の外まわりを一巡してみた。外まわりは、内部にくらべるとずっと魅力的だった。ふと、「初期垂直・装飾様式」というつぶやきが出たのは、幼時から教会建築に関する用語をさんざん聞かされて育ってきたタペンスならではのことか（〈トミーとタペンス〉シリーズの読者には周知のことだが、タペンスは英国国教会の司祭の娘として生まれた）。個人的な好みを言うなら、彼女はとくに初期垂直様式が好きではない。

全体として、これはかなり規模の大きな教会であり、その点から推して、往時のサットン・チャンセラーは、現在よりはだいぶ重要な地方生活のセンター、この地方の一大中心地だったと思われる。車を教会の前に残したまま、タペンスは徒歩で村まで行ってみた。よろず屋が一軒、郵便局、それに十軒余りのこぢんまりした住戸またはコテージが並んでいる。そのうち一軒か二軒は草葺き屋根だが、ほかはどちらかというと平凡な、おもしろみのない造りだ。通りのはずれに、そこだけわずかに気どってみえる公営住宅が六軒。その一軒の入り口の真鍮の表札には、〈アーサー・トーマス、煙突掃除〉とある。

どこかに不動産屋はないだろうか、そうタペンスは考えた。運河の家の現状を見れば、あの建物が不動産屋の管理を必要としていることは明らかだ。もし不動産屋があれば、きっと運河の家の管理事務も取り扱っているだろう。それにしても、あの家の呼び名を訊いてこなかったとは、われながらなんと迂闊な。

ときどき立ち止まって、さいぜんよりもいくらか入念に墓地を観察しながら、タペンスはぶらぶらと教会のそばに停めた車のところへもどっていった。墓地のたたずまいは悪くない。見たところこの墓地では、新規の埋葬はほとんど行なわれていないようだ。墓標の大半はヴィクトリア時代か、それ以前の年代のもの。歳月のために、どれも苔むし、なかば朽ち果てている。とはいえ、古い墓石そのものには心をそそられた。いくつかは直立石で、それぞれてっぺんには、花綵《はなづな》の巻きついた童子天使《ケルビム》の像が飾られている。タペンスはゆっくりと歩きながら墓碑銘を読んでいった。ここでもまたウォレンダー一家が目につく。メアリー・ウォレンダー、享年四十七歳。アリス・ウォレンダー、おなじく三十三歳。ジョン・ウォレンダー大佐、アフガニスタン戦役にて戦死。ほかに、年齢も名もそれぞれの、ウォレンダー家の子供たち——どの子も深く哀悼されている——と、敬虔な願いをうたった雄弁な詩句の数々。ふと、ウォレンダー家のひとびとはまだこの土地に住んでいるのだろうか、との疑問がきざした。どうやら、ここに埋葬される習慣はすでに絶えているようだ。見たところ、一八四三年より新しい墓標はない。やがて、例の櫟の大木の向こうへとまわりこんだとき、ひとりの年配の司祭の姿が目にとまった。かがみこんで、会堂の裏手の、塀ぎわの墓石の列を見ているが、タペンスが近づいてゆくと、身を起こして向きなおり、愛想よく声をかけてきた。

「こんにちは」

「こんにちは」タペンスも答えて、すぐつけくわえた。「教会を拝見していますの」

「ヴィクトリア朝の修復で、すっかり台なしになってしまいましてな」と、司祭。

耳に快い声音と、柔和な笑顔の持ち主だった。一見すると七十歳くらいに見えるが、どうもそれはリューマチのためらしい。それでいくぶん足もとがおぼつかないだけで、実際の年齢はそれほどでもないのではなかろうか。

「ヴィクトリア時代には、成り金があまた出現しましてな」と、司祭は悲しそうに言った。「製鉄業で財を成したのです。みんな信心ぶかかったが、いかんせん、芸術的センスはゼロだった。趣味が悪いのですな。東側の窓、ごらんになりましたか？」身ぶるいしてみせる。

「ええ。ぞっとしますわね」タペンスは答えた。

「まったく同感ですな。ちなみにわたしがここの司祭です」少々よけいかと思える注釈を司祭はつけくわえた。

「そうお見受けしましたわ」タペンスはていねいに応じた。「この教区にはお長いんですの？」

「十年になりますか。居心地のよい教区です。教区民はみんな善良ですし。ここへまいって、わたしはたいへん幸福でした。あいにく、わたしの説教はあまり歓迎されとらんようですが」と、悲しそうにつけくわえて、「これでも最善を尽くしてはいるんですが、さりとて、心にもなく当世ふうをよそおう、などという真似もできませんから。まあおかけなさい」彼は愛想よくかたわらの墓石をさした。

タペンスが礼を言ってそれに腰をおろすと、司祭もすぐ隣りの墓石にすわった。

「長く立っておるのが無理なもんで」そう弁解がましく言ってから、司祭はつけたした。

「ところで、わたしがお役に立てることでもありますかな？　それとも、ただ通りかかられただけ？」

「ええ、じつをいうと、通りすがりですの。ちょっと寄って、教会を拝見していこうと思っただけで。車できたんですけど、どうも道に迷ったらしくて」

「そうでしょう、そうでしょう。このあたりは非常に道のわかりにくいところでね。道しるべはおおかたこわれておるし、役場は何度要求しても、修理しようとしない。もっとも、そのままでもあまり不自由はせんのですがね。どうせこのあたりまで迷いこんでくるひとは、たいてい、とくにこれという目的地などないんですから。目的のあるひとなら、幹線道路からはずれたりはしませんからな。忌まわしいものですよ。とくにあの新しい高速道路というやつは。すくなくとも、わたしはそう思いますな。あの騒音と、スピードと、無謀運転、いやもう！　わたしの言うことなど気になさるなよ。どうせ頭の古い偏屈老人のいうことですから」それからつけくわえて、「いまここでなにをしておったか、たぶん見当もおつきになりますまいな」

「たしかお墓を調べていらしたようですけど。荒らされでもしましたの？　よくティーンエージャーが乱暴を働くと聞きますけど、そのたぐいですか？」

「いや。まあこの節では、そう考えたくなるのももっともですがね。電話ボックスなどを軒並みこわすわなんだわで、若い連中の破壊行為たるや、目に余るものがありますからな。かわいそうに、もっとおもしろいことをほかに知らんのですよ。物を破壊することと以外に、憂さを晴らすすべを思いつけんのです。嘆かわしいことですな。じつに嘆かわしい。さいわいこのあたりでは、そういう行為を見ることはありません。このへんの若者は、まあ善良なほうでして。じつはな、子供の墓を探しておったのですよ、わたしは」

タペンスは墓石にのせた腰をもじもじさせた。「子供さんのお墓ですって？」

「そうです。ある人物から手紙がきまして。ウォーターズ少佐とかいうんですが、その人物が、もしやある子供がこの墓地に埋葬されていはしないかというんです。さっそく過去帳を調べてみましたが、そういう名前は記録されていない。それでも、念のためと思って、墓碑を調べることにしたわけです。だれかが名前をまちがって覚えていないともかぎらないし、どこかでなんらかの手ちがいがあったとも思われますから」

「そのお子さん、名前はなんというんですの？」タペンスは問うた。

「本人も知らんのです。母親の名をとって、ジュリアかもしれん、というんですが」

「いくつぐらいのお子さん？」

「それもはっきりせんのですよ――とにかく、すべてが雲をつかむような話でして。わたしとしては、その人物がよその村ととりちがえておるんじゃないかと、そんな気もするんですが。ウォーターズという一家がここに住んでいたという記憶もなし、そういう名前を耳にした覚えもありませんからな」

「ウォレンダー家はどうなんですの？」さいぜん教会堂のなかで見た名前を思いだして、タペンスはそうたずねてみた。「会堂には、ウォレンダー家の追悼銘額がたくさん掲げられていますし、この墓地にも、その名を冠した墓標があちこちに見られますから」

「いや、あの一家なら、もう死に絶えましたよ。かつてはすばらしい大邸宅を持っておったんですがね。十四世紀に建てられた〈プライアリー屋敷〉です。それが火事で焼失して——こうっと、かれこれ百年も前のことになりますか。ですから、もしウォレンダー家の一員が残っていたとしても、火事のあとによそへ移って、それきりもどってこなかったんじゃないですかな。その後、焼け跡には、新しい屋敷が建ちましてな。ヴィクトリア時代にスタークという金持ちが建てたものです。これが、いやもう、悪趣味な建物でね。聞くところによると、住み心地はよかったとか。非常に快適だったそうで——バスルームとか、まあそういった設備がね。この節は、そのたぐいのことがたいせつだということですから」

「それにしても、なんだか妙なお話ですわね。だれかがわざわざ手紙を書いて、子供さんのお墓のことなんかたずねてくるなんて。そのひと——親戚なんでしょうか」

「子供の父親ですよ」司祭は言った。「例の戦争悲劇のひとつですな。夫の出征ちゅうに、夫婦仲が破綻したというケース。つまり、夫の留守に若い妻がほかの男と駆け落ちしたのです。女の子がひとりいたとか。夫がついぞ会ったことのない子供がね。もし生きておるとすれば、もう成人しとるでしょう。なにしろ二十年かそれ以上も前のことですから」

「いまさらその子を探そうとするなんて、ずいぶん気の長い話ですこと」

「最近になって、子供がおったということを聞いたんでしょうな。それも、偶然のことから耳にはいった。まったく妙な話ですよ、最初から最後まで」

「で、どうしてそのお子さんがここに埋葬されてる、なんて考えたんでしょうか」

「どうやらわたしの知るかぎりでは、戦争ちゅうに細君に出あったことのある人物が、サットン・チャンセラーで暮らしていると彼女から聞いたらしいです。よくあることですよ、こういうのは。たまたまだれかとめぐりあう。もう何年も会ったことのなかった友人とか知人に。すると、往々にしてその相手が、ほかの経路では聞けなかった過去のニュースを伝えてくれるんです。しかし、いずれにしてもその細君は、もうここには住んでおりません。そういう名前の女性が住んでいたという事実もない――すくなくとも、わたしがここに赴任してきてからは。それに、わたしの知るかぎりでは、この近在の村にも。むろん、その後に姓が変わっているとも考えられますし。ともあれ、子供の父親も、弁護士とか興信所などに依頼して、詳しく調べてもらっているようですから、いずれはなんらかの結果が得られるでしょう。ただ、それにはだいぶ時間がかかるということで――」

「あれはあなたのお子さんでしたの？」タペンスはつぶやいた。

「なんとおっしゃいましたかな、奥さん？」

「いえ、べつに。先日、あるかたから言われたことなんです。『あれはあなたのお子さんでしたの？』って。いきなりそう言われると、だれだってどぎまぎしますでしょう？ といっても、そうおっしゃったお年寄りの女性は、ご自分がなにを言ってるかわかったうえでおっしゃってた、とも思えないんですけど」

「なるほど。なるほど。わたしもちょくちょくそんなことがありますよ。なにかを口にする。ところが、それでなにを言うつもりだったのか、自分でもはっきりせんのです。いや、じっさい困ったものでして、われながら」

「でも、教区の司祭さんというお立場ですから、いま現在ここに住んでらっしゃるひとたちのことなら、なにもかもご存じなんでしょう？」

「さよう、そもそも知るべきことがさほど多くはありませんからな、ここでは。なぜです？ なにかとくにおたずねになりたいことでも？」

「ええ、じつは、ランカスター夫人とおっしゃるかたが、このへんにお住まいだったことはないかと存じまして」

「ランカスター？ いや、そういう名に心あたりはありませんな」

「それともうひとつ、ある家がありますの――じつはわたくし、きょう、どちらかというとあてもなく車を走らせておりました――どこへ行こうというあてもなく、ただ行きあたりばったりに……」

「わかります。なかなか気持ちがいいでしょう、このあたりの道は？　しかも驚くなかれ、ちょっとした珍種にもお目にかかれるんですよ。植物のことです、わたしの言うのは。それがこのあたりの生け垣ではよく見つかる。そんな、道ばたの垣根の花を摘もうなどというものは、まずおりません。観光客なんてのは、このへんにはやってきませんからな。じつはわたしも、とびきりの珍種を採集したことが何度かありまして。たとえば、色が銀色がかった風露草《ふうろそう》とか――」

「そうしますと、運河のそばの一軒の家が目にとまりました」植物のことに話題がそれるのを防ごうと、タペンスは強引に口をはさんだ。「小さな太鼓橋のそばでしたわ。ここから二マイルのところですけど。あの家の名をぜひ知りたいんですの」

「ええと、ちょっと待ってくださいよ。運河――太鼓橋。さよう……そういった家なら、何軒か知っとりますがね。たとえばメリコット農場なんかもそうだし」

「農場ではありませんでしたわ」

「なるほど。すると、ペリーの家かな――エイモスとアリス・ペリーの夫婦が住んどりますが」

「そうです、そこですわ。ペリーさんというご夫婦がおいでてでした」

「あれはちょっとめだつ風貌の女でしょう？　おもしろい、わたしはいつもそう思っとります。非常におもしろいと。中世的な顔だちですな。そうは思われませんか？　いま教会で計画しておる素人芝居で、彼女は魔女の役を演ることになっとります。ほら、おわかりでしょう、小学生の、ですよ。ちょうど魔女にぴったりの顔ではないですか」

「ええ」タペンスは相槌を打った。「善意の魔女ですわね」

「そうそう、それですよ。まさにそのとおり。善意の魔女です」

「でも、ご主人のほうは……」

「ああ、あれは気の毒な男です。全面的にま《コンポス・メンティス》ともとは言いがたい――しかし、害はない男です」

「ご夫婦とも、それは親切にしてくださいましたわ。わたくしをお茶によんでくださって。ただ、わたくしの知りたかったのは、あの家の呼び名なんです。それをあのご夫婦に訊くのを忘れてしまいまして。なんですか、あのご夫婦のお住まいになってるのは、家の半分だけですとか。そうなんですの？」

「そうです、そうです。以前はキッチンなどになっていた部分に住んでおるのです。名称はたしか、〈水辺荘《ウオーターサイド》〉でしたか。むかしは〈河畔牧場《ウオーターミード》〉とかいう名だったと記憶しとります。このほうが感じのいい名でしょう？」

「べつの半分は、どなたの所有になっていますの？」

「さよう、もともとは全体がブラッドリー家のものだったのですがな。もっともこれは、もうずっとむかしの話です。こうっと、すくなくとも三、四十年になりますか。そのあとこれが人手に渡り、さらにまた別人の手に移って、その後は長らく空き家になっておった。わたしがここへ赴任してきた当時は、週末の別荘のたぐいとして使われていただけでしたな。ある女優が――たしか、ミス・マーグレーヴといったと思いますが――それがときどきやってくるだけでした。きても、教会に顔を出したことはないですから、わたしも面識はありません。遠目に何度か見かけたことがあるだけですが、これがまあ、めっぽうべっぴんさんで。いや、たいしたべっぴんさんでした」

「いまは正確なところ、どなたが持っておいでなんですの？」タペンスは追及した。

「存じませんな。あるいはいまでもあの女性が持っとるのかもしれませんよ。ペリー夫婦が住んでおる区画は、あれはただ借りとるだけですから」

「じつはわたくし、一目見てあの家に見覚えがあると気づきましたのよ。あの家を描いた絵を持っておりますの」

「ほう？　そんならきっとボスコムの絵でしょう――いや、ボスコベルだったかな――

よく思いだせんが。なんでもそんな名でした。コーンウォールの出身で、かなり知られた画家です。もう故人になっておるんじゃないのかな。とにかく、このあたりへはしょっちゅうきておった。よくこの近在を歩きまわって、スケッチをしとりましたな。ここの油絵もだいぶ描いとった。非常に心のそそられる風景画です、いくつかは」

「わたくしの持っているその絵は、一ヵ月ほど前に亡くなった叔母が、あるひとから譲られたものなんですの。そのかたがランカスター夫人とおっしゃるんですのよ。だもんで、この名前にお聞き覚えがおありにならないかと、そううかがったわけでして」

けれども司祭は今度も首を横にふった。

「ランカスター？　ランカスター。いや、やはり覚えがありませんな。しかし、ちょうどいいところへ、ちょうどいいひとがきた！　あのひとにでもたずねてみられるといい。われらが親愛なるミス・ブライです。非常に活動的なご婦人でしてな。この教区のことなら、なんでも知らないことはない。まさしく、柱石というところですかな。婦人会、ボーイスカウト、ガイド――いっさい合財です。あのひとに訊いてごらんなさい。非常に活動的な女性ですから。非常に活動的な」

司祭はほっと吐息を漏らした。そのようすから推して、どうやらミス・ブライの活動力にはだいぶ悩まされているらしい。

「ネリー・ブライ、そう村のひとは呼んどります。よく悪童どもが後ろからはやしたてとりますよ――ネリー・ブライ、ネリー・ブライってね。むろん本名じゃありません。本名はたしか、ガートルードだったかジェラルディンだったか、そんな名前ですが」（フォスターに「ネリー・ブライ」という唄がある。また、一八九〇年に当時の世界早まわり記録をつくったアメリカの女性ジャーナリスト、E・C・シャーマンが、〝ネリー・ブライ〟を筆名とした）

ミス・ブライというのは、先刻タペンスが会堂のなかで見かけたツイードのスーツの女性だった。その女性がいま、手に小さなじょうろをさげたまま、足早にこちらへ近づいてくる。歩きながら、彼女はタペンスに好奇心たっぷりの一瞥をくれると、歩調を速めて、まだかなり距離のあるうちから声をかけてきた。

「やっと終わりましたわ、司祭さん」と、快活に叫ぶ。「ちょっと忙しくて、ずいぶんあたふたしちゃいました。いつもはご存じのとおり、教会のご用は午前ちゅうにすませてしまうことにしてるんですけどね。あいにくきょうは、臨時の集会が信徒室でひらかれまして、それがまた、時間を食うことといったら！　議論ばっかりでうんざりですわ。ときどきわたし、みんなはただ反対するのがおもしろくて、それで反対してるだけじゃないかって、そう思うことすらありますのよ。なかでもいちばんの困りものは、あのミセス・パーティントン。なんでもとことん議論しなくちゃ気がすまないんですから。ありとあらゆる購入品目について、いろいろべつの業者から見積もりを出させたかどうかって、そりゃうるさいったら。わたしに言わせれば、ここで購入する程度のものなんて、ぜんぶ合わせたってたいした金額になるわけじゃなし、そこやかしこで二、三シリング節約したって、どうってことないと思うんですけどね。それに、バーケンヘッドのところは、いままでずっと信用できる店で通ってきたんですから。あらあら、司祭さん、そんなお墓に腰かけたりして、よろしいんですか？」

「死者にたいして失礼にあたる、と？」司祭がにおわせた。

「いいえとんでもない、ぜんぜんそんな意味じゃありませんわ。わたしはね、お墓の石のことを申しあげてるんですの。石の湿気が体に伝わって、リューマチによくないとかいうことで……」詮索するような目が、横目づかいにタペンスに向けられてきた。

「ミス・ブライを紹介させていただこう」司祭が言った。「こちらは――ええと――」

「ベレズフォードと申します」タペンスは言った。

「はじめまして」ミス・ブライが言った。「先ほど会堂のなかでお見かけしましたわね。追悼銘額やなにかをごらんになってらしたんで、よっぽどお声をおかけして、いくつかご興味のありそうな点を説明してさしあげようかと思いましたの。ですけどそれが、ほら、早く仕事を終えようと急いでいたものですから」

「あら、こちらこそお声をかけて、お手伝いすべきでしたわ」タペンスもせいぜい愛想よく答えた。「といっても、どうせたいしたお役には立たなかったでしょうけど。どのお花をどう生けるか、そちらにはちゃんとした目論見がおありになって、それにもとづいてやってらっしゃるようでしたから」

「ええ、まあね、せっかくのお言葉ですけど、じつはそうなんですよ。わたし、これでもう——さあ、何年になりますかしら——ずっと教会のお花を一手にひきうけて生けさせていただいてます。特別のお祭りなんかには、小学生たちにも専用の花瓶に生けさせることがありますけどね。なにしろ子供のことですから、どう生けたらいいかなんて目算、これっぽっちもあるわけじゃありません。ですから、そういうときにはちょっとばかり教えてやってもいいと思うんですけど、ミセス・ピークは、それだけはぜったいにいけないとおっしゃって。とてもやかましいんですのよ。それが子供たちの創意の芽を摘むことになるから、って。奥様はどちらにご滞在ですか？」最後にミス・ブライは、つけたしのようにタペンスにたずねた。

「マーケット・ベイジングへ行く予定でしたの」タペンスは答えた。「あそこでどこか適当なホテルでもご存じありません？」

「そうですわねえ、その点ではあまり見込みはないんじゃないでしょうか。文字どおりの市場町《マーケット》ですから。マイカー時代には置き忘れられたような存在ですわ。〈青い龍《ブルー・ドラゴン》〉

なんかは、いちおう二つ星ってことになってますけど、ときどきわたし、ああいう格づけにはぜんぜん意味なんかないんじゃないかって、そう思うことがあります。あそこよりは、〈仔羊《ザ・ラム》〉亭のほうがまだしもましですわね。こっちのほうが静かですし。長くご滞在になるんですか？」

「いいえとんでもない。ほんの一日か二日です。この近在の土地を見てまわるあいだだけ」

「あまり見るべきものはありませんよ、残念ながら」と、司祭が言った。「興味ぶかい古蹟とか、民芸品のたぐいがあるわけじゃなし。純然たる片田舎、純農村地帯ですからな。しかし、閑静ではあります。非常に閑静です。先刻も言いかけたが、興味をそそる野草も二、三見られますし」

「ええ、うかがいましたわ。ぜひ珍しい標本を採集してみたいと存じます。ちょっとした貸し家探しのあいまにでも」

「あら、それは耳寄りなお話ですこと」ミス・ブライが言った。「すると、このあたりに落ち着かれるご予定でもございますの？」

「ええ、とくにこの近辺と決めたわけじゃありませんけど」タペンスは言った。「それに、べつだん急ぐ話でもないんです。主人の退職は、まだ一年半も先ですし。でも、いまから心がけておくのに越したことはありませんから。わたくし個人としては、あちこちに四、五日ずつ滞在して、めぼしい土地や家屋のリストを手に入れたり、それを見にいったりしてみようか、そんなふうに考えていますの。ロンドンからわざわざ特定の家を見るために日帰りで出かけてくるのって、面倒でもあるし、疲れますものね」

「そうですとも。では車でおいでになっていますのね？」

「ええ。あすの朝、マーケット・ベイジングの不動産屋に行ってみるつもりで。ついては、今夜だけ泊めていただけるようなところって、この村にはございませんでしょうね？」

「いいえ、ありますわよ。ミセス・コプリーのところなんか、そうですわ」ミス・ブライは言った。「夏にはいつもお客をお泊めしてますから。いわゆる避暑客相手の民宿ですわね。とても清潔で。あのお宅のお部屋は、みんな清潔です。もちろん、宿泊と朝食、ほかに、頼めば軽い夕食を出してくれる程度ですけど。でも、どうですかしら、例年八月か、早くても七月にならないと、お客を受け入れないようですから」

「ともかくも、行って頼んでみますわ」タペンスは言った。

「あれはなかなか得がたい女性でして」と、司祭がこころもち皮肉っぽく言った。「そのまあ舌のよく動くことといったら。一瞬たりとしゃべるのをやめんのですから」

「なにしろ狭い村のことですからね、うわさ話やおしゃべりの種には事欠かないんですよ」ミス・ブライが言った。「なんならわたしがお供しましょうか。ミセス・コプリーのところまでごいっしょして、お口添えしてさしあげますわ」

「それはまあご親切に」タペンスは言った。

「じゃあ出かけましょうか」ミス・ブライはてきぱきと言った。「失礼しますわ、司祭さん。まだ例のお墓探しですか？ わたしに言わせれば、気のめいる仕事ですし、うまく見つかる見込みも薄いというのに、よくまあ勝手なことを頼んできたものですわ」

タペンスも司祭に別れを告げ、ついでに、なんならお墓探しをお手伝いしてもいいと申しでた。

「わたくしでしたら、一時間か二時間、墓石を見てまわるのぐらいなんでもありませんから。この年にしては、視力もとてもいいんですのよ。たしか、ウォーターズという名前を探せばよろしいんでしたわね？」

「いや、じつはそれだけではないんでしてな」司祭は答えた。「年齢が問題なんです。たぶん七歳ぐらいになる女の子と、それだけわかっておるきりでして。ウォーターズ少佐の話では、細君は姓を変えておる可能性もあり、もしそうだとすると、子供もおそらく新しいほうの姓で知られておるだろう、と。ところが、肝心のその姓を、少佐はご存じない。それでいよいよ事が面倒になってくるというわけで」

「わたしに言わせれば、そのお話全体が、どうも胡散《うさん》くさく思われますわ」ミス・ブライが言った。「司祭さん、探してみようなんて安請け合いなさらなければよろしかったのに。ずいぶん身勝手な話じゃありませんか、そんな面倒なことを頼んでくるなんて」

「いや、当人にしてみれば、そこまで思いやっておるゆとりがなかったのでしょう。思えば気の毒な話でして。しかしまあ、これ以上おふたりをおひきとめしてはいけませんな」

ミス・ブライに案内されて墓地を出てゆきながら、タペンスはつい考えずにはいられなかった——そのコプリー夫人とやらの評判がたとえどうあろうと、このミス・ブライ以上にしゃべりまくることは、まず無理だろう、と。それほどまでに雄弁でもあり、また独断的でもあるご高説の数々、それがミス・ブライの口からは滔々《とうとう》と流れでてきてやまないのだ。

コプリー夫人のコテージというのは、村の本通りからちょっとはずれたところにある、広々とした、気持ちのよい家だった。前庭には、手入れのゆきとどいた花壇がひろがり、戸口の上がり段は真っ白に、真鍮のドアの把っ手はぴかぴかに磨きあげられている。コプリー夫人本人は、一見して、ディケンズの小説から抜けでてきた人物、といった印象だった。ひときわ小柄で、ひときわ肥満しているので、それがころころとこちらへ近づいてくるさまは、さながらゴムまりがころがるかのよう。きらきらと輝く目をして、金髪は頭のてっぺんにソーセージふうのカールに結いあげられ、全身からはおびただしい活気が発散されてくる。はじめは型どおりにためらうそぶりを見せて――「そうですねえ、普段はお泊めしないんですよ、いまごろは。主人ともよく言ってるんです――『夏場のお客は、あれはべつだ』って。夏場に避暑客をお泊めするのは、当節、だれだってやってることですしね。だいいち、部屋に余裕があるのなら、そうするのが義務だとも思うんです。でも、いまごろの季節となるとねえ。まだ七月にもなりませんし。ただ、ほんの二、三日のことで、多少ゆきとどかない点があっても大目に見る、そうおっしゃっていただけるんなら――」

むろん、ゆきとどかなくてもいっこうかまわない、そうタペンスが答えると、コプリー夫人はなおしばらくしげしげと――といっても、そのかん一瞬たりともその饒舌がやむことはないのだが――こちらを観察したあげくに、じゃあまあともかくも、ひとまずお部屋をごらんなさいまし、それでお気に入りましたら、また考えましょうと言った。

ここまで見届けて、ミス・ブライは未練たっぷり、いかにも後ろ髪をひかれるといったようすで立ち去っていった。というのも、これまでのところいかに努力しても、タペンスがどこからきたのか、夫の職業はなんなのか、年齢はいくつか、子供はいるのか、ほかにどんな趣味があるのか、そういった情報はまるきりひきだせずにいたからだ。ただ、あいにく自宅でべつの会合の約束があり、そこで司会役を務めることになっているらしく、みんなの垂涎《すいぜん》の的であるその役目をだれかに横どりされたくなくて、泣くなくこちらをあきらめたようだった。

「ミセス・コプリーにまかせておけば、なにもご心配はいりませんから」と、ミス・ブライは去りぎわにタペンスに言った。「ここならとてもよく面倒を見てくれますからね。で、奥さんのお車はどうなさいます？」

「あら、車ならじきにとってまいりますわ」タペンスは言った。「ミセス・コプリーにうかがえば、駐車するのに適当な場所を教えてくださるでしょうし。それほど道幅が狭くありませんから、こちらのお宅の前に置いても、かまわないんじゃありません？」

「ああ、それなら主人がちゃんとやってくれますよ」と、コプリー夫人が口を出した。「すぐにでもとってきて、空き地に入れてくれます。すぐそこの横町を曲がったところですけどね。そこに置いとけば安心ですから。簡単なものだけど、差し掛け屋根もついてるし」

といったところで、話は友好的にまとまり、ミス・ブライはあたふたと会合の場所へと去っていった。つぎに持ちあがったのは、タペンスの夕食をどうするかという問題だった。近所にパブはあるか、とタペンスはたずねた。

「ないことはないですけどね、レディーの行くような場所じゃありませんよ」コプリー夫人は言った。「ただ、奥さんが卵とハム、それにパンと自家製のジャムぐらいでもかまわないとおっしゃるなら――」

それは願ってもないことだ、とタペンスは答えた。やがて案内されたのは、壁紙に蕾《つぼみ》の薔薇《ばら》の模様がついた、小さいながらも明るく快適な部屋で、寝心地のよさそうなベッドが置かれ、全体に一点のしみもない清潔さがただよっていた。

「どうです、なかなかきれいな壁紙でしょう、ミス?」と、タペンスを独身と決めこむことにしたらしいコプリー夫人が言った。「新婚さんがおいでになるかもしれないと思いましてね、それでこれを選んだんですよ。ロマンティック、とでも言いますかね」

ロマンスはきわめて望ましいものだ、とタペンスも相槌を打った。

「この節はみなさん、あまりゆっくりはなさいませんでね――ええ、新婚さんが。むかしとは大ちがいですよ。みなさん家を買う資金を貯金してるところだとか、もう頭金を払っちゃったとかおっしゃって。でなきゃ、分割払いで家具を買う予定でいる、とかね。そんなこんなで、新婚旅行にお金をかけてなんかいられないってわけ。なかなか計画性がおありですねえ、近ごろの若いかたは。けっして無駄なお金はお使いにならない」

勢いよくまくしたてながら、コプリー夫人ががたがたと階段を降りていってしまうと、タペンスはベッドに横になり、疲れをいやすために半時間ほど睡眠をとることにした。とはいうものの、これから聞くだろうコプリー夫人の話には、おおいに期待がかけられる。一休みして元気を回復したら、もっとも大きな成果が期待できる方向へと、会話を誘導することにしよう。この宿でなら、あの橋のたもとの家について、こちらの知りたいだけのことが訊きだせるはずだ。だれがあそこに住んでいたか。だれが近隣でよい評判を、あるいは芳しくない評判をとっていたか。どんなスキャンダルがあり、どんな問題が取り沙汰されたか。

コプリー氏に紹介されてからというもの、いよいよタペンスはこれを確信するようになった。コプリー氏は、めったに口をひらくことのない、寡黙そのものの男で、その会話は、もっぱらうなり声だけで成りたっていた。うなり声はおおむね肯定を意味するものだったが、ときにはもっと押し殺した声音で、不同意をあらわすそれがまじることもあった。

タペンスの見たところ、彼は細君に好きなようにしゃべらせることで満足しているらしい。本人は、妻のしゃべっているあいだ、多かれすくなかれうわのそらの態度に終始し、どうやら市《いち》の立つ日らしい、あすの計画に熱中している模様だった。

タペンスに関するかぎり、これ以上に望ましい状況は願っても得られなかっただろう。それはただ一行のスローガンで言いあらわすことができた——「情報をお望みなら、われわれにおまかせください」。いってみれば、コプリー夫人はラジオかテレビのようなもので、ボタンを押せば、それだけで滔々たる言葉の奔流が、雄弁な身ぶりと顔面筋肉の運動とを伴って流れでてくるのだ。体格がゴムまりを思わせるのみならず、夫人の顔もまた、弾性ゴムでできているかのように伸縮自在だった。彼女が話題にとりあげるさまざまな人物は、あたかも生命を吹きこまれたようにタペンスの眼前で躍動しはじめるのだった。

夕食に出されたベーコンエッグと、バターを塗った厚切りのパンを賞味し、自家製のブラックベリーのジャムを、これはわたしの大好きな味だとお世辞でなく褒めそやしたあげくに、さておもむろに気分を引き締めたタペンスは、惜しみなくぶつけられる情報の奔流を吸収し、あとでそれをノートに書きとめられるだけの態勢をとった。それはさながら、この地方における過去の出来事の一大パノラマが、いましも眼前にくりひろげられてゆくかのようだった。

コプリー夫人の話には、あいにく年代的なつながりなるものがまったくなく、それがびしばし事を面倒にした。話は十五年前から二年前へ、二年前からさらに一ヵ月前に飛び、そこから突如として反転して、一挙に二〇年代のいつごろかにさかのぼるのだった。この調子だと、あとでおびただしい整理が必要となるだろうし、結果として、なにか得るところがあるだろうかどうかと、タペンスを危惧させずにはいなかった。

試みに押してみた最初のボタンは、結局のところはずれだとわかった。そのボタンとは、ランカスター夫人の名を持ちだすということだ。

「たぶんこの近在のかたじゃないかと思いますのよ」と、タペンスはわざとぼかした表現で言った。「そのかたが、ある絵を持っていらしたんです――たしか、このへんではよく知られていた画家の作品で、とてもいい絵なんですの」

「なんとおっしゃいましたかね、名前は？」

「ランカスター夫人」

「さあねえ、ランカスターってひとには覚えがありませんねえ。ランカスター。ランカスターと。むかし自動車事故にあわれた紳士がいたけど。いや、あれはその車の名だ。ランチェスター、とかいったかしら。ええ、ランカスター夫人というかたは存じあげませんね。ミス・ボルトンのことじゃないんでしょうね？　あのひとなら、たしか七十ぐらいになってるはずだけど。ひょっとしたらランカスターさんってひとと結婚したかもしれないし。なんでも外国旅行をして、旅行先で結婚したとか聞きましたけどね」

「わたしの叔母がそのかたからいただいた絵というのは、ボスコベル——たしかそういう名でした——とかいう画家の描いたものなんです」タペンスは言い、それからつけくわえた。「ほんとにこれ、おいしいジャムですこと」

「林檎は入れてないんですよ。みなさんとちがって。林檎を入れると、その成分でよく固まるって言いますけど、それだとせっかくの原料の果物、その風味が抜けちゃうもんで」

「そうですわ。まったく同感です。そのとおりですわね」

「いまなんとおっしゃいましたっけ？　Bで始まる名前だと思ったけど、うっかり聞きのがしちゃって」

「ボスコベル？」

「ああ、ボスコワンさんならよく覚えてますよ。ええと、あれはたしか——すくなくとも十五年前になりますか、あのひとがよくここへきてたのは。何年かつづけてきてましたっけ。この土地が気に入ったんでしょうね、自分でもコテージを一軒借りまして。農場主のハートが、季節労働者を住まわせてたコテージなんです。ところがその後、役所のほうで宿舎を新築しましてね。四軒ほどそういうコテージを建てて、季節労働者にあてがったわけです。

典型的な芸術家タイプでしたよ、ボスコワンさんは。いつも風変わりな上着を着てね。ほら、ビロードとかコール天とか、よくあるでしょう。肘にはいつ見ても穴があいてるし、シャツも緑色とか黄色とか、派手なのを着てました。そりゃめだちましたよ。でも、あのひとの描く絵は大好きでしたね、あたしは。ある年だったか、この土地で展覧会までやりましてね。クリスマスのころだったかしら。いえ、そんなはずはないわね。夏でした。冬はここへはきませんでしたから。ええ、とてもいい絵でしたよ。近ごろよく見かけるような、ひとの度肝を抜くようなところがなくてね。あたしの言う意味、おわかりですか？　ほんの家が一軒に、木が二本ばかりとか、柵ごしに牛が一、二頭のぞいてるとか、そういった単純な風景画で。でも、どれもとても淡白で、落ち着いてて、色がきれいでした。当節の若い画家あたりが描くようなやつとはちがいます」

「このへんには、画家がよくきますの？」

「よくってほどでもありませんがね。ええ、とりたてて言うほどじゃありません。夏になると、ひとりかふたり、女性の画家がスケッチをしにきますね。といっても、そう大勢じゃありませんよ。そうそう、去年でしたか、若い男がひとりきました。画家と自称してましたけど。これがろくにひげも剃らないんですよ。あのひとの絵は、どうもぴんときませんでしたね。奇妙な色がべたべた塗りたくってあるだけで、なにが描いてあるんだか、さっぱりわかりゃしない。ところが驚くなかれ、そういう絵がばんばん売れるんです。しかもけっして安い値段じゃないんですから」

「どう見ても五ポンドってところさね」ここではじめてコプリー氏が口をひらき、それがあまりに唐突だったので、タペンスはつい腰を浮かせたほどだった。

「いえね、主人の言うのはこういうことなんです」コプリー夫人が夫の通訳を買って出た。「主人はあの絵が五ポンドとかかっていない、そう言うんですよ。絵の具やらなにやら、費用をぜんぶ合わせてもね、元手は五ポンドとかかっちゃいないって。そう言うんです。そうでしょ、ジョージ？」

「そうとも」ジョージがうなった。

「じつは、そのボスコワンさんの作品に、運河と橋のたもとの家を描いたのがありますのよ――〈ウォーターサイド〉とか、〈ウォーターミード〉とか呼ばれてるようですけど。きょうはわたし、その家のほうからきたんです」

「おや、あの道をおいでになったんですか。ひどい道でしたでしょう？　狭くてね。あの家も寂しい家です。あたしはいつだってそう思ってた。あたしだったら、あんな家に住むのはごめんこうむりますね。寂しすぎますよ。ねえジョージ、そう思うでしょ？」

ジョージはかすかに鼻を鳴らして、軽い不同意と、女の臆病さにたいする軽侮らしい音声を発した。

「じっさい、アリス・ペリーも変わってますよ、あんなところに住んでるんだから」コプリー夫人がつづけた。

タペンスはボスコワン氏にたいする追及を一時放棄し、ペリー夫妻に関する意見にのっかってみることにした。つぎつぎに話題が飛躍するこのコプリー夫人を相手とするなら、無理にひとつの話題に固執するよりも、逆らわずに向こうについてゆくほうが得策らしいと判断したからだ。

「妙な夫婦ですよ、あのふたりは」と、コプリー夫人が重ねて言った。

ジョージも同感だという音声を発した。

「いつもふたりきりでとじこもっててね。ほとんどひとづきあいをしない。それにアリス・ペリーのあの顔ときたら、どう見ても、だいぶ人間ばなれしてますしね」

「気がふれてるんだよ」と、コプリー氏。

「そうかねえ、あたしならそこまでは言わないけど。たしかに、まともでない顔つきはしてますよ。それになんですか、あの恰好。いつだって、そそけた髪を結いもせず、男ものの上着を着てさ。履き物といえば、がばがばのゴム長一本槍。口をひらけばとっぴなことばかり言うし、こっちの質問にろくに答えもしないことだってあるしね。だけど、気がふれてる、とはあたしは言いませんよ。ただ変わり者だっていうだけのことでね」

「あのひと、ひとには好かれてますの？」

「といっても、だれもあのひとのことはよく知らないんですよ。もうあの家に住みついて、何年にもなるんですけどね。それでいて、あのひとについては、ありとあらゆるうわさが聞こえてくる。いつだってうわさが絶えないんです」

「というと、たとえば？」

無遠慮な質問も、コプリー夫人にはいささかも迷惑ではなさそうだった。というより、むしろそれを歓迎するふうで、待ってましたとばかりに答えた。

「夜中に霊を呼びだすとかいうんですよ。テーブルをかこんですわってね。それから、夜になってからあの家を見ると、明かりが動いてるのが見えるという話もあります。あ
あ見えて、ずいぶん小むずかしい本を読んでるそうですよ、彼女は。円やら星形やら、そういった図形のある本をね。でも、あたしに言わせると、まともじゃないのはむしろエイモス・ペリーのほうですよ」

「あれはただ単純なだけさ」コプリー氏が寛大な口調で言った。

「ああ、それはたしかにおまえさんの言うとおりかもしれない。でもね、あの男につい

ては、むかし、ちょっとしたうわさがありましてね。だいいち、庭をばかに大事にしてるくせに、園芸のことはろくに知りもしないし」

「それにしても、それはあの家の半分だけのことじゃありません？」タペンスは言った。「じつはわたし、ミセス・ペリーにはとても親切にしていただきまして。家にも通していただいたし」

「あら、ほんとですか？　あのひとがねえ。でもあたしだったら、すすめられてもあの家にはいる気になったかどうか」

「彼らの住んでる部分はどうってことないさ」と、コプリー氏。

「というと、べつの部分には、怪しいふしでもあるっていうんですか？」タペンスは追及した。「つまり家の表側の、運河に面してるほうですけど？」

「いえね、あれにもまたいろんな因縁話がまつわっていましてね。もちろんここ数年は、だれもあそこには住んでいませんけど。なんでも、あの家にはなにか妙な因縁がついてまわってるってことで、それはもう、いろんなうわさが乱れ飛んだものですよ。でも考えてみると、いまこの土地に住んでるものは、だれもそんなこと覚えてるはずがないんでしてね。とんでもなくむかしの話ですから。なんせ、百年以上も前に建った家なんですよ。はじめは、きれいな貴婦人が住んでたってことです。宮廷に出仕しているある紳士が、その貴婦人のために建てたんだとか」

「ヴィクトリア女王の宮廷に、ですか？」興味をそそられて、タペンスは訊きかえした。

「じゃあないでしょうね。あのひとは傑物でしたよ、あの女王様は。この話は、それよりもっと前だと思います。ジョージ王朝のころじゃないですかね。その紳士は、ときどきここへかよってきて、その貴婦人と会ってたんですが、一説によると、あるときその女性と喧嘩して、夜中に彼女の喉をかっきっちゃったそうなんです」

「まあこわい！」タペンスは身ぶるいしてみせた。「で、その罪で縛り首にでもなったとか？」

「いいえ。そういうことじゃなかったようですよ。これはうわさですから、どこまでほんとかわかりませんけどね。とにかく、死体の始末に困ったその紳士は、それを暖炉の奥の壁に塗りこめたんだそうなんです」

「塗りこめた！　暖炉の奥の壁に！」

「という話もあるってことですよ。その話によると、その女性はもとは尼さんで、修道院から脱走したんだとか。だからこそ、壁に塗りこめなきゃならなかったんだとか。それが修道院のやりかたなんだそうで」

「でも、尼さんたちが塗りこめたわけじゃないんでしょう？」

「そうですとも。ええ、その紳士がやったんです。彼女を殺した恋人がね。そしてそのあと、暖炉全体をすっかり煉瓦でかこって、その上を大きな鉄板でおおってしまったとか。どっちにしろ、それきり二度と彼女の姿は見かけなくなった——それまでは、ときおりきれいなドレスを着て、散歩してるところを見かけたんですけどね。もちろん一部には、彼女はその紳士といっしょによそへ行ったんだと言うひともいますよ。どこか町にでも住むようになったか、それともべつの土地へ移るかしたんだ、って。でも、それ以来あの家では、怪しい物音が聞こえたり、明かりが見えたりするといううわさが絶えなくなって、いまでも、暗くなってからはあそこへは近づかないというひと、大勢いるんです」

「それにしても、もっと新しい時代には、いったいなにがあったんでしょうね？」そう問いかけながらもタペンスは、ヴィクトリア女王の治世よりもむかしにさかのぼるなんて、目下の目的には時代が古すぎるのではないか、そう思わずにはいられなかった。

「ええ、あたしもそれほどはっきり知ってるわけじゃありませんけどね。なんでも、その後にあの家が売りに出されると、ブロジックというお百姓が買って、住んだようです。あいにく、そのひとも長くはいなかった。いわゆるお道楽百姓だったんですよ。それであの家が気に入ったんでしょうけど、肝心の農場が期待したほどの成果をあげなかったし、そのひと自身が、百姓仕事というものをよく知らなかったみたいで、それでまた売りに出したってわけです。その後も何度か持ち主が変わりましたよ——そのたんびに大工がはいっちゃあ、あっちこっち手を入れるんです——新式のバスルームとか——まあそういったものをね。一度はたしか、養鶏をやってる夫婦者が住みついたこともあります。でも、なんていうのか、家そのものに不運がとりついてるっていうんでしょうかね、結局、うまくいかなかったようです。ですけど、こういうことって、みんなあたしの生まれるより前の話ですよ。あたしの知ってるかぎりじゃ、一度はボスコワンさん自身があそこを買いとる気になったこともあるようで。そのころなんです、あの家の絵を描いたのは」

「ここへいらしてた当時、ボスコワンさんはおいくつぐらいでしたの？」

「四十ってところですかね。もうちょっと上だったかも。それなりに好男子ではありましたよ。でも、ちょっと肥満ぎみでね。女性には目がないほうでした、ええ」

「ふん」コプリー氏がうなった。今度のは、警告の意味を含んだものだ。

「だけどね、おまえさん、芸術家というのがどんなものか、それはだれだって知ってることでさ」その〝だれだって〟のなかに、タペンスをも含めながらコプリー夫人は言った。「しょっちゅうフランスに行ったりするんで、自然にフランス流が身についちゃうんですよ、きっと」

「結婚はなさってませんでしたの？」

「その当時は、してませんでした。はじめてここへきた当時はね。ミセス・チャリントンのお嬢さんにはだいぶご執心でしたけど、結局、ふられちゃったんです。たしかにきれいなひとでしたよ、そのお嬢さんは。でも、ボスコワンさんには若すぎた。まだ二十五にもなっていませんでしたからね」

「そのミセス・チャリントンって、どういうかたですか？」またもや新たな名前が出てきたことにとまどって、タペンスはそう訊きかえした。

だがそのいっぽうでは、ふいに言い知れぬ疲労感にのみこまれるのも感じていた。どっちにしろ、こんなところでわたしはいったいなにをしているのだろう。たんに見も知らぬひとたちのうわさ話に耳を傾けて、ありもせぬ殺人事件を想像しているだけのことではないのか。いまこそはっきりわかった——今度のことはすべて、ある善良な、あいにく少々頭の混乱したお年寄りが口にしたことから始まっている。そのお年寄りが事実をとりちがえて、そのボスコワン氏、もしくはだれであれあの絵を彼女にくれた人物から、家をめぐる伝説として聞かされた話、生きながら暖炉の壁に塗りこめられただれかの話を、なにかの理由で子供の話と勘ちがいする結果になったのだ。そしていまわたしは、こうして途方もない大発見でもしたような気になって、そのありもせぬ事件の周囲をこそこそ嗅ぎまわっている。トミーはわたしのことをばかげてると言ったけど、まったくそのとおりだ――わたしはとんでもない、いいばかものだ。

ここらで席を立ち、寝室にひきとる機会をつかまえようと、タペンスはコプリー夫人のよどみない饒舌がとぎれるのを待った。

コプリー夫人は依然としてとどまるところを知らぬかのように、いとも楽しげにしゃべりつづけている。

「ミセス・チャリントンですか？　いえねえ、しばらく〈ウォーターミード〉に住んでたひとですよ。ミセス・チャリントンとそのお嬢さん、二人暮らしでした。りっぱなレディーでしたよ、ミセス・チャリントンは。たしか、軍人さんの未亡人だとかで、暮らし向きは楽じゃなかったようだけど、なんせあの家は家賃が安かったですから。よく庭いじりをしてました。園芸が好きだったんですよ。そのわりに、家事は得意じゃなくて、うちのなかはあんまりきれいじゃなかった。あたしが一度か二度、手伝いにいったこともあったけど、長続きはしませんでした。なにしろ二マイル以上も自転車で行かなきゃならない。あの道にはバスはかよっていませんから」

「長らくあの家にお住まいでしたの？」

「二、三年か、それ以上にはなりませんでしたね。いろいろと面倒なことがあって、それからは引っ込み思案になったんでしょう。そこへもってきて、今度はお嬢さんのほうに、困ったことが持ちあがりましてね。たしか、名前はリリアンといったはずです」

食事の締めくくりに出された濃いお茶を飲み干しながら、ついでだから寝室にひきとる前に、そのチャリントン夫人とやらの一件だけでもかたづけてしまおう、とタペンスは心を固めた。

「お嬢さんの問題って、どんなことですの？　ボスコワンさんですか？」

「いえいえ、ボスコワンさんじゃありません。あたしはそうは思いませんね。べつの男ですよ」

「べつの男？　だれなんでしょう。やはりこの土地に住んでたひとですか？」

「あの男がこの土地に住んでたとは思いませんね。お嬢さんがロンドンで知りあっただれかです。バレエを勉強しに、ロンドンへ行ってたんですよ。いえ、絵を習いに、だったかしら。とにかくボスコワンさんのはからいで、その学校にはいったんです。スレート、とかいう学校でしたけど」

「スレード、ですか？」タペンスはほのめかした（スレードは著名な美術学校。いまはロンドン大学のカレッジのひとつ）。

「かもしれません。そんな名前でしたよ。とにかくお嬢さんはそこへかよってて、そこでだれだか知らないけどその男と知りあったんです。おっかさんはその男が気に入らなかった。それでお嬢さんに、男とつきあうことを禁じたわけ。でも、それがかえって裏目に出ましてね。ある意味で、世間知らずなひとでしたよ、あの奥さんは。軍人さんの奥さんって、とかくそういうタイプがいるようですけどね。娘なんて、母親がこうだと言えば、なんでもそのとおりにすると思いこんでるんです。時代遅れなんですよ。インドとかなんとか、外地での勤務が長いんで、自然とそうなるのかもしれませんが。でもね、若い娘なんてのは、相手が様子のいい男となると、親の言うことなんか耳にはいらなくなるものでしてね。お嬢さんもやっぱりそうだった。男はそれからもちょくちょくここへやってきて、お嬢さんと密会してたんです」

「で、そのあげくに、困ったことになった、と」このよく知られた婉曲語法が、コプリー夫人の良しとする基準に抵触しなければいいがと願いながら、タペンスはそう言った。

「そうです。相手はその男にちがいありませんよ。どっちにしろ、隠しても隠しきれない事実になっちまったわけです。あたしなんか、おっかさんが気がつくずっと前から気づいてましたけどね。きれいなひとでしたよ、お嬢さんは。背がすらっとして、品があって。でもあたしに言わせりゃ、敢然と問題に立ち向かってゆくタイプじゃなかった。とうとう神経に変調をきたして、あらぬことをつぶやきながら、そのへんをうろつくようになっちまったんです。それにしても、まあ、相手のその男も悪いやつだわね。事の次第に気がつくと、さっさとお嬢さんを捨てて逃げちまったんだから。もちろん、母親が母親なら、堂々とそいつのところへ乗りこんで、膝詰め談判してでも責任をとらせたんでしょうけど、でも、あのミセス・チャリントンにかぎって、それは無理だ。そんな勇気がどこにあるもんですか。それでもまあ、おっかさんはおっかさんなりに知恵を働かせて、娘を連れてどこへともなく姿を消したわけ。家をしめきってね。家はあとで売りに出されました。もちろんそれ以前に、家財をひきとりに一度はもどってきたんでしょうけど、村には顔を出さなかったし、だれにも挨拶ひとつしていかなかった。それきりここへは姿を見せませんでしたよ、親子ふたりとも。だいぶあとになって、ちょっとしたうわさが流れたことは流れたけど、はたして真に受けていいものやらどうやら」

「心ない連中は、なんだってでっちあげるのさ」だしぬけにコプリー氏が言った。

「そうだね、ジョージ、それはそうかもしれない。だけどね、ひょっとしたらあれは、みんなほんとの話だったかもしれませんよ。ありえないことじゃないですから。だいいち、いまも言ったとおり、あのお嬢さんはちょっぴり頭がおかしくなってたんだし」

「うわさって、どんなことですの?」タペンスは訊いた。

「どんなって、まあ、あんまり言いたくはないんですけどね。なにしろむかしの話だし、はっきりしないことを、勝手にあれこれ吹聴するのも感心しませんから。とにかく、そのうわさを広めたのは、ミセス・バドコックのところのルイーズなんだけど、あれは手のつけられない嘘つき娘でしたよ。やたら話に尾鰭《おひれ》をつけて言いふらすんです。なんでもかんでも見さかいなしにね」

「でも、おおよそのところは、どんな話なんですか？」

「そのミセス・チャリントンのお嬢さんが、生まれた赤ちゃんを手にかけたあげく、自殺したっていうんです。それでおっかさんが半狂乱になって、親戚一同が相談の上、どこかの療養所に入れたんだとか」

またしてもタペンスは、頭のなかにむくむくと混乱がふくれあがるのを感じた。ふと、体が椅子の上で揺れているような気もした。

まさか、そのチャリントン夫人が、あのランカスター夫人と同一人物だということはないだろうか。名前を変え、いくらか精神に異常をきたし、いまなお愛娘の悲劇にとりつかれている……コプリー夫人の声は、なおも容赦なくつづいていた――

「あたしはそんなうわさ、一言だって信じちゃいませんけどね。あのバドコックの性悪娘ときたら、なにを言いだすかわかったもんじゃないんだから。そんなくだらないうわさやデマを真に受けるほど、こちとら暇じゃないんだし。だいいちそのころは、ほかにも気にしなきゃならない問題がありましたんでね。みんな、ひどくびくびくしてたんです。この近郷近在一帯が。そのころ進行ちゅうだったある事件——現実に起きていたある事件のためにね……」

「なぜですの？　なにが起きていたんですの？」タペンスは訊いた。内心では、このうわべは平和そうなサットン・チャンセラーの村に、なんとまあ多くの事件が集中的に発生していたことか、と仰天しながら。

「当時はずいぶん新聞に書きたてられてましたから、たぶんお読みになってるんじゃないですかね。こうっと、かれこれ二十年前になりますか。そう、きっとお読みになってるはずですよ。連続少女殺害事件です。最初は九つの女の子でした。ある日、学校から帰らないんで、近所の衆が総出で探しに出た。結局はディングリーの森で見つかったんですが、絞殺されてましてね。思いだすと、いまでもぞっとしますよ、ええ。これが最初で、そのあと三週間ぐらいして、第二の事件が起きた。今度のは、マーケット・ベイジングの向こう側でしたけどね。それでもこの近在であることには変わりありません。車さえあれば、だれにでもやれることでして。

そのあとも、つづけて何件かの事件が起きました。あるときは、一ヵ月か二ヵ月もなにひとつ起きないことがあって、それからまた、べつの事件が持ちあがる。ひとつは、ここから二マイルと離れていない場所でしたよ。ほとんどこの村のなかと言ってもいいくらいで」

「警察はつきとめられなかったんですか？——何者のしわざだか——だれにもわからなかった？」

「ええ、まあね、精力的に捜査はしてましたよ。まもなく、ある男を拘留しました。マーケット・ベイジングの向こうに住んでる男でしたけどね。その男が捜査に協力している、とかいう発表があって——どういう意味だかご存じでしょう？　その男が犯人と目されてる、ってことですよ。その最初のひとり、つづいてまたひとり、またべつのひとりって、つぎつぎに何人も拘引しましたけど、結局は二十四時間かそこらで釈放しなきゃならないはめになる。証拠が出てくるわけです——その男には犯行の機会がなかったとか、事件の起きたときには遠方にいたとかいう証拠が。でなければ、だれかがその男のアリバイを証明するとか」

「しかし、わからんぞ、リズ」と、コプリー氏が口をはさんだ。「警察には、だれのしわざか、ちゃんと目星がついてたのかもしれん。おれならついてた、と言いたいね。よくあることなんだ。もしくは、よくあることだと聞いてる。警察にはだれが犯人だかちゃんとわかってるんだが、それを証明する証拠がつかめない、そういう仕儀なのさ」

「そりゃね、おかみさんのせいですよ」コプリー夫人は言った。「おかみさんか、おっかさんか、ときには親父さんの場合もある。そういう立場の相手には、警察だって手も足も出せない。内心どう思っていようともね。たとえばおっかさんが言う――『息子でしたら、その晩はうちで食事してましたよ』。でなきゃ恋人が、その晩は彼と映画を見にいった、そして一晩じゅういっしょにいた、と証言する。そうでなければ、親父さんさ。そのときせがれは自分といっしょに遠くの畑へ出かけて、農作業に余念がなかった、とね――そう言われれば、反駁のしようがない。たとえ親父さんか、おっかさんか、恋人かが嘘をついてるとわかっていてもさ。運よくべつのだれかがあらわれて、そのせがれだか恋人だかなんだかを、どこかよその場所で見かけたとでも証言してくれないかぎり、警察ではどうすることもできやしない。まったくいやなものでしたよ、あのころは。近在のものは、だれもがぴりぴり神経をとがらせてね。またべつの子供が姿を消したとでも聞こうものなら、すわとばかりに駆けつけて、捜索班を組織したものです」

「そうそう、そうだったっけ」と、コプリー氏。

「班ができると、さっそく出かけて山狩りですわ。ときにはすぐに見つかることもあったけど、ときには何週間もかかることもあった。かと思うと、子供の自宅のすぐそばの、もうとっくに探したはずの場所で見つかることもあってね。狂人ですよ。そうに決まってます。じっさい忌まわしいったら」コプリー夫人は正義の味方然とした口調で言った。「ええ、そう、忌まわしいことですよ、そんな男が大手をふってのしあるいてる、なんてね。そんなやつは、さっさと射殺しちまえばいいんです。絞首刑にしちまえばいいんです。もしもやらせてくれるなら、あたしがこの手でやってやりたいくらいですよ。罪もない子供をかどわかして、殺すようなやつなんてね。そんなやつをわざわざ精神病院に入れて、家庭的待遇を与えてやったり、安楽に暮らさせてやったりして、なんになるもんですか。遅かれ早かれ、もう病気は治ったと称して、退院させることになるんです。ちょうどそんな例が、たしかノーフォークでもありましたよ。あたしの妹があっちに住んでるもんでね、教えてくれたんです。退院して二日後には、もうべつのだれかを手にかけてたっていうんですから。どうかしてますよ、そういった医者は。治ってもいないのに治ったと称して、狂人を野放しにするんですから」

「でしたら、土地のみなさんには、真犯人のお心あたりはないんですのね？」タペンスは言った。「ほんとにそれ、よそものだったとお考えですか？」

「あたしたちと顔見知りではなかったかも。でも、いずれにしろ、この周辺の――そう！　二十マイル以内の範囲に住むだれかだったにちがいありませんよ。この村のだれかだったとまでは言わないにしてもね」

「おまえはいつもそうだと言ってたじゃないか、リズ」

「そりゃあね、おびえてたからですよ。びくびくしてると、そんな気になるものなんです。その点では、おまえさんだっておなじのはずですよ。内心ではおまえさんだって、ひょっとしたらあいつがやったんじゃないか、このところそぶりがおかしかったからな、なんてことを考えたことがあるにちがいないんだから」

「わたしに言わせていただけば、犯人の挙動が怪しく見えただろうとは思いませんわ」と、タペンスは言った。「そういう犯人って、あんがい常人とぜんぜん変わらないように見えるものなんです」

「ええ、たしかにおっしゃるとおりですよ。あたしも以前にそんなふうに聞いたことがあります。うわべだけじゃわからない、犯人がだれにせよ、見た目はぜんぜん頭がおかしいようには見えないだろう、って。でもまたべつのひとに言わせると、狂人の目のなかには、必ずなにかぞっとするような光があるとも言いますし」

「ジェフリーズ――これは当時ここの駐在にいた巡査部長だがね」と、コプリー氏が言った。「こいつがいつも言ってたっけ――おれにはみんなをあっと言わせるような推理があるんだが、証拠がないんで、手も足も出せないんだって」

「それで、とうとうつかまらなかったんですか、犯人は？」

「そうなんです。事件は半年以上か、一年近くもつづきましたかね。それから、ぷっつりとだえちゃったんです。それ以来、このへんでは、そういう事件は一件も起きていません。あたしはその犯人が、どこかよそへ行ったんだと思いますね。この土地とはすっかり縁を切ったんだと。だからこそまた、自分にはだれがやったんだかちゃんとわかってる、そう言いだすひとがいまだに絶えないんですよ」

「というと、実際にこの土地から姿を消したというひとが、げんに存在すると？」

「まあとにかく、当時は寄るとさわると事件のうわさでもちきりでしたからね。ああでもない、こうでもないと、だれもが勝手なことを吹聴して」

タペンスはつぎの質問をするのをためらった。しかし、これだけおしゃべり好きなコプリー夫人なら、それを訊いてみてもかまわないだろうという気もした。

「あなたはだれのしわざだったと考えてらっしゃいますの？」

「そうですねえ、なにしろむかしのことですし、あまり立ち入ったことは言いたくないんですけど。それでも、二、三の名前がひとの口の端にのぼったことは確かですよ。うわさにもなったし、注目も集めました。たとえば、一部のひとたちは、ボスコワンさんじゃないかって言ってましたね」

「えっ、まさか」

「なにしろ芸術家ですからね、ええ。芸術家には奇行が多いそうですし。ボスコワンさんのしわざだと言うひとは、それを理由に挙げるんです。でもねえ、あたしはあのひとだったとはどうも思えないんですよ」

「まだほかに、エイモス・ペリーだと言う連中もいたしな」と、コプリー氏が言った。

「ミセス・ペリーのご主人ですか?」

「うん。あいつはちょっと変わってるからね。頭も単純だし。ああいう男が、えてしてあのてのことをしでかすものなんだと」

「その当時から、ペリーさんご夫婦はここに住んでらしたんですか?」

「ああ。いまの〈ウォーターミード〉に、じゃないがね。ここから四、五マイル離れたあるコテージに住んでたんだ。とにかく、当時、警察があの男に目をつけてたことはまちがいない」

「といっても、証拠もなにもつかめなかったんですよ」と、コプリー夫人が言った。「いつだって、おかみさんがあのひとをかばってましたから。一晩じゅう家から出なかったとかなんとか。きまってそう証言してました。ときたま土曜の夜にパブへ行くぐらいで、あとは出かけることなんかないと言うんだけど、あの一連の事件は、土曜の夜に起きたことは一度もないんだから、そんなことは証拠にもなんにもなりゃしない。けど、アリス・ペリーは、証言するのを聞くと、つい信じたくなるたぐいの人間ですしね。けっして降参したり、あとへひいたりするってことがないんですから。脅かして屈服させることもできないし。どっちにしろ、エイモス・ペリーは犯人じゃありません。あたしは一度だってそう思ったことはありませんよ。なにも根拠があるわけじゃないけど、もしもだれかの名を挙げるとすれば、あたしはサー・フィリップを挙げてただろうって気がしますね」

「サー・フィリップ？」タペンスは頭がくらくらするのを覚えた。またまた新たな人物の登場。何者だ、サー・フィリップとは？「だれですの、サー・フィリップって？」

「フィリップ・スターク卿ですよ——〈ウォレンダー屋敷〉に住んでるひとです。むかし、つまりウォレンダー一家が住んでいたころは、〈プライアリー屋敷〉と呼ばれてましたけどね——火事で焼ける前のことです。墓地へ行けば、ウォレンダー一族のお墓が見られますよ。会堂には追悼銘額も奉納してありますし。事実上、ジェームズ一世のころから、ずっとこの土地に住みついてきた一族です」

「サー・フィリップはウォレンダー家の縁戚かなにかなんですか？」

「いいえ。なにかの事業で急に大金持ちになったひとでね。サー・フィリップでなければ、彼のおとうさんが。たしか製鉄所かなにか、そんなものでしたっけ。このサー・フィリップってひと、変わり者でしてね。工場は北のほうのどこかにあるんですが、住まいはずっとここに置いてるんです。いつもひっそりひきこもって暮らして、いわゆる隠──隠──なんとやらいう人種ですよ」

「隠遁者」タペンスはそれとなく言葉を添えた。

「そうそう、それですよ、あたしの探してた言葉。いつも青白い顔をしてね、骨と皮みたいに痩せて、花が好きでした。植物学者なんです。しょっちゅうつまらない野草を採集してまわって。だれも洟《はな》もひっかけないようなのを。たしか、その方面の本も書いてたんじゃなかったかしら。ええ、そうです、インテリなんですよ。たいしたインテリでした。奥さんもりっぱなレディーでね。品のいい美人でしたっけ。でも、なにやら悲しそうな顔だなって、あたしなんかいつも思ってたものですけど」

コプリー氏が例のうなり声をひとつ発した。

「ばかだぜ、おまえは。あれがサー・フィリップのしわざだったなんて、そんなはずがあるものか。あんなに子供好きだったのに。いつも子供たちを集めてパーティーをやってたもんだ」

「それぐらい知ってますよ、あたしだって。いつもお祭りみたいなことをやっちゃ、子供たちに賞品を配ってた。スプーン競走とかね──そしてストロベリークリームなんかのおやつをごちそうしてやる。本人には子供がいないんですよ。だもんで、よく往来で子供を呼びとめては、お菓子をやったり、お菓子を買うお金を渡したりしてました。でも、うわべだけじゃなんとも言えませんからね。あたしに言わせれば、サー・フィリップの子供好きは、ちょっと度が過ぎてた。とにかく奇人でしたね。だからあたしなんか、奥さんが急にご亭主を置き去りにして出奔しちまったときには、こりゃなにかあるにちがいないって、そう思いましたっけ」

「それはいつのことですか、奥さんが出奔なさったというのは？」

「その一連の事件が始まって、半年ぐらいしてからでしたかね。それまでに三人の子供が殺されてました。そのさいちゅうなんです――とつぜんレイディー・スタークが南仏へ出かけて、それきりもどってこなかった。普段はそんなことしそうなタイプじゃなかったんですけどね。物静かな淑女だし、しとやかだし。だから、ほかに男ができてご亭主を捨てたとかなんとか、そんなんじゃないと思うんですよ。そんなふしだらなタイプじゃありませんでしたから。さりとて、もしそうなら、なぜご主人を置いて家出しちまったのか。あたしはいつも自分に言い聞かせてたものです――それは奥さんがなにかを知ってしまったからに相違ない、なにかに気づいてしまったからに相違ない。だからなんだ、って……」

「そのかた、いまでもこの土地に住んでるんですか？」

「普段はいません。年に一度か二度やってくるだけで。いつもは家はしめきられて、管理人が留守番をしています。村に住んでるミス・ブライ——あのひとはむかしサー・フィリップの秘書だったひとでね——いまでもいろんな事務は彼女が処理してるみたいですよ」

「では、奥さんは？」

「亡くなりましたよ、気の毒に。外国へ行って、まもなくでしたか。教会に追悼銘額が飾ってあります。まあ奥さんの身にしてみれば、ぞっとするようなことでしたろうね。はじめは半信半疑だったのが、そのうちご主人を疑いだした。そしてとうとう動かぬ証拠をつかんだというわけで。奥さんはそれが堪えられなかった。そこで、外国へ去ったというわけです」

「まったく、女の空想癖ときたら」と、コプリー氏がうなった。

「あたしはただこう言ってるだけですよ——サー・フィリップにはどこか怪しいところがあった、って。あのひとの子供好きは度が過ぎてた。おまけに、どこか不自然だったしね」

「女の妄想だよ」と、コプリー氏。

コプリー夫人が腰をあげると、食卓をかたづけはじめた。

「そうそう、そろそろそうしてもいい時間だ」と、彼女の夫が言った。「これ以上お客さんにおまえの埒《らち》もないおしゃべりを聞かせてみな、悪い夢でも見るのがおちだ。だいいち、その話ったって、ここにいるだれともなんのかかわりもない、むかしむかしの物語なんだからな」

「あら、とてもおもしろいお話でしたわよ」タペンスは言った。「でも、なんだかすっかり眠くなってしまって。そろそろ失礼して、やすんだほうがよさそう」

「あたしたちも、普段はもっと早くやすむんですけどね」コプリー夫人が言った。「奥さんも一日歩きまわって、さぞかしお疲れでしょう」

「ええ、眠くて眠くて、いまにもまぶたがくっつきそうなほど」タペンスは大あくびをした。「じゃあおやすみなさい。いろいろお世話になりました」

「あしたの朝は、おめざにお茶でもお持ちしますかね？　八時では早すぎますか？」

「いいえ、それで結構ですわ。でも、あんまりお手数でしたら、どうかおかまいなく」

「なんの手数なものですか」コプリー夫人は保証した。

タペンスは疲れた体をひきずって、寝室へとあがっていった。部屋にはいると、スーツケースをあけて、必要な二、三のものをとりだし、服を脱ぎ、顔と手を洗っただけで、ベッドに倒れこんだ。コプリー夫人に語った言葉は嘘ではなかった。全身がぐったりするほど疲れていた。きょう一日のうちに聞きこんだいろいろなニュースや情報、それらが、ありとあらゆる種類のおぞましい想念と、うごめくもののけたちの万華鏡となって、頭のなかをめまぐるしく駆けめぐった。死んだ子供——あまりにも多くの死んだ子供。いま彼女自身にとって必要なのは、暖炉の奥の死んだ子供、ただひとりだけなのだ。そしてその暖炉は、あの〈ウォーターミード〉とかかわりがある。暖炉のなかに人形があったのだから。恋人に捨てられて、錯乱した若い女性、そしてその女性に殺された子供。やれやれ、われながらなんとメロドラマじみた表現であることよ。いっさいがおそろしくこんぐらかっている——年代がすっかり錯綜して——いつの時代になにがあったのやら、にわかには信じがたい。

タペンスは眠りに落ち、そして夢を見た。どこやら〈シャロットの姫〉かとも見える女性がひとり、あの家の窓から外をのぞいている。煙突からは、ひっかくような物音。暖炉をおおった大きな鉄板の奥から、いましも聞こえてくるのはけたたましい乱打の音。ハンマーのがんがん鳴る音だ。がん、がん、がん。タペンスは目をさました。それはコプリー夫人がドアをノックする音だった。やがて、快活に部屋にはいってきた彼女は、お茶をベッドのそばに置くなり、カーテンをひいて、よく眠れましたか、と問いかけてきた。この瞬間のコプリー夫人ほど、タペンスの目に明るく映ったひとはいなかった。

なんとまあこのひとは、悪い夢ひとつ見ずに眠ったらしい、そうタペンスは思ったのだった！

9 マーケット・ベイジングの朝

「さてさて、また新しい一日が明けました。あたしは毎朝こう言うんですよ、目がさめたときに」そう言いながらコプリー夫人は、勢いよく部屋を出ていった。

「新しい一日？」濃く香り高いお茶をすすりながら、タペンスはそう考えた。「なんだかわたし、ばかげた真似をしてるような気がする……ことによると……ああ、トミーがいまここにいて、話を聞いてくれたら。こっちはゆうべの長話で、すっかり頭がこんぐらかってしまった」

部屋を出る前に、タペンスは手帳をとりだし、昨夜聞いたさまざまな事柄や人名を書きとめた。ゆうべは疲労がひどく、とてもこれをする気力がなかったのだ。メロドラマじみた過去の出来事。そこここに芥子粒《けしつぶ》ほどの真実がちりばめられているかもしれないが、大半は伝聞であり、中傷に近いゴシップであり、ロマンティックな想像でしかないのである。

「じっさい、あの話のおかげで、十八世紀までさかのぼる大勢のひとたちの愛情生活に詳しくなってしまった。でも、それがはたしてなにに結びつくのか。そしてわたしはなにを探しもとめているのか。自分でもよくわからなくなってきた。ただ、困ったことには、いまやこれにどっぷり浸かりこんで、抜けだすことができなくなってしまっている」

このうえもし深みにはまりこむとしたら、それはかのミス・ブライ——この人物こそ、タペンスの見るところ、サットン・チャンセラー全体を代表する最大の脅威だが——を通じてにほかなるまい。そんな強い懸念をいだいているタペンスとしては、大急ぎでマーケット・ベイジングへ出発することにより、あらゆる種類の親切な申し出をことごとく回避した。それでも、一度はミス・ブライのかんだかい声に呼びとめられ、車を停めて、火急の約束があるので、と言い訳せねばならなかった——で、いつごろお帰りになります？　タペンスは言葉を濁した——では、お昼でもごいっしょにいかがでしょう。

それはどうもご親切に。でも時間がはっきりしませんので……

「それじゃ、お茶にしましょう。四時半にお待ちしてますわ」これはほとんど勅命《ちょくめい》に等しかった。タペンスはしかたなくほほえみ、うなずいてみせてから、クラッチをつないで、走り去った。

もしかして、マーケット・ベイジングの不動産屋でも、これという手ごたえが得られなかった場合――あるいはかのネリー・ブライが付加的な情報を提供してくれるかもしれない。彼女はあらゆるひとについて、あらゆることを知っているのを自慢にするたぐいの女性だから。ただ障害は、なにがなんでもタペンスについて、洗いざらいさぐりだす決意をかためているらしいことだ。このぶんだとタペンスも、きょうの午後にはいま一度、かの発明の才ある人格をとりもどす必要が出てくるかもしれない。

「ブレンキンソップ夫人を忘れないで」そう自分自身に言い聞かせたタペンスは、おりしも前方からあらわれた気まぐれトラクターの巨体を避けるため、かろうじて急カーブを切って、車をかたわらの生け垣につっこませた。

やがてマーケット・ベイジングに到着した彼女は、中央広場の一郭にある駐車場に車を置き、まずは徒歩で郵便局に行くと、あいている電話ボックスにはいった。

アルバートの声が答えた――いつもの彼のお決まりの返事――ただ一言、警戒心もあらわな声音で、「もしもし」と。

「わたしよ、アルバート――あすには帰りますからね。遅くともお夕食までには――たぶんもっと早く帰れるとは思うけど。旦那様も、とくにお電話がないかぎり、やはりお帰りになる予定だから。なにか用意しておいてちょうだい――チキンなんか、いいんじゃないかしら」

「かしこまりました、奥様。いまどちらで――」

だがタペンスは、さっさと電話を切ってしまっていた。

マーケット・ベイジングの町では、生活すべてが中央広場を中心に動いているようだった。タペンスは郵便局を出る前に職業別電話帳を調べたが、それによると、四軒の家屋周旋業者のうち、三軒までがこの広場に集中していた――四軒めは、ジョージ・ストリートとかいうところにあった。

タペンスはその四軒の名を書きとめると、いざやそれらを探そうと出かけていった。

まず選んだのは、一見してもっとも繁昌していると見える、ラヴボディー&スリッカーなる店だった。

そばかすのある女事務員がタペンスを迎えた。

「家について二、三おたずねしたいんですけど」

女事務員は気のない表情でそれを聞いた。タペンスがなにか珍しい動物のことをたずねたとしても、これほど気のない反応は得られなかったろう。

「さあ、あたしにはよくわかんないんですけど」女事務員は周囲を見まわし、タペンスを押しつけられる同僚がだれかいないかと、探してでもいるようなそぶりをした。

「家のことですよ」タペンスは言った。「こちらは家屋の周旋屋さんなんでしょう?」

「家屋周旋ならびに競売の斡旋です。クランベリー・コートの競売なら、水曜日ですけど——もしご用の趣がそれならば。カタログは二シリング」

「競売には興味ありません。わたしのうかがいたいのは、家のことなんですよ」

「家具つきの?」

「家具なしの、です——売り家とか——でなくば貸し家とかで」

そばかすはわずかに顔を明るくした。

「そんなら、スリッカーさんにお会いになるのがよろしいです」

スリッカー氏に会うことには、タペンスもなんら異存はなかった。そしてまもなく、彼女はとある小さなオフィスで、派手なツイードのチェックのスーツを着た若い男と向かいあっていた。男はタペンスの顔を見るなり、これぞという家屋を列記した分厚い帳簿をめくりはじめ、口のなかでいちいちその細部を読みあげていった……「ええと、マンデヴィル・ロード八番地——注文設計、三寝室、アメリカンスタイルのキッチン——いや、これはもう売れちまったと——アマベル・ロッジ——豪華美邸、地所四エーカーつき——急ぎ処分のため格安投げ売り……」

タペンスは強引に彼をさえぎった。「ほしい家は、もう目星がついてるんです——サットン・チャンセラー――正確にはサットン・チャンセラーの近くで――運河のそばですけど――」

「サットン・チャンセラー」スリッカー氏は疑わしげな表情をして――「目下のところ、あのあたりの物件で、売りに出てるものはないようですが、家の名前は？」

「名札は出ていなかったと思います――〈水辺荘《ウオーターサイド》〉かもしれません。〈河岸牧場《リバーミード》〉とも――一時は〈橋の家《ブリッジハウス》〉とも呼ばれていたようです。なんでも、前後ふたつに分割されていて、いっぽうにはげんにひとが住んでますけど、もういっぽうの側については、そのひとたちもよく知らないと言うんです。わたしが興味を持ってるのは、そのもういっぽうのほうなんですけど、こちらは運河に面していて、いまはだれも住んでいないみたいです」

残念ながらお役には立てない、そうスリッカー氏はよそよそしく答え、それから恩着せがましく、ブロジット＆バージェスへ行けば、あるいは力になってくれるかもしれないとの情報を提供した。その口ぶりから察するに、そのブロジット＆バージェスというのは、ここよりもよほど劣った店であるようだった。

タペンスはブロジット＆バージェスへ足を運んだ。これは広場の真向かいにあって、構えもラヴボディー＆スリッカーと似たり寄ったり――薄汚れたウィンドウには、似たような売り立てのビラや、近く行なわれる競売の広告などがさがっている。入り口のドアは——それをしも取り柄に数えるなら——最近、胆汁色がかったグリーンに塗りかえられたばかりのようだ。

受付嬢の応対も、いずれ劣らずこちらの気勢を殺《そ》ぐものだったが、それでも最後には、不景気な顔をした見栄えのしない中年男、スプリグ氏とやらの前へ通されるところまでは漕ぎつけた。いま一度タペンスは、こちらの希望と要求の趣を述べた。

スプリグ氏は、そのような住宅が存在していることだけは認めたものの、それ以上の点については、いかにも望み薄な、気乗りのしなさそうな態度を見せた。

「売りに出されてはいないんですよ、あれは。持ち主には売る気はないんです」

「持ち主って、だれですの？」

「じつのところ、よくは知らんのです。転々と持ち主が変わりましたから——一度は強制収用にかかるといううわさもあったくらいで」

「お役所はあんな場所を買いあげて、いったいどうしようっていうんですの？」

「それですよ、ええと——（と、吸い取り紙に書きとめたタペンスの名をちらりと参照して）——ベレズフォードさん。それがわかれば、だれも苦労しやしません。役所とか、地方開発団体とかのやることは、いつの場合も神秘のベールにつつまれていましてな。

ところで、その家のことですが、後ろ半分は、二、三の改修を加えたうえで、きわめて安い家賃で――ええと――ああそう、ペリーという夫婦に貸しだされました。家のほんとうの持ち主は、ずっと海外で暮らしていまして、じつのところあの家への関心なんか、とっくに失っているんです。察するに、相続権のことでちょっとしたごたごたがあって、遺言執行人の管理にまかされているらしいのですな。なにやら法的にちと面倒なことが持ちあがって――ご承知のとおり、法律ってのは、高くつく傾向がありますから――それで持ち主としては、いっそ立ち腐れになってもかまわんという、そんな気になっているんじゃないでしょうか――ペリー夫婦の住んでる部分を除けば、ぜんぜん手入れもされていませんしね。地所は――そう、将来はむろんいい値が出るでしょう。しかし家のほうは、あれだけ荒れているとなると、いくら改修しても、こりゃ儲けにはなりませんわな。奥さんがもしああいったところをご希望なら、それこそいくらでも金をかけるだけの値打ちのある家をご紹介しますよ。そもそも奥さんは、いったいあの家のどこがそんなにお気に召したんです？」

「外見が気に入りましたのよ」と、タペンスは言った。「とてもきれいなおうちですもの――最初は汽車の窓から見かけたんです――」

「ははあ、なるほど――」〝これだから女の気まぐれはかなわんよ〟という表情を、スプリグ氏はせいいっぱい押し隠した。そしてなだめるような口調になって、「あたしがもし奥さんだったら、あの家のことはすっぱりあきらめますがね」

「持ち主のかたに手紙を出して、売る気はないかどうか問いあわせていただくわけにはいきませんの？――でなきゃ、そのお宅の――またはそのかたのご住所を教えていただくだけでも結構ですけど」

「そりゃね、たってということであれば、弁護士に手紙を出してもよろしいですが――しかし、あまり望みは持てませんな」

「この節では、何事も弁護士を通さなければ解決しませんのね」ばかげていると思いながらも、同時にタペンスは苛立ちをも感じた。「しかもその弁護士というのが、なにかにつけてスローモーなんですから」

「さよう――法律は多くの遅延を生むものと、相場が――」

「それから銀行も――銀行もおなじくらいたちが悪いですわ！」

「銀行――」スプリグ氏は少々あっけにとられているようすだった。

「連絡先として銀行をあげるひとが、近ごろ大勢いるんです。これがまた、厄介至極な存在で……」

「なるほど――なるほど――いやまったく、おっしゃるとおり――それにしても昨今は、一ヵ所に落ち着いて暮らすというひとが、めっきり減りましたな――海外へ行ったりなんだりで」スプリグ氏はデスクの引き出しをあけた。「ところで奥さん、ちょっとした掘り出し物があるんです。場所はクロスゲート――マーケット・ベイジングから二マイルのところです――環良――美庭――」

タペンスは立ちあがった。

「いいえ、結構です」

それから、きっぱりとスプリグ氏に別れを告げ、店を出た。

念のために三軒めの店へも立ち寄ってみたが、ここは主として城郭とか養鶏場、廃棄された農場、などの売買を扱っているようだった。

最後にタペンスが向かったのは、ジョージ・ストリートのロバーツ&ワイリー社へだった。小規模だが企業心旺盛な会社らしく、客の希望に添うことを社是としているようだったが、概してサットン・チャンセラーには無関心、かつ無知であり、かわりに、まだ半分しか完成していない建て売り住宅――その一軒の完成予想図を見せられて、タペンスは思わずおぞけをふるったものだ――を、とてつもない高値で売りつけようとした。タペンスが断固として引き揚げかけると、その商売熱心な若い男は、有望な客を取り逃がすまいとしてか、しぶしぶサットン・チャンセラーなる場所が実在することを認めた。

「サットン・チャンセラーとおっしゃいましたね？　それでしたら、広場にあるブロジット&バージェスへ行ってごらんになったらいかがです？　あそこなら、あのあたりの物件をいくつか扱っていますから――しかしいずれにしても、ろくな物件はありませんよ――腐れかけた家ばかりで――」

「あの近くに、とてもきれいな家が一軒ありました。運河にかかった橋のそばで――汽車の窓から見たんです。どうしてだれもあそこに住みたがらないのかしら」

「ああ！　その家なら知ってますよ。ええと――〈川岸荘《リバーバンク》〉でしたっけ――あそこに住もうなんてひとは、だれもいやしません――呪いが取り憑いてるといううわさがもっぱらなんで」

「というと――幽霊でも出るとか？」

「という話です。そんなうわさが山ほどあるんですよ。夜中に怪しい物音がするとか。それからうめき声とか。もっともわたしに言わせりゃ、どうせ死番虫《しばんむし》（この虫のたてるちきちきという音が、死を予告するという言い伝えがある）かなにかでしょうがね」

「おやまあ」タペンスは言った。「わたしはまた、とても閑静な、いいおうちだと思いましたのに」

「閑静すぎる、とたいていのひとは言うでしょうね。冬には洪水もありますし――それを考えてごらんなさい」

「ずいぶん考えなきゃならないことが多いんですのね」タペンスは皮肉っぽく言った。

昼食でもして英気を養おうと、〈仔羊と旗〉《ザ・ラム・アンド・フラッグ》亭へと足を運びながら、タペンスはひとりつぶやいていた。

「ほんとに、ずいぶん考えなきゃならないことがある――洪水、死番虫、幽霊、鎖をひきずる音、不在地主に不在家主、弁護士、銀行――だれも住みたがらないし、愛着も持っていない家――おそらくこのわたしを除いては……やれやれ、とにかくいまのわたしに必要なのは、食べ物だわ――大文字の**食べ物**」

〈仔羊と旗〉亭で出す料理は、質量ともに上々だった。通りすがりの観光客向けの安っぽいフランス料理ではなく、近在の農夫向けのたっぷりした、実質的な料理。風味のよい濃いスープ、豚足にアップルソースを添えたもの、スティルトンチーズ――好みにより、プラムとカスタードでもよい――タペンスはチーズを選んだ。

食後、しばらく町をぶらついたあと、タペンスは車にもどり、サットン・チャンセラーへ向かったが、内心、けさの探索は無駄骨だったと思わずにはいられなかった。

最後の角を曲がり、サットン・チャンセラーの教会が見えてきたとき、たまたま例の年配の司祭が、おぼつかない足どりで墓地から出てくるのが目にとまった。タペンスは追いついて、彼のそばで車を停めた。

「まだあのお墓を探していらっしゃいますの？」

司祭は片手を腰にあてて立ち止まった。

「おや、あんたか。どうもめっきり視力が弱ってしまってな。おまけに、碑銘の大半が薄れておって、よく読みとれんのです。腰も痛むし、どうにも困ったものですよ。墓石の多くは直立式ではなく、平面式のものですし。長くかがみこんでおると、これきり二度と腰が伸ばせないんじゃないか、ってな気さえしてくる」

「わたしならもうあきらめますけどね」タペンスは言った。「過去帳やなにかもお調べになったんですし、できるだけのことはなさったんですから」

「わかっとります。しかし、依頼人があまりに熱心なんで、つい気の毒になってしまってな。どうせ骨折り損のくたびれ儲けだろう、とはわかってるんだが、じつをいうと、これはわたしの義務だという気もするわけですよ。まだあの櫟の木から向こうの塀までのあいだ、見残した区画がいくらか残っとります——もっとも、あのあたりの墓の大部分は、十八世紀のものなんだが、それでも、あれを見おわらぬうちは、どうも義務を果たしたという気がしない。それさえすませれば、もはや自分の良心に恥じることもなくなるわけですから。とはいえ、あのあたりを見るのは、もうあすの仕事になるでしょうな」

「そうですとも。一日にそんなに根《こん》を詰めてお働きになることはありませんわ。なんなら、こうしましょうか。ミス・ブライとのお茶がすんだら、わたしがもどってきて、見てさしあげます。櫟の木から向こうの塀まで——それでよかったんですわね？」

「いや、なにもそんなことをあんたにお願いする筋あいは……」

「いいえ、ちっともかまいませんのよ。喜んでお手伝いさせていただきます。墓地をぶらぶらするのって、とてもおもしろいと思いますし。古い墓碑銘なんかを読むと、むかしここで暮らしてたひとたちの姿とか、そういったことがまざまざと浮かんでくる気がして。ほんとうにわたし、楽しんでやらせていただきますわ。司祭さんはどうかお帰りになって、お休みなさいませ」

「そうですか、ならばお言葉に甘えて、そうさせていただきますか。いや、じつをいうと、今晩の説教の準備もしなければならなかったところでしてな。あんたはほんとうにご親切なおかただ。非常に思いやりのあるご婦人です」

司祭はにっこりタペンスにほほえみかけると、足をひきずって司祭館のほうへもどっていった。タペンスは腕の時計を見た。それから、ミス・ブライの家の前で車を停めた。

「どうせ避けられない運命なら、いっそのこと早くかたづけてしまいましょう」そうつぶやく。玄関の扉はひらいていて、ちょうどミス・ブライが焼きたてのスコーンの皿を持ってホールを横切り、居間へはいってゆこうとするところだった。

「あらまあ！　ちょうどいいところでしたわ、ベレズフォードさん。ほんとうによくいらしてくださいました。お茶もじきに用意できます。ケトルはもうかけてありますから。あとはポットにお湯をそそぐだけ。お買い物はできまして？」意味ありげに、タペンスの腕にさがった、どう見てもからっぽのショッピングバッグに目を向ける。

「それがあまり運に恵まれませんでしたの」タペンスもせいぜいなにくわぬ顔で答える。「あなたもご経験がおありでしょうけど、ついていないときって、えてしてそういうものですのよ──形がいいと思うと、色が気に入らなかったり、その逆だったりで、なかなか思うようなのに当たりませんの。でも、たとえ収穫はなくても、知らない土地をぶらぶら見てまわるだけで、けっこう楽しいものですから」

沸騰したケトルがぴーっと耳ざわりな音をたてたので、ミス・ブライはあわててキッチンに駆けこんでいった。そのはずみに、ホールのテーブルが揺れて、投函するためにそこに置いてあった郵便物の山が床に散らばった。

タペンスはかがみこんで、散乱した郵便物をかきあつめた。それをテーブルにもどそうとしたとき、たまたまいちばん上になっている封書の宛て名が目にとまった。それは高齢女性のためのホーム、〈ローズトレリス・コート〉のヨーク夫人とやらに宛てられたもので、所書きはカンバーランドになっている。

「おやおや」タペンスは内心でつぶやいた。「なんだか国じゅうが高齢者向けのホームだらけ、そんな気がしてきたわ！　そのうち、気がついてみたら、トミーやわたしもそのどれかにはいってる、なんてことになりそう！」

ついこのあいだも、親切で思いやりのある友人を自認するさる人物が、デヴォンのある施設を推薦する手紙をよこしたことがある。夫婦者を対象とした施設で、大半は退職官吏——取り柄のひとつは、食事がなかなか充実していて——さらに、私有の家具や身の回りの品を持ちこむこともできる点だとか。

ミス・ブライがポットを持ってあらわれ、ふたりは席についた。

ミス・ブライの話題というのは、コプリー夫人のほどメロドラマ的でも、汁気たっぷりでもなく、しかも全体として、自分から情報を提供するよりも、相手からそれを得ることのほうに重点が置かれていた。

タペンスは、過去の海外勤務時代について、漠然たる返答をした——それから、イギリスの家庭生活に伴うもろもろの苦労を語り、どちらもいまは結婚し、子供もある、息子と娘について話し、そのあとおもむろに話題を、サットン・チャンセラーにおける数多いミス・ブライの活動へと向けていった——婦人会、ガールガイド、ボーイスカウト、保守婦人連合、教養講座、ギリシア美術、ジャムづくり、生け花教室、写生クラブ、考古学愛好者クラブ——司祭の健康状態、彼の身の回りの世話、彼の放心癖——教区委員のあいだでの、不幸な意見の相違……

タペンスはスコーンを褒め、女主人のもてなしに謝辞を述べてから、辞去するために立ちあがった。

「あなたって、とても精力的でいらっしゃいますのね、ミス・ブライ。いったいどうやって時間をやりくりしてらっしゃるのかしら。わたしなんか、半日ほど町をぶらついて、ショッピングしただけで、もう疲れてしまって、一眠りしたいくらい——ほんの三十分ばかり、ただ目をつむるだけでもいいんです。それに、とても寝心地がいいんですよ、あのお宿のベッド。コプリーさんを紹介していただいて、ほんとに助かりましたわ」

「頼りにはなるひとですよ、たしかに。ただちょっとおしゃべりが過ぎるのがね……」

「とんでもない！　とても楽しかったですわ、あのかたのお話」

「半分は自分でもなにをしゃべってるかわかっていないんですよ！　ときに、長くご滞在ですか？」

「いいえ、あすはもう引き揚げます。ちょっぴり失望してますの、これという家の話を聞かせてもらえなかったので――じつはわたし、運河のそばの、あのとてもきれいな家に望みをかけてたんですけど……」

「あれはおあきらめになったほうがよろしいですわよ。すっかり傷んでいて――不在地主ですから――あれじゃこの土地の面汚しですわ……」

「持ち主がだれなのか、それすら教えてもらえませんのよ。ひょっとして、あなたならご存じじゃないかしら。この土地のことなら、とてもお詳しいみたいだし……」

「あいにくあの家には、あまり関心がありませんので。しょっちゅう持ち主が変わっていて――とても覚えきれませんわ。後ろ側の半分は、ペリー夫婦が住んでますけど――あとの半分は、そう、あのまま立ち腐れになるだけじゃないのかしら」

タペンスはあらためて別れの挨拶を述べ、コプリー夫人の家へとひきかえした。家のなかは森閑としていて、明らかに無人らしい。いったん二階の寝室へあがり、からのショッピングバッグをかたづけて、顔を洗い、鼻にお白粉をはたくと、ふたたび忍び足で家を出、通りの左右をうかがってから、車は置いたまま、すばやく徒歩で家の角を曲がり、通りの裏手の教会墓地へと通じているらしい、畑のなかの小道をたどっていった。

木戸を抜けて、傾いた日ざしのもとで静かに眠っている墓地の一郭にはいり、約束した区画の墓石を調べはじめた。こうすることにたいし、べつになにか秘めた動機があるわけではなかった。ここで発見できると望みをかけている、そんなものがあるわけでもなかった。いってみればそれは、たんなる親切心のあらわれだったろう。あの年配の司祭は、なんとなく、やさしくいたわってやりたい気持ちにさせられる人物だし、これで良心が満足させられたと、ほっとさせてやりたくもある。なにか興味のあることでも見つかったら、彼のために書きとめておこうと、タペンスは手帳と鉛筆とを用意してきていた。といっても、べつにむずかしい仕事ではない。ただそれらしき年齢の子供の墓、それを探せばよいのだ。このあたりの墓標の大半は、目当てのものよりも年代が古かった。古いといっても、古風な趣の出るほどに古くもなく、かといって、なにか感動的な、心の琴線に触れるような碑銘が彫られているわけでもなく、要するに、あまり興趣をかきたてるものではない。おおかたは、かなり年配の死者の墓石だ。それでもなおタペンスは、それぞれの墓碑銘から墓の主を心に思い描きつつ、順々に墓標を調べていった。ジェーン・エルウッド、一月六日この世を去る。享年四十五歳。ウィリアム・マール、一月五日逝去、深く哀悼す。メアリー・トレヴィス、享年五歳。一八三五年三月十四日。これではいかになんでも古すぎる。「その在るところ、つねに歓び満ちあふれたりき」。しあわせな幼きメアリー・トレヴィス。

いまやタペンスはほとんど塀ぎわまできていた。このあたりの墓標は、どれひとつ手入れもされず、苔むすままに打ち捨てられている。墓参にくるものはだれもいないらしい。墓標の大半は倒壊して、地表に横倒しになっている。塀も破れて、朽ちかけている。二、三の箇所では、すでに崩壊が進んでいる。

教会の真裏にあたるここは、道路からは見通しがきかない。ティーンエージャーたちが乱暴を働く気になれば、ぞんぶんに暴れられるだろう。タペンスは、とある分厚い板石の上にかがみこんだ――もとの墓碑銘はすっかり薄れて、読みとれそうもない。けれども、石を斜めに持ちあげてみると、光線の加減で、ぞんざいに彫られたいくつかの文字が、一部はすでに苔むした墓石の表面に浮かびあがってきた。

タペンスはかがみこんで、その文字を指でなぞってみた。そこここで二、三の単語が判読できた――

この小《ち》さき者のひとり……躓《つまず》かする……

大いなる碾臼《ひきうす》……碾臼……碾臼……

そしてその下に、素人が掘ったらしい不ぞろいな文字で――

ここにリリー・ウォーターズ眠る。

タペンスは深く息を吸いこんだ——そのとき、ふと背後にひとの気配がした。けれども、後ろをふりかえるより早く——なにかが彼女の後頭部にたたきつけられ、タペンスはそのまま前のめりに墓石の上にくずおれると、苦痛と昏冥のなかへとひきこまれていった。

第三部　失踪——主婦

10 会議——そしてその後

1

「ときにベレズフォード」と、陸軍少将ジョサイア・ペン卿、KMG、CB、DSOは、名前のあとのこのいかめしい文字の羅列にふさわしく、もったいぶった口調で言った。「きみはああいうくだらんおしゃべりをどう思っとるかね？」

トミーは少将閣下のその口ぶりから、ジョッシュおやじ——というのが、裏へまわっての閣下の一般的な呼称だった——が、いままで自分たちの出席していた会議の成り行きに、必ずしも満足してはいないらしいと見てとった。

「〝そォっと、そっと、あわてずに〟か」ジョサイア卿は言葉をつづけた。「くだらん。しゃべるばかりで中身はゼロだ。たまにだれかいいことを言うのがおっても、まわりのばかどもが、すぐに異議を唱えて黙らせてしまいおる。いったいなんでこんなことのために、わざわざ集まってくるのか合点がいかんよ。すくなくとも、わしの場合は、理由がはっきりしておるがね。ほかにすることがないからさ。こういった茶番劇に出てでもこないかぎり、わしは家にじっとしとらにゃならん。家におると、どんな目にあうか、知っとるかね？　威張りちらされるのだよ、ベレズフォード。家政婦にがみがみ言われる。庭師にがみがみ言われる。この庭師のやつ、年寄りのスコットランド人でな、わしの庭なのに、わしには指一本触れさせようとせん。それでわしはやむなくここへくる。ここへきて、自分が国家の安泰のために重要な役割を果たしておるふりをして、それでせめてもの憂さ晴らしをしとるのさ！　なにが国家の安泰だ。たわごともいいところさ。きみはどうなのかね？　わしにくらべれば、きみはまだ若い。なぜこんなところへ出てきて、時間を浪費する？　だれもきみの言うことなんか歯牙にもかけはせん。たとえきみが傾聴にあたいするようなことを言おうともだ」

自分ではけっこう年をとったつもりでいるのに、陸軍少将ジョサイア・ペン卿から見ればまだ若いと思われているのかと、トミーはわれにもあらずひそかな感興を覚え、そっと首をふった。将軍はもう八十をかなり越しているにちがいない。耳はほとんど聞こえないし、ひどい気管支炎に悩まされてもいる。だがそれでいて、けっして耄碌《もうろく》はしていない。

「閣下がご出席にならなければ、なにひとつ決まりはしませんよ」トミーは言った。「そう思いたいんだがね」将軍は言った。「わしは歯抜けのブルドッグさ――だが、まだ吠えることはできる。ところで、トミー夫人はどうしておる？　長いこと会っておらんな、彼女にも」

タペンスなら、あいかわらず元気でやっている、そうトミーは答えた。

「いつも活動的だったよ、彼女は。ときとして、蜻蛉《とんぼ》を連想させられたものさ。たえずちょこまかと、一見ばかげているとしか思えんなにかを追っかけてな。ところが事態の進展とともに、それがけっしてばかげてはいなかったことがわかってくるのさ。じつに愉快な女性だ、うん！」と、将軍はひとりうなずきながら言った。「それにくらべると、気に入らんね、近ごろの中年女ってのは。きまってなにやらの〈主義〉に夢中でな――大文字のCで始まる〈主義《コーズ》〉だ。かと思うとまた、当節の若い娘ときた日にゃ――」と、うんざり顔で首をふって、「わしの若かったころの娘たちとは、ダ、ン、チだよ。絵のようにきれいだったな、あのころの娘たちは。彼女らのモスリンのドレスときたら！　それから帽子――クローシュだな。あれも当時は大流行した。覚えとるかね？　いや、きみはまだそのころは小学生だったか。とにかく、帽子の主の顔を見たければ、つばの下からのぞきこまにゃならんのさ。これがまた、じらされるという楽しみがあってな。しかも娘たちは、その効果をちゃんと計算しとるんだ！　いまも思いだすが——はて、待てよ——あれはきみの親戚——叔母さんかなにかじゃなかったかね？——エイダだ。エイダ・ファンショーというんだが……」

「エイダ叔母ですか？」

「うん、わしの会ったなかでは、いちばんきれいな娘だったよ」

トミーはかろうじて驚愕を押し隠した。かのエイダ叔母さんが、かりそめにもきれいだと考えられていた時代があったとは——とても信じられない。だがジョッシュおやじは、すっかり興に乗ってしゃべりつづけている。

「そうだ、絵のようにきれいだった。それに、ぴちぴちしておってな！　快活そのもの！　いつもまわりに群がる男どもをからかったり、なぶったりしておった。ああ、最後に会ったときのこと、いまでも覚えておるよ。わしは中尉でな、インド勤務を拝命したばかりだった。仲間たちと海辺に月夜のピクニックに行ったのさ——彼女とわしはふたりだけで抜けだして、海の見える岩にすわった」

トミーは多大の興味をもって老将軍をながめた——その二重あご、禿げ頭、毛虫眉、つきでた太鼓腹。それからエイダ叔母さんを思い浮かべた——うっすら口髭の生えた鼻の下、けわしい微笑、鉄灰色の髪、意地の悪そうな目つき。時だ、すべては時の流れのしからしむるところなのだ！　月光のもとのハンサムな若き中尉殿と、美しく可憐な娘──それをトミーは想像してみようとしたが、想像はついに不可能だった。

「ロマンティックだったな」と、ジョサイア・ペン卿は溜め息まじりに言った。「そう、ロマンティックだった。その夜わしは、いっそ彼女にプロポーズしたかった。しかし、新米の中尉の分際では、求婚など夢のまた夢。なんせ、あれっぽっちの給料ではな。結婚できる身分になるまでには、すくなくともあと五年は待たねばならん。五年も待っていてくれなんて、若くてきれいな娘に頼めるものかね。ま、あとは言わんでもわかるだろう。わしはインドに赴任し、つぎに休暇で帰国したのは、それから何年もたってからだった。はじめのうちこそ手紙のやりとりがあったが、それもだんだん間遠になってな。よくあることとさ。それきり彼女には二度と会う機会がなかった。それでいて、完全に彼女を忘れたこともないんだ。ちょくちょく彼女のことを夢想したものさ。だいぶたってから、一度だけ彼女に手紙を出そうかと考えたこともある。ちょうどわしの滞在しておった知人の屋敷の近くに、彼女もきあわせておると聞いたものでな。訪ねていってみようか、訪問してもさしつかえないかどうか問いあわせてみようか、そんなふうに思ったんだ。だが、そこでふと思いなおした──〝ばかな真似はよせ。すっかり変わっておるかもしれんのだぞ〟とな。

その後さらに何年かたって、わしはある男から彼女の消息を聞いた。なんでも、そいつの会ったなかでもいちばん醜悪な女のひとりだ、とかいうことだった。そいつがそう言うのを聞いたときには、とうてい信じがたい気持ちがしたものだ。だが、いま考えてみると、あれきり二度と彼女に会わなかったのは、かえってよかったんじゃないか、そんな気がしないでもない。いま、どうしている？　まだご存命かね？」

「いや。じつをいうと、つい二、三週間前に他界したばかりです」

「他界した？　亡くなったのか？――そうか――そうだろうな――たしかもう七十五か、六にはなっていたはずだ。ひょっとすると、もうちょっと上だったかもしれん」

「八十でした」トミーは言った。

「そんなになるかね？　あの黒い髪をした、ぴちぴちしたエイダが……どこで亡くなった？　どこかホームのようなところか？　それとも、付き添いの女性とでも暮らしておったか？――たしか、一度も結婚しなかったと聞いたが？」

「はあ、生涯独身でした。最後は、ある女性だけのホームに入居していました。じつのところ、けっして悪い施設ではありませんでしたよ。〈サニー・リッジ〉というんですが」

「なるほど。そこのことなら聞いたことがある。〈サニー・リッジ〉ね。たしか、わしの姉の知り合いも、そこにおったはずだ。ミセス——ええと、なんといったっけか——ミセス・カーステアーズ？　そんな名前の女性に会ったことはないかね？」

「いや、残念ながら。ほかの入居者のかたとは、あまりつきあいがなかったものですから。見舞い客はだれでも、自分の身寄りだけを訪ねて、すぐに引き揚げるんですよ」

「義理は義理でも、厄介なものだろうな、それは。せっかく見舞っても、なにも話題がないんだ」

「エイダ叔母は、とくべつ厄介でしたよ。がみがみ屋で、気むずかしくて」トミーは言った。

「だろうな」将軍はくっくと笑った。「若いころから、機嫌が悪いとよくまわりを手こずらせておったものだ」

彼は長大息した。

「いやなものさ、年をとるってことは。わしの姉の友達なんかは、ありもせん妄想をいだくようになったと聞いておる。口癖みたいに、だれかを殺したと言い張るんだそうだ」

「おやおや、それは困りものですな。ほんとに殺したんですか？」

「知るもんか。そうは思わんけどな。彼女がほんとうに人殺しをしたとは、だれも思っておらんようだ。しかしひょっとすると——」と、将軍は思案げな口調で、「——ひょっとするとありうることかもしれん、そんな気もする。ほら、わかるだろう——そういったことをいとも朗らかに、おおっぴらに触れまわっておるうちに、だれもそれを真に受けるものはなくなるんだ。考えてみるとおもしろいだろう？」

「だれを殺したと思いこんでるんです、そのひとは？」

「わしが知るものかね。亭主、じゃないのかな。亭主ってのがだれなんだが、どういう人物なんだか、とんと知らんのだがね。うちの一家が知り合いになったとき、すでに寡婦だったんだから。ともあれ——」と、溜め息まじりにつけくわえて、「エイダのことはご愁傷さまだった。新聞では見なかったようだな。知っとったら、花でも届けたところなんだが。蕾の薔薇かなにか、そんなものをね。むかしは、イブニングドレスにそういった花をつけるのが決まりだった。イブニングドレスの肩に、一束の蕾の薔薇。そりゃあきれいだったよ。エイダの着とったイブニングドレスを、わしはいまでも覚えておる——紫陽花《あじさい》色というのかな、ブルーがかった淡い紫色でな。エイダはそのドレスにピンクの蕾の薔薇をつけとった。一度、その一本をわしにくれたことがあるよ。むろん、本物じゃないんだ。造花さ。わしは長いあいだそれを保存しておいたものさ——何年もな。ほんとうだよ」それから将軍はちらりとトミーの目を見ながらつけたした。「わかっとるんだ、こういう話を聞いて、きみがさぞ笑止に思っとるだろうってことは。しかしなあきみ、わしみたいにほんとうに老いぼれて、頭もぼけてくると、だれしもまたセンチメンタル人間にもどるものなのさ。さあてと、ぼちぼちまたあっちへ行って、この茶番劇の最後の一幕を務めることにするか。きみ、家に帰ったら、T夫人によろしくな」

翌日、列車のなかでトミーは、このときの将軍との会話を思いかえし、ひとりほほえみながら、いま一度あの端倪すべからざる叔母と、いかめしい少将閣下の若いころの姿を想像してみようとした。

「帰ったら、さっそくタペンスにこの話を披露してやらなくちゃ。きっと大笑いするぞ。それにしてもタペンスのやつ、おれの留守ちゅう、いったいどうしていただろう」

トミーはいつまでもにやにやしていた。

2

忠実なアルバートが、満面に笑みをたたえてドアをあけた。

「お帰りなさいまし、旦那様」

「うん、いま帰った——」トミーはスーツケースを渡した。「——奥さんはどうした？」

「まだお帰りになりません」

「というと、出かけたのか？」

「三日ほど前からお留守でございます。ですが、お夕食までにはおもどりになるでしょう。きのうお電話がございまして、そうおっしゃっておいででしたから」

「なんの用で出かけたんだ。知ってるか、アルバート？」

「存じません。お車でお出かけでしたが、鉄道案内もお持ちになりましたから。どこにいるかはわからないが、どこにでもいる可能性がある、というところでして」

「ふん、まさにな」トミーは感情をこめてそう言った。「まさしくわがイギリスの果てから果てまで、どこでもだ——そしてたぶん帰る途中、リトル‐ディザー‐オン‐マーシュあたりで、乗り換えの汽車をつかまえそこねるかどうかしたんだろうよ。英国国有鉄道にさいわいあれだ。きのう電話してきたと言ったな？　どこから電話してるか、それは言わなかったのか？」

「おっしゃいませんでした」

「きのうの何時ごろだ?」

「午前ちゅうです。お昼前で。すべて順調に運んでいるとだけおっしゃってました。何時ごろになるかはまだわからないが、夕食までにはじゅうぶんまにあうはずだから、チキンを用意しておくようにと。旦那様もそれでよろしゅうございますか?」

「ああいいとも」トミーは腕時計を見ながら言った。「しかし、いまからだと相当に急がんとまにあわないぞ」

「チキンを待たせておきましょう」アルバートが言った。

トミーはにやりとした。「それがいい。逃がさんように尻尾をつかまえてな。ときにアルバート、おまえのほうはどうだった? 留守ちゅう変わりはなかったか?」

「はしかの気がありまして――ですが、もうおさまりました。ドクターのおっしゃるには、ただの発疹だとのことで」

「そりゃよかった」トミーは言った。それから、低く口笛を吹きながら二階へあがると、バスルームにはいって、ひげを剃り、手を洗って、大股に寝室へ行き、周囲を見まわした。あるじが留守にしているときの寝室にありがちな、あの奇妙に空虚な感じがそこにはただよっていた。その雰囲気は、いかにも冷たく、よそよそしかった。あらゆるものが、ばかにとりすました雰囲気を持ち、不自然なほどに整然としていた。忠実な犬の感じるような失望、それがトミーを襲った。あたりを見まわした彼は、タペンスがかつて一度も存在しなかったような感じを味わっていた。お白粉もこぼれていないし、ページをひらいたままでほうりだしてある本もない。

「旦那様？」

アルバートが戸口に立っていた。

「なんだね？」

「チキンのことが心配なんですが」

「チキンのことなんか勝手にしろ。おまえときたら、それ以外に心配することがないのか？」

「ですが、旦那様も奥様も、八時より遅くおなりになるとは思ってもおりませんでしたので。つまり、八時には食卓についているという意味で」

「おれだってそのつもりだったさ」そう言いながら、トミーはちらりと腕時計を見た。

「なんてこった、もうあと二十五分で九時じゃないか」

「そうなんです、旦那様。そしてチキンは――」

「チキンのことはもういい。そんなに気になるなら、もうオーブンから出しなさい。おれとおまえと、ふたりで食べよう。タペンスが食いっぱぐれたって、自業自得だ。夕食にはじゅうぶんまにあう、だと？　ばかな！」

「もちろん、夕食をもっと遅くとる人種もございますけどね」アルバートが慰め顔で言った。「むかしスペインへ行ったことがございますが、あそこではなんと、十時前に夕食にありつけることなんて、ぜんぜんないんです。午後の十時ですよ、まったく！　あきれたもので――」

「わかったわかった」トミーはうわのそらで答えた。「ついでだがおまえ、あれが出かけてからこっち、いったいどこにいるのか、見当がつかないか？」

「奥様のことで？　存じませんです。きっとあちこち駆けずりまわっておいでなんでしょう。わたしのお見受けしたところ、最初は各地を汽車でまわってみるお考えだったようで。ずっとＡＢＣ鉄道案内や、時刻表なんかを調べておいででしたから」

「ま、人間にはそれぞれちがった楽しみかたがあるからな。あれの場合はそれが、汽車の旅だったってわけだ。それにしても、いったい全体どこにいるんだろう。いまだにリトル－ディザー－オン－マーシュの駅の婦人用待合室で、ぼんやりすわりこんでるとも思えないが」

「それでも、旦那様がきょうお帰りだということは、ご存じだったんでございましょう？　そんなら、なんとしてでも帰っておいでになりますよ。絶対です」

トミーは忠実な家来に慰められているのを感じた。彼とアルバートとは、タペンスへの不満を表明するという、この一点で同盟している。英国国有鉄道との情事に夢中で、亭主の帰宅にもまにあわないとは、じつにもってけしからん話ではないか。

やがてアルバートは、オーブンのなかで火葬になるという運命からチキンを救済すべく、部屋を出ていった。

トミーもつづいて出ようとしたときだった。ふと、その目がマントルピースのほうへ向かい、足が止まった。ゆっくりとそのほうへ歩いていった彼は、壁にかかっている絵をながめた。考えてみればおかしな話ではある――この絵に描かれた家に見覚えがあると、タペンスがあんなにもかたく信じているというのは。トミー自身がその家を見たことがないこと、これは確実である。いずれにせよ、ごくありふれた家だ。この程度の家なら、どこへ行っても掃いて捨てるほどあるだろう。

できるだけその絵のほうへ伸びあがってみたが、それでもよく見えなかったので、壁からとりはずし、電灯の下へ持ってきた。穏やかな、まるで眠ったような風景だ。絵には画家の署名もあった。Bで始まる名だが、それ以上のことは読みとれない。ボズワースか――ブーシェか――あとで拡大鏡をとってきて、仔細に調べることにしよう。ホールから、のんびりした牛の鈴の音が流れてきた。トミーとタペンスがいつぞやグリンデルワルトでもとめてきたスイスのこの牛の鈴、これがアルバートはことのほかお気に入りだ。この種のものについては、ちょっとした通なのである。いまの合図は、夕食の支度ができたという知らせだった。トミーはダイニングルームへ行った。それにしても、タペンスがいまだに帰宅しないというのはおかしい。よくあることだが、かりに車がパンクしたとしても、それならどうしてその旨を電話で連絡してくるか、帰宅の遅れる言い訳をしてくるかしないのだろう。

「おれが心配するだろうってことぐらい、わかりそうなものなのに」トミーは胸のうちでぼやいた。といってもむろん、かつて彼が心配したことがあったというわけではない――タペンスに関するかぎり、それはノーだ。タペンスはいつだってだいじょうぶ。だがこの楽観気分に、アルバートが水をさしてくれた。

「事故にでもあわれたのでなければいいんですが」と、トミーの前にキャベツの皿をさしだしながら、陰気に首をふりふり言う。

「そいつはひっこめてくれ。おれがキャベツを嫌いなことはわかってるだろう。なぜタペンスが事故にあうなんてことがある？　まだやっと九時半じゃないか」

「近ごろの交通事情ときたら、まるきり殺人的ですからね。だれだって事故にあう危険ぐらいはございますよ」

電話のベルが鳴った。

「ああ、奥様です」アルバートはすばやくキャベツの皿をサイドボードの上に置くと、急ぎ足にダイニングルームを出ていった。

トミーもチキンの皿をそのままにして、あとにつづいた。「さあ、おれが出よう」そう言いかけたとき、アルバートが電話に答えて言った。

「はあ？　はあ、ベレズフォード様ならご在宅です。いま代わります」そしてトミーに顔を向ける。「ドクター・マレーとかおっしゃるかたからです」

「ドクター・マレー？」トミーは一瞬とまどった。その名には聞き覚えがあったが、さて、何者だったかということになると、とっさには思いだせない。もしやタペンスが、ほんとうに事故にあったのでは？――だが、ここでようやくドクター・マレーが、〈サニー・リッジ〉の顧問を務める医師だったのを思いだし、安堵の吐息をついた。たぶんエイダ叔母さんの埋葬形式に関するなにかだろう。根っからの時代の子として、トミーは即座にそれが、なんらかの書類上の問題――なんであれ自分の署名すべき、またはドクター・マレーの署名すべき書類に関する問題――にちがいないと判断した。

「もしもし」トミーは言った。「ベレズフォードですが？」

「ああよかった。やっとつかまった。わたしを覚えておいででしょうな？　叔母上のミス・ファンショーを診ていた医者です」

「もちろん覚えていますよ。で、ご用件は？」

「じつは、ぜひお話ししたいことがありましてな。近いうちに市内でもお目にかかれないでしょうか」

「そりゃいっこうにかまいませんがね。お安いご用です。しかし――その――それは電話では話せないような問題なんですか？」

「なるべく電話では話したくないんです。急ぐ用件ではありません。急ぐ用件ではありませんが、しかし、その――ぜひあなたにご相談したいと思いましてね」

「なにも悪い知らせではありますまいな？」言ったあとで、すぐにトミーは、なぜそんなことを言ってしまったのかと怪しんだ。なにもいまさら悪い知らせなどあるはずがないではないか。

「というほどでもありません。ことによるとわたしが、なんでもないことをちと針小棒大に考えすぎているのかもしれない。たぶんそうでしょう。ただ、あの〈サニー・リッジ〉で、最近いささか奇妙なことが二、三ありましてな？」

「ランカスター夫人に関することじゃないでしょうね？」トミーは問うた。

「ランカスター夫人？」医師は驚いたようだった。「いえいえ、そうじゃありません。

あのかたなら、しばらく前にあの施設を出られましたよ。実際問題として——お宅の叔母上がお亡くなりになるのより前に。これはそれとはまったくべつの問題です」

「なるほど。じつはわたし、ここ四、五日留守にしておりましてね。先ほど帰宅したばかりなんです。明朝あらためてお電話をさしあげる、ということにしてはいけませんか？——そのおりに、日どりや場所を打ちあわせましょう」

「結構です。では番号をお知らせします。午前ちゅう、十時までは診療所におりますから」

トミーがダイニングルームにもどると、アルバートが問いかけてきた。「悪いニュースですか？」

「おい、後生だからアルバート、不景気な声を出すのはよしにしてくれないか」トミーはいらいらして言った。「そうじゃない——むろん、悪いニュースでなんかありゃしないさ」

「わたしはまた、ひょっとして奥様が——」

「タペンスならだいじょうぶだと言ってるだろう。いつだってそうなんだ。どうせまた、なにやらありもしない事件を嗅ぎつけて、その臭跡でも追っていっちまったんだろうよ——あれがどんな女だか、おまえだって百も承知だろうが。おれはこんりんざい気をもんだりはしないぞ。それからこのチキンの皿、もうさげてくれ——冷めないようにオーブンに入れっぱなしにしといたもんだから、ぱさぱさになって、食えたもんじゃない。かわりにコーヒーを頼む。それだけ飲んだら、もう寝るから。

たぶんあすにでもなれば、手紙でもくるだろうよ。配達が遅れてるのさ——近ごろの郵便事情は、おまえも知ってのとおりだからな——でなければ、電報がくるか——電話がかかってくるか」

だが翌朝になっても手紙は届かず——電話も——電報もこなかった。

アルバートはそっとトミーを盗み見ては、何度か口をひらきかけて、またとじた。このさい不吉な予言は歓迎されないと、彼は彼なりにさとっているのだろう。

そのうち、ついにトミーもアルバートが気の毒になってきた。マーマレードをつけたトーストの最後の一片を口に押しこみ、コーヒーでそれを嚥下したところで、彼はおもむろに言った。

「ようしアルバート、おれの口から言ってやろう——あれはどこへ行っちまったんだ？　なにがあいつの身に起きたんだ？　そしてわれわれは、いったいどうしたらいい？」

「警察に連絡してはいかがで？」

「それはあまり気乗りがしないな。知ってのとおり……」トミーはあとの言葉を飲みこんだ。

「もし奥様が事故にでもあわれたのなら――」

「運転免許証があるだろうさ――免許証のほかにも、身元の証明になりそうなものなら山ほどあるはずだ。そういった事故の通告とか――親族に連絡をとるとか――その種のことにかけては、病院はなかなか敏速なものだしな。おれとしては、あんまり早とちりはしたくない――あれが――タペンス本人が、それを望まないかもしれんからだ。おまえ、ほんとうに知らないのか？――見当もつかんのか、アルバート？――彼女がどこへ行こうとしてたのか――なんにも言わなかったのか、行く先については？　特定の村の名とか――州の名は？　地名はぜんぜん口にしなかったのか？」

アルバートは首を横にふった。

「機嫌はどうだった？　上機嫌だったか？――勇みたってたか？　しおれてたか？　気をもんでたか？　どうなんだ」

今度はアルバートの反応は速かった。

「とびきりはりきっておいででしたよ――いまにもはちきれんばかり、というところで」

「臭跡を追うテリアのようにな」

「そうです、それですよ――奥様がそういうそぶりをなさるときは――」

「なにかを追っかけてるときだ――さてと、そうなると――」トミーはしばし考えこんだ。

おそらくなにかが判明したのだ。それでタペンスは、いまも彼がアルバートに言ったとおり、臭跡を追うテリアのように駆けだした。一昨日には、帰宅の予定を告げる電話をかけてきている。では、なぜ帰ってこないのか。トミーの思うに、さだめしいまごろはどこぞにすわりこんで、ひとびとに嘘八百を並べて聞かせるのに忙しく、そのほかのことは考えるいとまもないのだろう！

もしも彼女がそれほど追跡に夢中になっているとすると、ここで彼トミーが、めめしい羊よろしく、あわてふためいて警察に駆けこんでは、あとが面倒になる――すでにして彼の耳には、怒ったタペンスにこうどやされているのが聞こえてくるような――「なんて愚劣な真似をしてくれるのかしら、あなたって！　自分の面倒ぐらい、完全に見られるわよ。そんなことはあなただって、とっくにご存じでしょうに！」（しかしはたしてあのタペンスが、自分でそう吹聴するほどに、りっぱに自分の面倒が見られるだろうか？）

タペンスの想像力がどこまでその当人をひっぱってゆくか、それはトミーといえどもそう簡単には断定しかねるのである。

そのおもむく先は——危険？ いまのところこの一件には、なんら危険のからんでくる要素はないし、その証拠もない——前述のとおり、タペンス本人の空想のうちに存在するのを除いては。

かりにトミーが警察へ出かけていって、妻が予定の日時に帰宅しないと訴えても——警察は、うわべは如才なくふるまいながらも、内心ではにやにやして、おそらく腰をあげようともしないだろう。さらにそこをもう一押しすれば、依然としてさりげないていをつくろいつつ、奥さんにはどんな男友達がおありでしたかな、と問いかけてくるのだ！

「いや、おれは自力でタペンスを探しだしてみせる」トミーはきっぱり言ってのけた。「彼女だって、どこかにはいるはずなんだから。それが北か南か、東か西かはいまのところまだわからん——しかもあいつときたら、電話をかけてきたときに、いまどこにいるかを言い残そうともしないほどの粗忽者ときてる」

「ひょっとして、ギャングの一味にでもつかまっているのかも——」アルバートが言いかけた。

「ばかな！ 自分の年を考えろ、自分の年を。もうそういったことはとっくに卒業してるはずだぞ！」

「だったら、旦那様はどうなさるおつもりなんで？」

「ロンドンに行く」ちらりと置き時計に目をやりながら、トミーはそう言った。「なにはともあれ、ゆうべ電話してきたドクター・マレーと、クラブで昼飯を食う約束がある。せんだって死んだ叔母さんのことで、なにやら相談があるんだそうだ。ことによると、マレーからなにか手がかりでもつかめるかもしれん――なんといっても今度の一件は、そもそもあの〈サニー・リッジ〉から始まってるんだからな。それから、寝室のマントルピースの上にかかってる絵、あれも持っていく――」

「ロンドン警視庁《スコットランドヤード》へでもお持ちになるんで？」

「そうじゃない」トミーは言った。「ボンド・ストリートへ持っていくんだ」

11 ボンド・ストリートとドクター・マレー

1

身軽にタクシーを降り、運転手に料金を払うと、トミーは車内に身をのりだし、無器用に包装した、一見して絵画とわかる包みをひっぱりだした。それをどうにか脇の下にかいこみ、ロンドンでももっとも歴史の古い、もっとも著名な画廊のひとつ、ニュー・アシーニアン・ギャラリーへと向かう。

トミーはとくに美術の愛好家というほどでもなかったが、それでもこのニュー・アシーニアンには、ここを司祭する友人がいることもあって、何度か足を運んだことがあった。

そして〝司祭する〟というのは、ここを言いあらわすのにはおそらく唯一の表現だろう。というのも、ここの共感に満ちた雰囲気、ひそひそ声でかわされる会話、ひとあたりのいいほほえみ、すべてが教会のそれに酷似しているからだ。

ひとりの金髪の青年が席を立ち、微笑に顔を輝かせて近づいてきた。

「やあ、トミー、久しぶりだね。その脇の下にかかえてるの、なんだい？　まさか老後の趣味として、絵を描きはじめたなんていうんじゃあるまいね？　そういうひとは世間に腐るほどいるよ――結果はたいがい惨憺たるものだけど」

「創造芸術がわが長年の願望だった、なんて言う気はないよ」トミーは答えた。「もっとも、このあいだ読んだ本に、五歳の幼児でも指導次第では水彩画が描けるようになるとか、そんな趣旨のことがすこぶる直截な表現で書かれてるのを見たときには、おおいに心をそそられたことは否定しないがね」

「それをあんたがもし真に受けてるんだったら、神よわれらを救いたまえだ。世に素人ほど恐ろしいものはないからね」

「じつをいうとな、ロバート。きょうやってきたのは、きみの絵画にたいする専門知識に訴えるだけが目的なのさ。これについて意見を聞かせてもらいたいと思ってね」

トミーの手から手ぎわよく絵を受け取ったロバートは、長年さまざまな大きさの美術品を包装したり、また包装を解いたりしてきた男の物慣れた手つきで、無器用につつまれた包装紙をひらいた。そしてなかの絵をとりだすと、それを椅子の背に立てかけてしばらくながめ、さらに五、六歩さがって、またしげしげと見入った。それから、トミーに目を向けた。

「で？　これがどうしたって？　これについてなにが知りたい？　売りたいとでもいうのか？」

「いや、売りたいんじゃないんだ、ロバート。これについて知識を得たいのさ。まず手はじめに、だれが描いたものか知りたい」

「じつのところ、もし売る気があるんなら、いまがちょうどしおどきなんだがね。これまではそうじゃなかった。十年前なら、見向きもされなかったろう。だが最近になって、ボスコワンはまた時流に乗りはじめてるんだ」

「ボスコワン？」トミーは物問いたげな目をロバートに向けた。「それがその画家の名なのか？　いかにもBで始まる名だとは思ったんだが、よく読みとれなくてね」

「そうさ、これはボスコワンにまちがいないよ。四半世紀前は、すこぶる人気のある画家だった。個展もたびたびひらかれたしね。ひとびとは争ってボスコワンを買った。テクニックは申し分ない。ところがそのうち、それが時の変遷というものなんだろうな、いつしか時流に取り残されるかたちとなった。それきりほとんど忘れられかけてたんだが、つい最近になって、評価が復活した。このボスコワンとか、スティッチワート、フォンデラ、みんなそのくちだ。みんな近ごろになって評価があがりはじめてる」

「ボスコワンね」トミーはくりかえした。

「B—o—s—c—o—w—a—nだ」ロバートは気さくに教えてくれた。

「まだ描いてるのかね？」

「いや。もう死んだ。死んでから四、五年にはなるんじゃないかな。そのときすでに相当の年だった。六十五、だったと思う。非常な多作家でね。作品はたくさん残ってるよ。じつをいうと、うちでもここ四、五ヵ月ちゅうに、個展を計画してるんだ。やればかなりの儲けになるだろう。しかし、なぜこの画家にそんなに興味を持つんだ？」

「話せば長い話でね」トミーは言った。「いつか近いうちにでも、暇を見てきみを昼食に誘おう。そのときにすっかり話してやるよ。長くて、込み入ってて、そのくせ少々ばかげた話なのさ。いま知りたいのは、このボスコワンという画家本人のことと、もしやこれに描かれてるこの家の所在地、それをきみが知らないかということだけでね」

「あとのほうの点については、とっさには答えられないな。いかにもボスコワンの好んで描いた画材ではある。だいたいは、片田舎の物寂しい一軒家なんだ。あるときは農家。あるときは周辺に牛が一頭か二頭いるだけ。あるときは荷車が描かれてることもあるが、その場合も、荷車は遠景に見えるだけだ。のどかな田園風景。技法的には、けっしてスケッチふうでも、ごちゃごちゃしてもいない。ものによっては、表面がエナメルでもひいたみたいに仕上げられてるのもある。特殊なテクニックだが、世間はそれを歓迎した。ほかに、フランスの風物もよく描いてたな。おもにノルマンディーの風景。教会とか。うちにもいま一枚あるけどね。ちょっと待ってくれ。持ってこさせよう」

ロバートは階段の上まで行くと、そこから身をのりだして、階下にいるだれやらになにかを叫んだ。やがてもどってきたときには、その手に一枚の小さな油絵をたずさえていて、それを彼はべつの椅子の背に立てかけた。

「ほら、これだ。ノルマンディーの教会だよ」

「なるほど。そうだな」トミーは言った。「たしかにおなじ傾向の絵だ。女房はね、あの家を見て、ここにはいままでだれも住んだことがない、そう言った――おれの持ってきた、あの絵の家だ。いまにして、女房の言った意味が腑に落ちたよ。この絵のこの教会、この教会にも、過去、現在、未来を通じて、だれひとり礼拝にいくものはいないんだ」

「そうだね。奥さんの指摘は、あるいは一面の真実を衝いてるかもしれない。だれも住むもののない、静かな、眠ったような人家。ボスコワンはあまり人物を描かなかった。ときおり、風景のなかにひとつふたつ人影が見えることもあるが、ないほうが多い。ある意味では、それが魅力のひとつにもなっているようだ。一種の隠遁者的感覚かな。まるで、あらゆる人間を消去して、そのほうが田園の平和がよく保たれる、とでも思ってるみたいな。考えてみると、近ごろまたもてはやされだしたのも、それが理由かもしれない。当節はどこへ行っても、過密、過密だからね。人間も過密、車も過密、街路は騒音でいっぱい。騒音と雑踏だらけだ。平和、完全なる平和――それはすべて〈自然〉に頼るしかないってわけ」

「うん。その気持ちはわかるな。どんな人物だったんだ、そのボスコワンは？」

「個人的には知らないんだ。時代がちがうからね。聞くところによると、だいぶ自惚《うぬぼ》れの強い性格だったらしい。おそらく、実際よりも自分を芸術家として大きな存在だと思ってたんだろうな。ちょっぴりもったいぶった感じで。でも、悪い人間ではなかった。まあ好人物のほうだろう。女性には目がなかった、とかいう話だが」

「で、この風景だが、これがどのあたりか、ぜんぜん見当もつかんかね？　いずれにしても、イングランドのうちではあるんだろう？」

「だろうね、たぶん。調べてほしいか？」

「できるのか？」

「おそらく最良の方法といえば、彼の細君――というか、未亡人だな――その女性に訊くことだろうね。エマ・ウィングと結婚してたんだ、彫刻家の。有名だよ。あまり多作家ではないけどね。非常に力感のある作品をつくる。この女性を訪ねて、訊いてみたらどうだろう。ハムステッドに住んでる。なんなら住所をお教えするよ。いま話したボスコワンの遺作展のことで、このところ何度か手紙をやりとりしてるから。ついでに彼女の小品もいくつか出してみようと思ってるんだ。いま住所を調べてあげよう」

デスクへ行くと、ロバートは台帳をひっくりかえして、何事かカードに書きとり、それを持ってトミーのところへもどってきた。

「これだよ、トミー。あんたが隠してるその奥深い秘密、それがなんなのか見当もつかないけどね。あんたはいつだって、謎の人物で通してきたから。そうだろう？　ところで、きょう持ちこんできたこのボスコワンの作品、これはなかなかのものだ。ことによると、遺作展のときに使わせてもらうかもしれない。時期が近づいたら、またあらためて手紙を出すから」

「それで思いついたが、きみ、ランカスター夫人という人物を知らんだろうね？」

「とっさには思いだせないな。画家かなにか、その方面の人物？」

「いや、そうじゃないらしい。ここ数年、ある高年女性のホームにいた年寄り、というだけのことさ。なぜその名を出したかと言うと、それがこの絵の本来の持ち主だったからなのさ。うちの叔母が、その人物から贈られるまでは」

「なるほど。いずれにしても、心あたりはないね。行って、ボスコワン夫人に話してみたまえ」

「どんな女なんだ？」

「夫よりはだいぶ年下だったようだ。ちょっとした女傑だよ」一、二度首をこくりこくりさせながら、ロバートは言った。「そう、たしかに女傑だ。まあ会えばわかるけどね」

彼は絵をとりあげると、階段ごしに階下のだれかに手わたして、もう一度つつみなおすように命じた。

「豪勢なご身分だな――手足のように働く部下が大勢いて」トミーは言った。

そのあと彼は、はじめて周囲を見まわして、あたりのようすに注目した。

「これはいったいなんだね、ここにあるこれは？」と、鼻に皺を寄せて言う。

「ポール・ジャゲロウスキーさ――有望な若手のスラブ系の画家だけどね。全作品をドラッグの影響下で描くと言われてる――嫌いか、こういうのは？」

トミーは目を凝らした。紐を編んだ大きな網袋らしきものがあり、その袋はどうやら、ゆがんだ牛でおおいつくされたメタリックグリーンの野原と、分かちがたくからまりあっているらしい。

「ごめんだね、正直なところ」

「はは、俗物めが」ロバートは言った。「ところで、ちょっと出ないか？　昼飯でも食おうや」

「いや、そうしてはいられないんだ。クラブで医者と会う約束があってね」

「まさか病気じゃないんだろ？」

「健康状態なら上々だよ。血圧も申し分なし。いつだって、測定させてやった医者が悔しがるくらいさ」

「じゃあ、なぜ医者に会う用なんかあるんだ？」

「なあに。ちょっとした死体のことで打ちあわせなきゃならんのさ」トミーは陽気に言った。「じゃ、またな、ロバート。いろいろありがとう」

2

トミーは多少の好奇心をもってドクター・マレーを迎えた。ドクター・マレーの用件というのを、彼はエイダ叔母の死去に伴うなんらかの形式上の問題、と推察していたが、それにしても、なぜその概要だけでも電話で話すことができないのか、その点だけがどうにも合点がいかなかった。

「やあ、ちょっと遅参しましたかな」と、ドクター・マレーは握手しながら言った。「なにしろ、ひどい交通渋滞でしてね。おまけにここの場所が少々見つけにくくて――ロンドンもこのあたりとなると、あまり地理には詳しくないんです」

「わざわざ遠くまでご足労願って恐縮です」トミーは言った。「そうと知ってたら、もっと便利なところで落ちあってもよかったんですが」

「とおっしゃると、いまのところはお手すきだということで？」

「まあさしあたっては。先週はちょっと出かけていましたが」

「だそうですな。先日の電話に出られたかたから、そううかがいました」

トミーは椅子を指し示すと、飲み物をすすめ、煙草とマッチ箱とをドクター・マレーのそばに押しやった。席に落ち着いたところで、おもむろにドクター・マレーは用件にとりかかった。

「おそらくわたしのお願いは、あなたの好奇心をかきたてたことでしょう。しかし、じつを申しますと、あの〈サニー・リッジ〉で、目下ちと厄介な問題が持ちあがっていましてな。込み入った、面倒な事件なんですが、ある意味ではあなたにはなんの関係もないんです。このことであなたを煩わせる権利など、じつはどこにもないんですが、ひょっとしてわたしの助けになるようなことをあなたがなにかご存じではないか、そう考えたものですから」

「ほう。むろん、お役に立つことなら、なんでもいたしますがね。で、それは、わたしの叔母のミス・ファンショーに関することですか？」

「直接には関係していません。しかしまあある意味では、あのかたともやはりつながりがあるんです。これから申しあげることについては、ぜひとも秘密厳守ということでお願いしたいんですが、その点はご信頼申しあげてもよろしいでしょうな、ベレズフォードさん？」

「ああ、それはもちろんです」

「じつは、先日ある友人と話をしたところ、その男があなたを存じあげているそうで、あなたのことを二、三聞かせてくれました。それによると、先の大戦ちゅう、あるいささか微妙な任務にたずさわっておられたとか」

「いや、なに、そんなにごたいそうなものじゃないですが」トミーはせいいっぱいあたりさわりのない口ぶりで答えた。

「ご謙遜で。むろん、軽々しくひとに吹聴できるたぐいの問題でもありますまいが」

「いまとなっちゃ、べつにどうってこともありませんよ。なにしろ戦争以来、ずいぶんたってますからね。あのころは、わたしも家内もまだ若かった」

「どっちにしろ、いまお話ししようとすることは、それとは直接の関係はありません。ただ、そういうお仕事にたずさわっておられたかたならば、腹蔵なくお話ができるだろうし、わたしの申しあげることについて、秘密も守っていただけるだろう、とこう思ったた次第でして。もっとも、いずれは表沙汰になることかもしれませんが」

「〈サニー・リッジ〉でちと厄介な問題が起きている、そうおっしゃいましたな？」

「そうなんです。先だってのことですが、わたしの患者のひとりが亡くなりました。ムーディー夫人という人物です。あなたははたしてお会いになっておられるかどうか、また叔母さんからムーディー夫人のことをお聞きになったかどうか、そのへんは存じませんが」

「ムーディー夫人？」トミーは首をひねった。「いや、覚えがありませんな。すくなくとも、記憶にはありません」

「あそこの入居者のなかでも、とくに高齢というわけではありませんでした。まだ七十にも手が届かず、大病をわずらっていたわけでもない。ただ、近い身寄りがなく、世話をするものがだれもいないので、あのホームにはいっていたというだけでしてね。しいて分類すれば、わたしがひそかに〝空騒ぎ病〟と呼んでいる部類にはいりましょうか。ご婦人というのは、年とともにだんだんめんどりに似てくるものでして。やたら騒ぎたてる。物忘れはする。自分から面倒事に巻きこまれて、それで大騒ぎする。なんにもないところに妄想を築きあげる。困ったものですが、問題はさほどありません。厳密に言えば、精神に異常をきたしているというわけじゃないんですから」

「ただ、やたら不平不満を唱える」トミーは言葉を添えた。

「おっしゃるとおりです。ムーディー夫人は、やたら不平不満を唱えるほうでした。看護婦にもずいぶん手間をかけさせましたしね。もっとも看護婦たちのほうは、けっこう夫人を好いていたようですが。夫人の困った点というのは、食事をしたのにそれを忘れてしまって、なにも食べさせてもらえないと騒ぎたてることでした。実際には、ついいましがたじゅうぶんな食事をとったばかりだというのに、それを忘れてしまうのです」

「そうか、思いだした――ミセス・ココアだ」トミーは言った。

「なんですって？」

「いや失礼。家内とわたしが彼女につけていた渾名《あだな》なんです。ある日わたしたちが叔母を見舞いにいって、廊下を通りかかったところ、そのムーディー夫人が看護婦をつかまえて、ココアをもらっていないと騒いでいたんです。どっちかというと好人物らしい、小柄なおばあさんでしたがね。ただ、そのようすがかなりおかしかったので、わたしどもはいつしか彼女をミセス・ココアと呼ぶようになったわけです。すると、亡くなったんですか」

「その当座はわたし、とくに意外には思いませんでした」ドクター・マレーはつづけた。「お年寄りのご婦人が正確にいつ亡くなるかなんて、こりゃ神様でもなけりゃ予測できることじゃありませんから。ひどく健康を害していて、精密検査の結果、余命いくばくもないと診断された老婦人が、しばしば十年以上も余生を保つことがあります。たんなる肉体的な条件だけでは左右できない強靱さ、それを人生にたいして持っているわけですな。それに反し、健康状態はまずまずで、じゅうぶん長生きできると思われるひとが、たまたま気管支炎や流感にやられると、それを撃退する力もなく、あっけなく逝ってしまう。まあそういったわけで、高齢者ホームの専任医師として、わたしはいわゆる予期せぬ死にたいして、ある程度の心構えはできているわけです。ところがこのムーディー夫人の場合は、いささか事情が異なる。彼女はまったく病気らしい徴候もなく、ただ眠っているうちに息をひきとったんですが、わたしとしては、その死が予期せぬものだったという印象がどうしても拭い消せない。たまたまシェークスピアの『マクベス』のなかに、わたしのかねてから興味をそそられている台詞がありますが、そこを引用するとわかりやすいかもしれない。マクベスが夫人の死をさして、〝あれもいつかは死なねばならなかった〟と言うんですが、これはいったいどういう意味でしょうかね？」

「ああ、それならわたしも考えたことがありますよ――いったいシェークスピアはなにを言わんとしたのかって」トミーは言った。「これはだれの演出だったか、またマクベスを演《や》っていたのがだれだったかも忘れましたが、その演出では、とくにそのところに強い重点が置かれていましてね。マクベスは侍医にたいして、レイディー・マクベスは死んだほうがよかったのだとにおわせていると、そう感じさせるように演じていました。たぶん侍医もその言わんとするところは察したでしょう。このあとなんです――夫人の死によって、ようやく自分は安全になれた、もはや彼女がその無分別によって、もしくはその急速に破綻していく精神状態によって、夫に破滅をもたらすことはなくなった、そう感じて、はじめてマクベスは、彼女への心からなる愛惜の情と悲嘆とをあらわにする。〝あれもいつかは死なねばならなかった〟と。ね？」

「同感です」ドクター・マレーは言った。「まさにそれとおなじことを、わたしもムーディー夫人に感じたのですよ。彼女はいつかは死なねばならなかった。ただし、つい三週間前に、これという原因もなしに、ではなく……」

トミーは答えなかった。ただ問いかけるように医師を見つめかえしたきりだった。

「医師は医師なりに、いくつかの問題をかかえておりましてね。患者の死因に不審をいだいた場合、それを確かめるのには、方法はひとつしかない。検死解剖です。検死解剖は普通、故人の遺族に歓迎されるものではありません。それを押しきって、なお医師が解剖を強行し、その結果、おおいにありうることですが、死因にはなんら不自然な点はなかった、もしくは、必ずしも外に症状や徴候のあらわれない病気によるものだった、となると、当の医者のキャリアは、あやふやな診断をくだしたという一点をもって、いちじるしく傷つけられるおそれが……」

「そのご苦労はよくわかりますよ」

「ムーディー夫人の場合、遺族というのは遠縁のいとこたちでした。そこでわたしは、死因を知ることは医学上の利益になるのだからと説いて、彼らを納得させたのです。患者が睡眠ちゅうに死亡した場合、解剖によって自己の医学知識をふやすことは、奨励されてよいことですからな。むろんわたしは、そこをちょっぴり言いくるめて、あまり形式ばって聞こえないよう配慮はしましたが。さいわい遺族たちもそのへんは、あまり気にしていないようでした。内心わたしは、おおいにほっとしたものです。いったん検死解剖が行なわれ、なにも問題はなかったとなれば、こちらもなんら良心のとがめなしに死亡診断書を書くことができますからね。だれだって、いわゆる心不全――まあ原因はいろいろありますが、一般に素人が心不全と呼んでいるもの――あれで死亡するということはありうるんです。実際問題として、ムーディー夫人の心臓は、あの年齢にしてはきわめて良好な状態を保っていました。生前は、関節炎とリューマチという持病があり、そのほか、ときおり肝臓の不調を訴えたこともありましたが、これらはいずれも、睡眠ちゅうに突然死することとは結びつきません」

ドクター・マレーは言葉を切った。トミーは口をひらきかけたが、そこで思いなおして、またとじた。医師はうなずいた。

「そうなんです、ベレズフォードさん。わたしの言わんとするところ、すでにおわかりのようですな？　死因はモルヒネの過剰服用だったのです」

「そんなばかな！」思わず目をむいて、トミーはすわりなおした。

「そうですとも。とても信じられないことのように思える。ですが、分析の結果はまぬがれようがありません。問題は、そのモルヒネがいかにして服用されたか、です。ムーディー夫人は、普段からモルヒネを常用している患者ではなかった。痛みを訴えるほどの症状ではなかったのですから。ではそれがどうして体内にはいったか。むろんこれには三つの可能性があります。ひとつは、偶然に飲んだということ。これはまず考えられません。だれか他の患者に与えられるはずの薬を、本人が誤って服用したという可能性もありますが、これはなおさら考えられない。あの施設では、モルヒネの使用は患者の自由にはまかされていませんし、その種の薬物を私物として持ちこむおそれのある麻薬常習者は、入居を断わっていますから。つぎに、意図的な自殺という線も考えられますが、これまたおいそれとは信じかねる。ムーディー夫人は心配性でこそあれ、性格はいたって陽気なほうで、自ら命を絶つことなど、夢にも考えたことはないでしょう。さて、第三の可能性は、致死量のモルヒネが故意に投与されたということですが、もしそうだとすれば、いったいだれの手によって、そしてまたなにゆえに？　いうまでもなくあの施設には、正規の登録看護婦ならびに園長として、ミス・パッカードが管理するモルヒネその他の薬物が常備してありますが、彼女はそれを厳重に鍵をかけた戸棚に保管している。座骨神経痛やリューマチ性関節炎などでは、しばしば激しい、我慢できないほどの痛みが生じますから、そのような場合にモルヒネが投与されるわけです。そこでわれわれは、調査してみればおそらく、ムーディー夫人がなんらかの手落ちにより、危険量のモルヒネを与えられたか、もしくは彼女自身が、消化不良か不眠症の治療薬と勘ちがいして、それを服用してしまったか、そういった事実が明らかになるのではないかと期待したわけです。ところが、そのような事実にはついにぶつからなかった。つぎにわれわれがしたことは――これはミス・パッカードの提案にわたしが同意したのですが――過去二年間の〈サニー・リッジ〉における死亡記録を、つぶさに調べてみることでした。さいわい――とわたしは申しあげたいが――これはあまり数が多くはない。ぜんぶで七件、これはあの年齢層が対象であることを思えば、けっして高い死亡率ではありません。うち気管支炎が二件で、これにはまったく疑問の余地なし。さらに流感が二件――高齢のために抵抗力が弱っているせいで、冬期にはこれがしばしば命とりになります。そして残りが三件」

　いったん言葉を切ってから、ドクター・マレーは先をつづけた。

「ベレズフォードさん、この三件について、とくにそのうちの二件について、わたしは必ずしも納得できかねるのです。死亡はじゅうぶん考えられましたし、予期されない死でもなかったのですが、すくなくとも、あまりありそうもないことではあったと、これだけはぜひ申しあげたい。それらは記録上も、また記憶によっても、わたしとしては全面的に納得できるケースではなかった。となると、たとえいかにありそうもなくても、ある可能性を受け入れざるを得ない。つまり、目下〈サニー・リッジ〉にひとりの殺人者がひそんでいるという可能性を。そのだれかは、おそらく精神を病んでの結果でしょうが、殺人者となりはてた。しかもまったく疑いをかけられていないのです」

しばしの沈黙があった。トミーはふうっと溜め息をついた。

「あなたのお話を疑おうとは、つゆ思いません」彼はおもむろに言った。「しかしそれでもなお、率直に言って、おいそれとは信じかねるというのがわたしの感想です。そのたぐいのことは――現実にはそうちょくちょく起こるものではありませんからね」

「いや、それがじつは起きているのです、けっこう頻繁に」ドクター・マレーはにこりともせずに言ってのけた。「なんなら二、三の病理例をあげてみましょうか。ある女がいました。家事使用人、とくに料理女として、あちこちの家庭に勤めていた女です。善良で、親切で、感じがよく、料理もうまく、誠心誠意、雇い主に尽くし、その家で働くことを歓びとしていました。にもかかわらず、その女がやってくると、早晩なんらかの不審な出来事が発生する。たいがいはサンドイッチでした。ときにはピクニックの弁当でした。これという動機もないのに、それらに砒素が盛られるのです。無害なサンドイッチのなかに、毒入りのやつが二つ三つまぜてある。だれがそれを食べるかは、まったく偶然のしからしむるところです。個人的な恨みは、どこにも介在していない。ときには、悲劇などぜんぜん起きないこともある。おなじ女が三ヵ月ないし四ヵ月も勤めているのに、病気の気も出ない。まったく気配すらなし。やがて彼女はべつの勤め口に移る。するとそこでは、三週間もたたないのに、家族のうちのふたりが、朝食にベーコンを食べたあとで悶死する。事件が不規則な間隔をおいて、しかもイングランドのあちこちで起きていたため、警察が彼女の犯行を嗅ぎつけるまでには、かなりの時日を要しました。むろん、そのつど名前を変えて勤めていたわけです。しかしそれにしても、料理がうまくて、善良かつ有能な中年女というのは、数かぎりなく存在しますからね。そのうちのどの女が真犯人かをつきとめるのは、なかなか困難だったわけです」

「その女は、なぜそんなことをしたんですかね？」

「それがわからないんです、はっきりした理由は。むろん、心理学者をはじめとして、いろんな立場の人間がいろんな説を唱えましたがね。その女、いささか神がかっているほど信心ぶかい女でしたから、なんらかの宗教的狂気から、ある種のひとびとを地上から抹殺せよという神の啓示を受けたと思いこんだ、そんなふうに考えられないこともありませんが、かといってそのひとびとにたいし、個人的な敵意をいだいていたという形跡もない。

それからまた、ジャンヌ・ゲブロンというフランス女性の例もあります。〈慈悲の天使〉という異名をとった女でして、近所の子供が病気にかかると、自分のことのように心を痛め、さっそく駆けつけて、献身的に看病した。そこからそういう名が出たといいます。ここでもまた、彼女が看病する子供は、けっして回復しない、どころか、最後にはみんな死んでしまう、この事実に世間が気づいたのは、だいぶたってからでした。そしてここでもまた、なぜという疑問が出てくる。ごく若いころに、彼女が自分の子供を亡くしているというのは事実です。子供に死なれて、彼女は完全に悲嘆に打ちひしがれているようだった。それが、ことによると、犯罪の有力な動機だったかもしれません。もしも自分が子供を幼くして失ったのなら、ほかの女の子供もそうであるべきだ、という理屈ですな。でなければ、説に言うように、本人の子供もまた本人の犯罪の犠牲者だったのかもしれない」

「どうもぞっとしない話ですな。背筋が寒くなってきた」トミーは言った。

「こちらもとくにメロドラマじみた例ばかりを持ちだしたんですがね」医師は応じた。「もっと単純な例もありますよ。アームストロング事件を覚えておいででしょう。なんらかの意味で彼を怒らせるか、侮辱するか、ひどい場合には侮辱したと本人に思いこまれたというだけで、すぐさまその人物はお茶に招かれ、砒素入りのサンドイッチを食べさせられたのです。極端すぎる短気の例ですな。はじめのうち、彼の犯罪は明らかに、たんに自己の利益を目的としたものでした。遺産相続。あるいは、邪魔な細君をかたづけて、ほかの女と結婚するとか。

それからまた、高齢者ホームを経営していたウォリナー看護婦の例もあります。入居を希望する老人は、財産いっさいを彼女に引き渡すかわりに、死ぬまで安楽な生活が保証されます——ただし、この、〝死ぬまで〟というのが曲者でしてね。入居すると、いくらもたたぬうちに、死が訪れる。この場合もまた、使用されたのはモルヒネでした。いたって心根のやさしい、親切な女なんですが、犯行についてはいささかのためらいも持っていなかった——むしろ自分では内心、老人たちに恩恵を施してやっている、そんなつもりでいたんじゃないでしょうかね」

「で、もしも、さいぜんあげられた数件の死亡事件にたいするあなたの推測が的中しているとして、だれがそれをやったのか、お心あたりはなにもないのですか？」

「ありません。まったく手がかりらしいものはないんです。かりにその殺人者が狂気であるとの見解に立つにしても、狂気は表面にあらわれたところからでは、すこぶる見きわめにくいですからね。たとえばの話、それは老人を憎んでいる何者かでしょうか。老人によって害を受けたり、人生を台なしにされたり、またはされたと思いこんでいる何者かでしょうか。それとも、安楽死について独自の考えかたを持っていて、六十歳以上の人間は、すべて死なせてやるのが慈悲だと見なしている何者かでしょうか。むろん、だれでもいいわけですよ、それは。患者？　それとも職員——看護婦か、雑役係のひとり？

わたしはこの問題を、あの施設の経営者であるミリセント・パッカードと長時間かけて話しあいました。彼女はすこぶる有能な女性です。明敏で、実際的で、入居者にたいしても、職員にたいしても、すぐれた管理能力を発揮しています。その彼女が主張するには、自分はいかなる意味ででも疑惑をいだいたことなどないし、むろん、手がかりなどあるはずもない、と――そしてわたしも、彼女のその言葉が真実であることを信じて疑いません」

「では、なぜわたしに相談にこられたのです？　このわたしになにができると言われるのですか？」

「あなたの叔母上、ミス・ファンショーは、何年かあそこで暮らしておられました――あのかたは、好んでその反対のふりをなさいますが、じつは、なかなかどうして抜け目のないかたでしてね。わざとぼけたふりをして楽しむという、変わったご趣味がおありだったのですよ。実際はぼけているどころか、じつに矍鑠《かくしやく》たるものでした。そこでです、ベレズフォードさん、あなたにお願いしたいというのは、考えてみることなんです――あなたにも、それから奥さんにも、考えてほしいとお願いしたい。生前ミス・ファンショーが、話すか、ほのめかすかされたことで、なにかわれわれのヒントになるようなことはなかったか――なんであれミス・ファンショーが目撃され、または気づかれたこと、あるいはだれかがあのかたに話したこととか、あのかたご自身が不審に思われたことなどはなかったか。老婦人というのは、思いのほか多くの事実を見、感づいているものですし、とくにミス・ファンショーほどの明敏なかたなら、〈サニー・リッジ〉のような施設で起きている出来事について、驚くほど多くのことをご存じのはずなんです。この種の老婦人は、ご承知のように、暇をもてあましています。いくらでも周囲の物事に注目し、推論する時間があるはずです――そしてときには、結論にとびつきさえする――それは一見とっぴな妄想に見えますが、意外にも、それが正鵠《せいこく》を射ていることがしばしばあるのです」

トミーはゆっくりとかぶりをふった。

「おっしゃる意味はわかります――しかし、そのようなことは、なにひとつ思いだせませんね」

「奥さんはお留守だとかおっしゃいましたな？　もしや、あなたのお気づきにならなかったことで、奥さんが覚えておいでのことなどはありますまいか」

「訊いてみましょう――もっとも、あまり期待はできませんが」そう言ってから、一瞬トミーはためらい、それから心を決めた。「じつは、ひとつだけ家内が気にしていたことがあるんです――あそこの入居者のひとりで、ランカスター夫人とかいうひとのことなんですが」

「ランカスター夫人？　で、どのような？」

「家内はどういうわけか、そのランカスター夫人が、親戚と名乗る何者かによって、ふいに連れ去られたと考えてるんです。じつを言いますと、叔母は生前ランカスター夫人から一枚の絵をもらっていまして、家内は叔母が死んだときに、いちおうそれをランカスター夫人に返却すべきではないかと考えたわけです。そこで、ランカスター夫人が返却を望むかどうかを問いあわせるため、先方に連絡をとろうとしたのです」

「なるほど。それはお考えぶかいご処置でしたな」

「ところが、いざやってみると、これがすこぶる困難でしてね。まず、彼ら――つまり、ランカスター夫人とその身内の一行――が泊まるはずだったホテルを教わったのですが、調べてみると、だれもその名で投宿しているものはいないし、部屋を予約した記録もないのです」

「ほう？　それはちと奇妙ですな」

「でしょう？　タペンスのやつもそう考えたわけです。その一行は〈サニー・リッジ〉にたいして、郵便物の回送先としてはそのホテルしか言い置いていかなかった。事実、何度かランカスター夫人、またはその身内――たしかジョンソン夫人といったと思いますが——と連絡をとろうと試みたんですが、そのつど、なんら得るところもなく終わりましてね。これまで、ホーム側との交渉やら経費の支払い等のいっさいは、ある法律事務所が代行していたとかいうので、そこへも手紙を出してみました。ところがそこで教えてくれたのは、なんと銀行の所番地なんです。銀行というのは、これはもう、どんな問い合わせにも、ぜったいに応じませんからね」

「顧客がそうしてくれと言わないかぎりはね、たしかに」

「ともあれ家内はその銀行気付で、ランカスター夫人宛てに、またジョンソン夫人宛てにも手紙を出しました。ですが、ついに返事がないのです」

「それはちとおかしいですな。しかし、手紙に返事を出さないひとというのは、あんがいいるものらしいですよ。もしかしたら、海外へでも行ってるのかもしれませんし」

「たしかに——いや、わたしが気にしてるんじゃないんです。ただ、家内がひどく気にしてましてね。ランカスター夫人の身になにかあったのにちがいない、そう信じこんでいるわけです。事実わたしの留守ちゅうにも、さらに探索を進めてみるつもりだと言ってました——正確にはどうするつもりだったのか、そのへんはわかりませんが。たぶん、じかにホテルへ乗りこんでいくか、銀行または弁護士事務所へ出向いてみるつもりだったんでしょう。いずれにしろ、家内が自ら調査に乗りだして、もうちょっと詳しい情報を集めようとしたわけです」

ドクター・マレーは礼儀正しくトミーを見まもっていたが、そのようすには、わずかに退屈をこらえているといったところがうかがえた。

「それで、はっきり言いますと、奥さんはどうお考え——」

「つまり、こう考えているのです。ランカスター夫人がなんらかの危険にさらされている——あるいは、すでになにかがその身に起きてしまっているかもしれない、と」

医師は眉をつりあげた。

「ほほう！　しかしそれは、どうもおいそれとは——」

「ばかげて聞こえるのはわかってます。しかし、まあ聞いてください——家内はゆうべ帰る予定だと出先から電話してきました——ところが——いまだにもどらんのです」

「帰るとはっきりおっしゃったのですか？」

「そうです。わたしがこの会議からゆうべもどることは、家内も承知していた。そこで、留守番のアルバートに電話して、夕食までには帰るから、と知らせてきたんです」

「で、あなたには、それが奥さんらしくないと思われるわけですな？」ドクター・マレーは言った。いまでは、その目に多少の興味の色を浮かべてトミーを見つめていた。

「そうです。すこぶるタペンスらしくないことです。もし帰宅が遅れるのなら、あるいは予定を変更したのなら、そうと電話で連絡してくるか、せめて電報ぐらいはよこすはずです」

「で、奥さんの身が心配だと？」

「当然ですとも！」

「ふうむ！　警察には届けましたか？」

「いや。警察がいったいどう考えると思います？　現実に家内が面倒に巻きこまれてる、危難に陥ってるという証拠があるわけじゃなし。つまり、万一家内が事故にでもあって、病院に担ぎこまれているとかなんとか、そういうことであるのなら、じきにわたしのほうへ連絡がくるはずです。そうでしょう？」

「でしょうな——まあ——身元を証明するものを持っておられれば」

「運転免許証を持っていたはずです。手紙とか書類とか、そういうものもあったかもしれない」

ドクター・マレーは眉根を寄せた。

トミーはせきこんでつづけた。

「ところが、そこへあなたがこられて——この〈サニー・リッジ〉での事件について持ちだされた——死ぬべきでないときに死んだというひとびとの話です。そこでですよ、もしもそのランカスター夫人がなにかを握っていたとしたら——なにかを見たか、なにかを疑っていたかして——それを相手かまわず吹聴しはじめたとしたら——ならば、どうにかしてその口を封じねばなりますまい。そこで彼女は、急遽あの施設から連れだされ、簡単には行方がつきとめられそうもないところへ連れ去られた。こう考えてくると、この事件全体が、どこかでつながりを持っているとしか……」

「奇妙です——いかにも奇妙ですな——で、あなたは、これからどうなさるお考えですか？」

「自分でもちょっとばかり調査してみるつもりです——まずはその弁護士をあたってみますよ。むろん、なんの問題もない、ちゃんとした事務所かもしれないが、この目で確かめてから結論を出したって、遅くはありませんからね」

12　トミー旧友に会う

1

通りのこちら側から、トミーはパーティンデール・ハリス・ロックリッジ&パーティンデール法律事務所の表構えを観察した。

こうして見ると、古風ではあるがきわだってりっぱな構えで、真鍮の表札は文字こそ薄れていても、よく磨きこまれている。通りを横切り、入り口の開き戸を抜けると、豆を炒るようなタイプライターの音がトミーを迎えた。

右手に〈受付〉と書かれたマホガニーの小窓がある。トミーはそこへ行き、案内を乞うた。

小窓の奥は小さな部屋になっていて、三人の女がタイプをたたき、さらに男の書記がふたり、デスクにかがみこんで、書類を筆写していた。

法曹の世界らしいいかめしい趣のうちにも、わずかにかびくさい雰囲気もただよっている。

三十五、六の、色褪せた金髪に鼻眼鏡をかけた、無駄のない感じの女が、タイプの手を休めて席を立ち、小窓に近づいてきた。

「なにかご用ですか？」

「エクルズさんにお目にかかりたいんだが」

「お約束がおありですか？」

「いや。ちょっとロンドンに出てきたので、ついでに寄ってみただけで」

「エクルズさんは、けさはたいへん多忙なのですが。だれかほかのものでは――」

「とくにエクルズさんにお目にかかりたいんだ。この件ではすでに、何度か手紙のやりとりがあります」

「わかりました。お名前を」

トミーが姓名と住所を告げると、金髪は自分の席にもどって、電話をとりあげた。二言三言、小声で話したあと、彼女はもどってきた。

「ただいま係のものが待合室にご案内します。十分ぐらいなら、お相手できるそうです」

トミーは待合室に通された。古びた重そうな法律書の並んだ書棚があり、円テーブルの上には、各種の統計資料のたぐいが積みあげてある。トミーはそこに腰をおろすと、これからの話の持ってゆきかたを胸のうちで検討した。エクルズ氏というのは、どういうタイプの男だろう。それによって、話の進めかたもちがってくる。やがてようやく奥の部屋に通され、立ちあがって迎えるエクルズ氏と対面したとき、とっさにトミーはこれという理由もないのに、この男は虫が好かぬと断定した。その反感には、確たる根拠はなさそうだった。エクルズ氏は、年のころは四十から五十のあいだ、こめかみのあたりがやや薄くなりかけた、灰色の髪をしている。どこか悲しげにも見える長い顔に、木彫りの人形さながらに動かぬ表情、鋭い目、一見すると愛想のよい笑顔。だが、ときおり思いがけないときにその笑顔がくずれて、下から持ち前の沈鬱さが顔をのぞかせる。

「ベレズフォードさん？」

「そうです。用というのは、たいしたことじゃないんですがね。家内がだいぶ気にしているもので。たしか以前に家内から、こちらに手紙をさしあげているはずです――いや、それとも電話だったかな？――ともあれ、ランカスター夫人という女性の現住所を知りたいという趣旨なんですが」

「ランカスター夫人」と、エクルズ氏はみごとにポーカーフェースを保ったままで言った。その言葉は質問ですらなかった。ただそれをぽいとほうりだして、宙にさまよわせておく、といった趣。

「用心ぶかい男だ」と、トミーは思った。「とはいえ、用心ぶかいというのは、弁護士の第二の天性みたいなものだからな。おれだって、この男が自分の顧問弁護士なら、これくらい用心ぶかくしてくれることを歓迎しただろう」

彼は言葉を継いだ——

「最近まで、〈サニー・リッジ〉というところにいた老婦人です。ここは——ええと、高年女性のためのホームで——この種の施設としては、非常に水準が高い。じつは、わたしの叔母も長年ここにいて、快適かつ安全に暮らしていたのです」

「ああなるほど、なるほど。いま思いだしましたよ。ランカスター夫人ね。たしか、もうそこにはいなかったんじゃないですか？」

「そうです」

「いまちょっと詳しい事情を思いだせないので——」エクルズ氏は電話に手をのばした。

「——記憶を新たにしますから」

「それならわたしから、ごく簡単にお話しできますよ」トミーは言った。「家内がランカスター夫人の住所を知りたがったのは、たまたま、もとはランカスター夫人のものだったある品物を入手したからです。はっきり言えば、一枚の絵ですが、それはランカスター夫人からわたしの叔母のミス・ファンショーに贈られたもので、叔母は先だって他界し、二、三の遺品がわれわれ夫婦の手にはいったそのなかに、ランカスター夫人から贈られたその絵もあったわけです。家内はそれが気に入りましたが、黙ってもらってしまうのは、ちょっと気がひける。ひょっとするとそれは、ランカスター夫人にとって価値のあるものではなかったのか。もしそうなら、いちおうは返却を申しでるべきではないのか、そう考えたというわけで」

「ああなるほど」エクルズ氏は言った。「すこぶる良心的なお考えですな」

「老人というのは、しばしば自分の持ち物にたいして、はたからはうかがいしれない感情を持つものですからね」トミーは愛想よくほほえみながら言った。「その老婦人は、わたしの叔母に絵を褒められて、ならばあなたに進呈しようと言った。しかし、その後まもなく叔母が他界したと聞けば、それがそのまま見ず知らずの他人の手に渡るのは、あまりおもしろくないと考えるかもしれない。絵にはとくにタイトルというようなものはありません。どこかの田舎家を描いただけのもので。わたしとしてはただ、それが個人的にランカスター夫人とつながりのある家かもしれない、そう思うだけでしてね」

「なるほど、なるほど」エクルズ氏はうなずいた。「しかしわたしの思うに――」

ドアにノックの音がし、ひとりの書記がはいってくると、エクルズ氏の前に一枚の書類を置いた。エクルズ氏はそれを見おろした。

「ああ、そうですな、いかにも。いまはっきり思いだしました。おっしゃるとおり、先日――」と、ちらりとデスクの上のトミーの名刺に目をやって、「――ベレズフォード夫人から、そのことでお電話がありまして、サザン・カウンティーズ銀行のハマースミス支店にご連絡なさるよう、ご返事申しあげました。わたしどものほうでも、連絡先としては、そこしか知らないのです。その銀行宛てに、リチャード・ジョンソン夫人気付でお手紙をお出しになれば、回送してくれるはずです。ジョンソン夫人はたしか、ランカスター夫人の姪御さんか、遠いとこだかにあたるかたで、ランカスター夫人が〈サニー・リッジ〉に入居されるさいに、わたしを通じて手続きいっさいを進められました。自分は友人から話のついでにそこの評判を聞いただけだから、わたしのほうで詳細を調べてもらえないか、そうおっしゃいましてな。ご依頼どおりに調査いたしましたよ。それもすこぶる綿密に。その結果、うわさにたがわずすぐれた施設だとわかり、その後、ジョンソン夫人のご親戚であるランカスター夫人は、数年間を非常に満足して過ごされたと聞いております」

「ところがそこを、いささか唐突に立ち去った」と、トミーは言った。

「そうです、そうです、そううかがっています。どうやらジョンソン夫人は、予定よりも早く東アフリカから帰国されたようで——よくあることですよ。ジョンソン夫人と夫君とは、長年そのケニアに在住しておられましたが、そのうち諸般の事情が変わってきて、それならこちらで親しくお年寄りの面倒が見られる、そうお考えになったんでしょうな。いずれにせよ、ジョンソン夫人の現住所については、こちらも残念ながらまったく存じあげません。一度お手紙をいただきまして、それには、いろいろ世話になったが、ひとまずここで貸借関係を清算したい、今後なにか連絡する必要があったら、銀行に手紙を送ってほしい、いまのところはまだ落ち着き先を決めていないから、とだけありました。申し訳ありませんが、ベレズフォードさん、当方でわかることはこれだけです」

エクルズ氏の物腰は穏やかだったが、しかし断固としていた。それにはどんなたぐいの困惑も、動揺もあらわれてはいなかったが、声音に含まれた〝話はこれまで〟といった響きは、聞きのがしようがなかった。そのあと、わずかに態度をやわらげた彼は、ざっくばらんな口調でこう言った——

「わたしならば、なにも心配などいたしませんな、ベレズフォードさん。もしくは、なにも心配などしないよう、奥さんに言い聞かせますな。ランカスター夫人は、たぶん相当のご年配で、忘れっぽくなっておいででしょう。きっとそんな絵のことなんか、すっかり忘れておられますよ。わたしの知るかぎりでは、もう七十五か六になるはずです。その年になると、人間いたって忘れっぽくなるものですからな」

「彼女を個人的にご存じなんですか？」

「いや、お会いしたことはありません」

「しかし、ジョンソン夫人はご存じなんですな？」

「手続きのことで何度かここへ見えたので、お会いしました。感じのいい、てきぱきしたご婦人でしたよ。そういった事務手続きには慣れておられるようで」エクルズ氏は立ちあがった。「どうも失礼しました、ベレズフォードさん。お役に立てず、申し訳ありません」

それは、もうおひきとりくださいという、穏やかだが有無をいわさぬ合図だった。

まもなく、ブルームズベリー・ストリートに出たトミーは、通りの左右を見わたし、タクシーを探した。小脇にかかえた絵の包みは、重くこそなかったものの、かさばって扱いにくい。しばしその場に立ち止まって、トミーはいま出てきた建物を見あげた。伝統のある、りっぱな法律事務所。どんな欠点もそこからはうかがえない。パーティンデール・ハリス・ロックリッジ&パーティンデールには、なにひとつ不都合なところなど見いだせない。エクルズ氏にも、なにひとつ不都合なところはないし、警戒心とか落胆の色、あるいは不安、逃げ口上を弄する気配、そういったものも感じられない。これが小説ならば、ランカスター夫人やジョンソン夫人の名を持ちだせば、必ずやぎくりとしたり、目をきょろきょろさせたり、といった反応があるところなのだが。なにかその名前が相手の急所を衝いたこと、なにかうしろぐらいことがあるのを示す反応が。だが実生活では、そのたぐいのことはなにも起こらぬものらしい。エクルズ氏が見せた反応といえば、ただひとつ、トミーがいましたような質問のために、時間を浪費させられるのを迷惑がっているのだが、さりとて、それをあらわに見せるには、ちとたしなみがよすぎるという、そういう人種のそれだけだ。

だが、それでもやっぱりおれはあの男が気に食わん、とトミーは内心でひとりごちた。ついでに、おぼろげな記憶を頼りに、かつておなじような理由なき反感をいだかされた相手のことを思い浮かべてみた。しばしばこうした第六感というやつは、的中することが多かった。というのもこれは、まさしく第六感でしかなかったからだが、ことによるとこれ、第六感というよりも、もうすこし単純なものなのかもしれない。長年、ひとの性格を観察、分析する職業にたずさわっていると、それについてある種の感覚が研ぎすまされてくる。ちょうど熟練した骨董商が、ある品物の真贋を見わけるのに、わざわざ鑑定テストにかけるまでもなく、それの持つ味わいとか印象、感じなどから、本能的にその答えを得るように。なにはともあれ、この品はくさい、とぴんとくるのだ。絵画についても同様である。おそらく、第一級の出来栄えの偽造紙幣をさしだされた銀行の出納係にも、同様のことが言えるだろう。

「あの男はいちおうもっともらしい口をきく。もっともらしくも見える。もっともらしい話もする。にもかかわらず――」たまたま通りかかったタクシーにトミーは手をふったが、そいつはこちらに冷たく無遠慮な一瞥をくれただけで、スピードをあげて走り去った。「ちくしょうめが」つい悪態が出た。

べつのタクシーはこないかと、トミーは左右を見まわした。相当数の通行人が歩道を歩いている。何人かは急ぎ足に、何人かはぶらぶらと、そしてひとりの男は、通りをへだてた向こう側の歩道で、とある建物の名札を見あげている。じっくりその名札を見おわってから、その男は向きを変えたが、とたんにトミーの目がわずかに大きくなった。彼はその顔を知っていた。男が通りの端まで歩いていって、いったん立ち止まり、また向きを変えてもどってくるのを、トミーはじっと見まもった。そのとき、だれかがトミーの背後の建物から出てきた。すると、向こう側の男はわずかに歩調を速め、そのままこちらの戸口から出てきた男と歩調を合わせて歩きはじめた。こちら側のパーティンデール・ハリス・ロックリッジ&パーティンデールから出てきた男は、遠ざかってゆく後ろ姿から見て、まずエクルズ氏にまちがいない。と同時に、一台のタクシーが誘いかけるように、ゆっくりと走ってくるのが見えた。トミーはそれに手をあげ、タクシーが停まると、ドアをあけて、乗りこんだ。

「どちらまで？」

かかえた包みを見おろして、トミーは一瞬ためらった。それから、いったん口をひらきかけ、また気を変えると、ライアン・ストリート十四番地まで、と告げた。

十五分後、トミーはその番地に到着していた。タクシーに料金を払ったあと、戸口のベルを鳴らして案内を乞い、アイヴァー・スミス氏にお取り次ぎ願いたいと告げた。二階の一室にはいってゆくと、窓に面したテーブルにすわっていた男がふりむいて、わずかに意外そうな面持ちで言った——

「トミーじゃないか、これは珍しい。ずいぶん久しぶりだな。どういう風の吹きまわしで、ここへ？　暇つぶしに旧友を訪問してまわってるってわけか？」

「それならまだましなんだがね、アイヴァー」

「例の会議からの帰りなんだろ？」

「まあそんなものだ」

「また例によって、ぺちゃくちゃ無駄話か。いかなる結論も出されず、有益な意見もなにひとつ出ない」

「まさにね。いっさいが完全な時間の浪費さ」

「どうせおおかたは、ボーギー・ウォドックの法螺話《ほらばなし》を拝聴してるだけなんだろう。じっさい退屈な男さ。しかもそれが、年々ひどくなっていく」

「同感だね。それはそうと――」

トミーは自分のほうへ押しだされた椅子にすわり、すすめられた煙草を受け取ってから、おもむろに切りだした――

「じつは――まったくの当て推量なんだが――もしやあんた、パーティンデール・ハリス・ロックリッジ&パーティンデール法律事務所のエクルズという弁護士について、よからぬ評判でも聞いていないか？」

「おやおやおや」アイヴァー・スミスと呼ばれる男は言った。そう言いながら、眉をつりあげてみせたが、その眉はまた、そうやってつりあげるのには恰好の眉毛だった。鼻に近いほうの端があがり、逆に眉尻のほうはさがって、両端に格段の差がある。ちょっとした加減で、これがなにやらたったいま手ひどい打撃を受けたばかり、といった印象を与えるのだが、そのじつこのしぐさは彼にとって、ごくありふれたものなのである。

「すると、どこぞでエクルズに出くわしたんだな、え？」

「問題はだ」と、トミーは言った。「あの男について、このおれがなにひとつ知らんということなんだ」

「で、なにかを知りたいと？」

「ああ」

「ふむ。だれがあんたをここによこした？」

「外でアンダースンを見かけたんだ。長らく会っていなかったが、一目で彼とわかった。どうやらだれかを監視しているふうだったが、それがだれにせよ、たったいまおれが出てきたばかりの建物に事務所を持つ、もしくはそこに勤めている人物に相違ない。そこには法律事務所がふたつと、公認会計士の事務所がひとつはいっている。もちろん理屈のうえでは、問題の人物はこれらの事務所に勤めるだれであってもいいわけだ。だが、たまたまそのとき通りを歩み去ったのが、おれの目にはエクルズらしく見える人物だった。そこでふと考えたんだ——もしやアンダースンの監視していた対象は、わがエクルズ氏ではなかったのか、とね」

「ふむ」アイヴァー・スミスはまたうなった。「いやはやトミー、あんたの炯眼《けいがん》にはいつもながら感服するよ」

「エクルズとは、そもそも何者なんだ？」

「知らないのか？　見当もつかんかね？」

「ああ、これっぽっちも。じつは、長い話を抜きにして話すと、おれは最近ある高齢者ホームから姿を消したさる老婦人に関して、あの事務所に二、三たずねたいことがあって出かけてったんだ。その老婦人にかわって入居手続きをとったのが、わがエクルズ氏だったんでね。きわめて丁重かつ能率的に、いっさいを取り仕切ったらしい。とにかく、おれの知りたいのは、その老婦人の現住所なんだ。ところがエクルズは知らんと言う。たしかに知らんのかもしれん……しかし、おれはどうもくさいと思った。その老婦人の居所を知るには、あの男が唯一の手がかりなんだ」

「で、あんたの望みは、その老婦人を探しだすことだと？」

「そうだ」

「残念ながらその点では、あまりお役には立てんようだな。エクルズはいたってまともな、りっぱな弁護士であって、莫大な収入をあげ、多数の名士を依頼人に持ち、地方の大地主や知的職業人、退役軍人、将軍とか提督とかいった連中を顧客にしている。まさしく尊敬すべき人物の典型だよ。おれならあんたの話してくれたことからしても、彼が厳密に法の枠内で活動していると考えるだろうな」

「しかし、それでいてあんたは──彼に関心を持っている」トミーはにおわせた。

「ああ。おおいにね。ジェームズ・エクルズ氏にはおおいに関心を持ってるさ」アイヴァー・スミスは溜め息をついた。「すくなくとも六年前から、われわれは彼に関心を持ってきた。だが、その後も進展はほとんど見られない」

「おもしろい」トミーは言った。「もう一度訊く。かのエクルズ氏とは、正確なところ何者なんだ」

「なんでおれたちがエクルズに疑いを持ってるのか、そういうことかね？　一言にして言えばだ、おれたちはやっこさんが、わが国における犯罪活動のすべてをまとめている、組織の最高首脳のひとりじゃないかとにらんでるのさ」

「犯罪活動？」トミーは驚き顔で言った。

「そうさ。そうなんだよ。〝外套と短剣〟じゃない。諜報活動でも防諜活動でもない。ただの、ごくありふれたたぐいの犯罪。エクルズ自身は、これまで調べたかぎりでは、生涯にたった一度の犯罪も犯してはいない。なにも盗んだことはないし、偽造したこともなし、横領したこともない。どんな犯罪の証拠も、彼についてはあげられたことがないんだ。にもかかわらず、大規模でかつ計画的、組織的な強盗事件が起こると、必ずその背後のどこかで、わがエクルズ氏が一点非の打ちどころのない生活を送っていた、ということがわかってくるわけさ」

「六年間ねえ」トミーは思案げにつぶやいた。

「あるいはもっと長いかもしれん。そういったパターンが読めてくるのには、だいぶ時間がかかるからね。銀行強盗、宝石店襲撃、大金の動く仕事なら、なんでもござれだ。ぜんぶがある一定のパターンにのっとっている。どんなとんまでも、こりゃ同一人物の計画したものだなってわかるさ。犯行を指揮し、実行する連中は、計画する側とはまったく接点がない。ただ言われたところへ出かけていき、指示されたとおりに動くだけ。けっして頭を働かせてはならん。そっちのほうは、だれかべつの人間が受け持つ、というわけさ」

「で、エクルズに目をつけたのは、どういういきさつからなんだ?」

アイヴァー・スミスは思案ありげにかぶりをふった。「話しだしたら、きりがないよ。彼にはたくさんの友人知己がいる。ゴルフ友達、車の整備をまかせてる連中、彼のために動いている株式仲買人。彼が投資している、どこから見ても非難の余地のない会社もある。組織の全貌は徐々に明らかになってきているが、そのなかでエクルズの果たしている役割は、さっぱりはっきりしない。ただ、ある特定の時期に、彼がこの国にはいなかったという、打ち消しがたい事実があるだけでね。たとえばの話、ある大がかりな、巧妙に計画された(しかも、いっさいが金に糸目をつけずに、だよ)銀行強盗が起きるとしよう。逃走経路その他、すべてが綿密に練りあげられている。そして、いざその事件が発生すると、そのときわがエクルズ氏はどこにいるだろう！　モンテカルロかチューリヒか、場合によってはノルウェーでサーモン釣り、なんてこともある。どこで犯罪が起きようと、そのときエクルズ氏が周囲百マイル以内の範囲にはいないこと、これはぜったい確実なんだ」

「にもかかわらず、あんたはエクルズを疑ってる？」

「そうさ。内心では、ぜったいまちがいないとにらんでる。しかし、いつの日かあいつをお縄にすることができるかどうかってことになると、まったく疑問だね。銀行の床下に穴を掘った男。夜警を殴って気絶させた男。最初から一味に加担していた出納係。情報を提供した銀行の支配人。だれひとりエクルズを知ってるものはいない。おそらくみんな、会ったこともないだろう。長い連鎖ができあがってるんだ。しかもそのひとりひとりは、自分のすぐ隣りの相手しか知らないのさ」

「革命団体の組織細胞みたいに？」

「まあそんなものだ。だがこいつは、それよりさらに独創的なアイディアにのっとってる。いつかはわれわれにも機会がめぐってくるかもしれん。だれかが知ってはならないなにかを知ってしまう。なにかとるにたらない、些細なことを。だがそのなにかが、意外にも、決定的な証拠になる、とかさ」

「エクルズは妻帯してるのか？――家族はいるのか？」

「いや、その種の危険はぜったいに冒さない男だ。広い家に、家政婦と庭師と、執事兼従僕と、それだけを相手にひっそりと暮らしている。趣味は穏健にしてかつ高雅、客として彼の家に足を踏み入れる連中も、なにひとつ疑わしいところなどない人物ばかり。この点は賭けたっていいね」

「で、だれも、金持ちにはなっていない？」

「さすがにあんただ。いいところへ目をつけたな、トマス。そう、だれかが金持ちになっていて然るべきなんだ。だれかが金持ちになってるように見えなくちゃおかしいんだ。ところが、そこのところは、ことのほか巧妙に仕組まれていてね。競馬で大穴をあてたり、株式に投資したり、どれもいたって自然な、そのくせ大金がころがりこんでもおかしくない、投機性の強い利得、そんな説明が用意されている。しかもそのすべてが、どう見ても実際にあった取引らしく見えるんだ。おそらく、海外のそれぞれ異なる国の、それぞれ異なる場所に、莫大な儲けが蓄積されているにちがいない。なにしろ、途方もなく大がかりなうえに、利幅も大きい事業だからね、これは。しかもその金はたえず動かされている――ここからあそこへと、いっときの休みもなく」

「なるほど。まあとにかく幸運を祈ろう。その男がつかまればいいがね」トミーは言った。

「いつかはつかまえてみせるさ。こっちから揺さぶりをかけて、相手がそのパターンから踏みはずすのを狙う。そうすれば、そこにあるいは突破口がひらけるかもしれん」

「どうやって揺さぶりをかける?」

「危険さ」アイヴァーは言った。「危険が迫っていると思わせるんだ。だれかに目をつけられてる、そう感じさせるんだ。やつを不安にさせてやるんだ。人間、不安にかられると、どんな愚かなことをしでかさないともかぎらん。どんな誤りを犯さないともかぎらん。犯罪者の尻尾をつかむのには、それが定石なんだ。たとえばここに、おそろしく抜け目のないやつがいたとしよう。いつの場合も慎重に計画を立て、けっして足を踏みはずさない。ところがここで、なにかちょっとしたことをネタに揺さぶりをかけてやると、そういう相手も、ときに誤りを犯す。だからおれは望みを捨てないのさ。さあて、ここからはあんたの番だ。あんたの話を聞かせてくれ。なにか役に立つ情報が得られるかもしれん」

「その犯罪とは関係ないんだ——いたってつまらん話でね」

「とにかく話して見ろよ」

それ以上よけいな弁解はせず、トミーは一部始終を物語った。些細なことだからとい
って、見くびるような男ではアイヴァーはない。それどころか、トミーが語りおえると、
こちらの用件の核心にずばりと触れてきた。
「で、奥さんが行方不明だというんだな？」
「どうもあいつらしくないからね」
「重大だぞ、これは」
「たしかに重大さ、おれにとってはね」
「だろうな。奥さんには一度会ったことがあるが、あれは鋭いひとだ」
「まあ臭跡を追うテリアみたいなものかな。いったんなにかを追っかけだすと、きまっ
てそうだ」
「まだ警察には届けていないんだな？」
「うん」
「なぜ届けない？」
「なぜって、まず第一に、女房になにかあったってことが信じられんからだ。いつだっ
て元気いっぱいだからね、タペンスは。ただ、ちらりとでも兎の影が見えたとなると、
たちまちいっさいを忘れて走りだす。今回もまたそのでんで、連絡をよこしてるひまが

なかったのかもしれん」

「うーん。そいつはどうも、あんまりいただけない説明だな。奥さんは家を探しに出かけた、そう言ったろう？　ところがここに、たまたまおもしろい事実がある。われわれはエクルズの件でいろんな線を追ってるわけだが、そのなかに――ちなみにこの線はあまり進展しなかったんだが――不動産屋のからんでいる線があるんだ」

「不動産屋？」トミーは意外そうな表情になった。

「そうさ。イングランド各地の、だがどれもロンドンからそう遠くはない地方小都市のね。まじめな、平凡な、どちらかというと二流の不動産屋ばかりだ。エクルズ氏の事務所は、こうした多くの不動産会社を相手に、またはその代理として、業務を行なっている。ときには買い手側の代表にもなり、ときには売り手側の弁護士にもなる。また、顧客の便宜をはかるために、さまざまな不動産会社を丸がかえすることもある。われわれもときに不思議に思ったものだよ、なぜなのかって――その種の業務のどれをとってみても、さほど儲かってるようには見えないんだ……」

「しかし、あんたはそれになんらかの意味がある、またはなにかにつながる可能性がある、そう考えてるわけだな？」

「ああ。何年か前のロンドン・サザン銀行の大がかりな強盗事件、覚えているかね？

たまたまあの事件には、田舎家が一軒からんでいた——一軒だけ孤立した家だ。そこが盗賊団の根城だった。あまりめだつ行動こそ見られなかったが、ひそかにそこに盗品が運びこまれ、隠匿されていたわけだ。そのうち、近隣の住人が、あれこれとうわさをするようになった。その家に出入りする連中を不審に思いはじめたわけだ。いつもどちらかというと異例の時刻にやってきては、また去っていく。真夜中に、それぞれ車種の異なる車輛が多数出入りする。田舎の住人というのは、近所のことにはとりわけ強い好奇心を持つ。とどのつまり、警察がその家を急襲して、多少の盗品を押収し、三人を逮捕した。そのうちのひとりが、たしかに盗賊団のひとりであると確認され、身元も割れた」

「で、そいつの線が、どこかにつながらなかったのか？」

「だめだった。逮捕した連中はついに口を割らなかったし、裁判になれば、腕っこきの弁護士がつく。長期刑にはなったものの、一年としないうちに、全員が脱獄していた。これがまた、みごとな脱獄計画でね」

「そういえば、なにかそんなふうな記事を読んだような気がするな。ひとりは刑務所の運動場から消えたんだろう？　看守がふたりもついていたっていうのに？」

「そうなんだ。すべてが巧妙に仕組まれていて、そのうえ多額の逃走資金も、惜しげもなくつぎこまれるんだからな。

しかしだ、この一件で、参謀格の人物は、ひとつの家をあまりに長期間利用しすぎたのが失敗だった、そうさとったんだろう。だからこそ、付近の住民に不審を持たれるもとにもなったわけだ。そこで、その何者かは考えた。それよりも、たくさんの土地に、たくさんの——そう、三十軒かそこらの家を持って、それぞれに代理人を住まわせておくほうが安全だと。ある土地に、あるひとびとがやってきて、一軒の家を買う。母と娘とか、未亡人とか、退役軍人夫婦とか、いずれも物静かで、善良なひとたちだ。彼らはその家に多少の改修をほどこす。大工を入れたり、配管工事屋を頼んだり、ロンドンから室内装飾家を招いたりする。ところが、一年か一年半ほどすると、事情が変わったと称して、その家を処分し、海外へ行ってしまう。まあそういったことだ。すべてはきわめて自然で、そつがない。ただ、彼らがそこに住んでたあいだに、そこがちと異例の使われかたをしたかもしれん、というだけでね！　だが、だれひとりそんなことを疑ってみるものはない。友達が訪ねてくる。そうたびたびじゃない、ごくたまにだ。一年に一回ぐらい、中年夫婦の、または老夫婦の結婚記念日とかで、身内の成人のお祝いとかで、パーティーのようなものがひらかれる。たくさんの車がきて、また去っていく。かりに、六カ月のあいだに五件の大規模な強盗事件があったとしよう。だが、そのつど戦利品はその一軒の家だけでなく、五カ所もの異なった土地にある、五カ所もの異なった家で処分され、または隠匿されるんだ。むろん、こんな話はまだいまのところ、たんなる推測の域を出んのだよ、トミー。しかし、われわれはこの線で探索を進めている。かりにあんたの言うその老婦人が、ある特定の家の絵を他人にやったとして、その家が重要な意味を持つ家だったとしたら、どうなる？　そしてあんたの奥さんがその絵を見て、それがどこかで見た覚えのある家だと気がつき、それを調べにさっそくすっとんでいったとしたら？　そしてその家が調べられるのを、だれかが快く思わなかったとしたら？――そうさ、すべてはつながりあってくるんだ」

「それはちと無理なこじつけだよ」

「たしかにね――それは認める。しかし、われわれの生きるこの現代というやつ、そもそもこじつけの時代なんだ――この世界においては、信じられないようなことが多々起きるのさ」

2

いくぶんか大儀そうな動きで、トミーは朝から数えて四台めのタクシーを降りると、周囲のようすを値踏みするように見まわした。タクシーが彼を降ろしたのは、ハムステッド・ヒースの一郭、土地のわずかに隆起したそのかげに、気恥ずかしげにひっそり身をひそめている小さな袋小路だった。一見すると、なんらかの〝人工的産物〟のようにも見える袋小路だ。建ち並ぶ家々も、それぞれ隣りの家とはきわだってかけはなれた外見をしていて、なかでも、めざす家はというと、天窓のある大きなスタジオから成っているらしく、その片側に、さながら歯肉潰瘍よろしく、三つの部屋のかたまりとも見えるものが並んでいる。建物の外側には、明るいグリーンに塗られた外階段。トミーは小さな門扉をあけ、小道づたいに入り口まで行くと、呼び鈴が見あたらないところから、ノッカーで扉をたたいた。応答がないので、しばらく待ってからもう一度ノッカーをとりあげ、今度はやや強くたたこうとした。

そのとたんに、いきなり扉がひらいたので、トミーはあやうく後ろにのけぞりそうになった。戸口に女が立っていた。トミーの受けた第一印象は、これまでにこれほど無器量な女は見たことがない、というものだった。大きくて平たい、パンケーキ然とした丸顔に、片方がグリーン、片方が茶というとっぴな色の組み合わせの、とびきり大きな両眼が光り、ひいでたひたいの上には、大量の蓬髪が藪のようにつったっている。身にまとっているのは、パープルのオーバーオール、それには粘土のかすが点々と付着しているが、トミーの目の前でひらいた扉をおさえている手は、これがこの女の手かと思われるほどに繊細で、かつ美しい。

「おや」女は言った。深みがあって、どちらかというと魅力的な声だ。「なにかご用？いまちょっと忙しいんだけど」

「ボスコワン夫人？」

「そう。ご用は？」

「ベレズフォードと申すものです。ほんの二、三分でいいんですが、お時間を割いていただけないかと思いまして」

「そうねえ。どうしても、なの？それはなにか――絵に関すること？」彼女の視線は、トミーが小脇にかかえている包みへと移った。

「そうです。あなたのご主人の絵に関することです」

「売りたいとおっしゃるの？彼の作品ならたくさんあるのよ。これ以上は買う気、ないわね。どこかの画廊へでも持ってってごらんなさい。近ごろまた売れだしてるようだから。見たところあなた、絵を売るほど困ってるようには見えないけど」

「いや、べつに売るつもりはありません」

この女性と向かいあっていると、ひどく話しづらいのをトミーは感じた。彼女の目は、色もちぐはぐ、大きさも不釣り合いに見えるのにもかかわらず、よく見ると、ことのほか美しい目だったが、その目はいまトミーの肩ごしに、なにか遠くにある妙なものに心をひかれているらしいようすで、下の街路を見おろしていた。

「どうかお願いします」トミーは言った。「ちょっとでいいんですが、入れていただくわけにはいきませんか？　ここではちょっと話しにくいので」

「もしあなたが画家ならば、お話ししたくはないわね」と、ボスコワン夫人は言った。「画家って、とても退屈な人種だと、つねづね思ってるの」

「わたしは画家じゃありません」

「そうね、たしかにそうは見えないわ」彼女の目がトミーを見あげ、見おろした。「それよりむしろお役人みたい」それも気に入らない、と言いたげなふぜいだ。

「入れていただけませんか、ボスコワンさん」

「そうねえ。ちょっと待って」

いきなり彼女はドアをしめた。トミーは辛抱づよく待った。四分ほども過ぎたかと思われるころ、やっとまた扉がひらいた。

「いいわ。おはいりなさい」

ボスコワン夫人は先に立って狭い階段をのぼり、外から見えた大きなスタジオへとはいっていった。部屋の一隅に、一体の彫像が据えられ、そのそばに各種の道具が散らばっている。鑿とか金槌とかいったものだ。部屋にはまた、粘土の頭像もあった。スタジオ全体から受ける印象は、いましがた一隊《フーリガン》のならずものに荒らされたばかり、といったところか。

「あいにくここにはすわるものもなくてね」

そう言いながらボスコワン夫人は、一脚の円椅子からさまざまながらくたを払い落とすと、それをトミーの前に押してよこした。

「ほら。これにすわって、話を聞かせてちょうだい」

「恐縮です。お忙しいところをお邪魔して」

「まあね。でもあなたがばかに悩んでるように見えるから。そうなんでしょ？　なにか気にかかることがあるんでしょ？」

「おっしゃるとおりです」

「やっぱり。なにを悩んでるの？」

「家内のことなんです」トミーは答えたが、いっぽうでは、その答えにわれながら驚かされてもいた。

「へえ、奥さんのこと？ まあそれ自体は、さほど珍しいことでもないわね。男性はいつだって奥さんのことが気になるものだから。で、奥さんがどうかしたの——だれかと駆け落ちでもしたとか？ それとも、浮気してるとか？」

「いや、そういうことじゃないんです」

「じゃあ死にかけてる？ 癌だとか？」

「いや」トミーはあわてて打ち消した。「ただ居所がわからないというだけで」

「で、それがこのわたしにわかるとでも？ とにかく話してちょうだい、もしわたしが奥さんを見つけられると思うんなら。奥さんの名前とか特徴とか、そういったことを。でも、言っときますけどね、話を聞いたうえで、探してあげたくなるかどうかはわからないわよ。それだけは最初からお断わりしておきます」

「やれやれ、助かりました」トミーは言った。「あなたは思ったよりずっと話しやすいかただ」

「ところで、その絵はどういう関係があるの？ それ、絵なんでしょう？——そうにちがいないわね、形から見て」

トミーは包装を解いた。

「この絵にはご主人の署名があります。この絵について、ご存じのことをお話しいただきたいんです」

「なるほど。なにが訊きたいの？」

「いつ描かれたか、またこの場所はどこか、そういったことを」

ボスコワン夫人は、ここではじめてその目に多少の関心らしきものを見せて、トミーをながめた。

「そうね。べつにむずかしいことでもないわ。この絵のことなら、なんでも話してあげられるわよ。描かれたのは十五年前——いえ、もっと前だわね。それよりもだいぶ前。彼のかなり初期の作品だから。そうね、二十年にもなるかしら」

「どこだかおわかりになりますか？——この場所のことですが」

「ええもちろん、よく覚えてますよ。いい絵です。わたしはいつも気に入ってました。小さな太鼓橋と、橋のたもとの家でね。土地の名はサットン・チャンセラー。マーケット・ベイジングから七、八マイルのところです。家そのものは、サットン・チャンセラーからまた二マイルばかり離れてるんだけど。きれいなうちですよ。閑静で」

彼女は絵に近づいてくると、かがみこんで、しげしげとながめた。

「それにしても、へんだわね」と、つぶやく。「そう、とてもへんだわ。どうしてかしら」

だがトミーは、相手のその言葉にはあまり注意を払わなかった。

「家の名はなんというんです？」

「よく覚えていないわ。いろいろあったみたいだけど。何度も変わったの。いきさつはよく知らないけど。なんでも二度ほど悲劇的な事件があって、そのあとにきたひとが、名前を変えたというわけ。一度は〈運河の家《キャナルハウス》〉とか、〈運河のほとり《キャナルサイド》〉とか呼ばれていたわ。それから〈橋の家《ブリッジハウス》〉になって、つぎに〈牧場のほとり《メドウサイド》〉だったか——でなきゃ〈河畔荘《リバーサイド》〉だったかしら——そんな名になったの」

「だれが住んでいたんです？——あるいは、いま住んでいます？　ご存じですか？」

「わたしの知らないひとばかりよ。わたしがはじめてあの家を見たころには、ある男と若い娘が住んでたわね。週末の別荘みたいに使ってたの。たぶん結婚していなかったみたい。娘は踊り子だったわ。それとも女優だったかしら——いえ、やっぱりダンサーよ。バレエのね。まあまあ美人ではあったけど、おばかさんだったわ。単純で、すこし足りないの。ウィリアムはずいぶんその娘にやさしくしてやってたけど」

「その娘の肖像をお描きになりましたか？」

「いいえ、ウィリアムは人物画ってほとんど描かないのよ。気に入ったひとを見つけると、スケッチしてみたいなんて言うこともあったけど、一度も実行したことはなかったわね。こと女性のこととなると、いつだってばかなことばかりしてたひとなの」

「そのひとたちなんですか？——ご主人がこの家を描かれたときに住んでたのは？」

「ええ、そうだと思うわ。住んでたといっても、ほんのときたまの話だけど。週末にくるだけだから。ところがそのうち、ふたりの仲が決裂したの。喧嘩別れしたのか、それとも男が娘に飽きて、捨てたのか。でなきゃ、娘のほうが男を捨てたのか。いずれにしても、わたしは当時そこにはいなかったのよ。コヴェントリーで群像の制作にかかってたから。そのふたりのあとは、たしか、女家庭教師と、その教え子の子供が住むようになったんじゃなかったかしら。その子がだれの子供なんだか、どこの生まれなのか、そういったことはなにもわからないんだけど、どうもその家庭教師が子供の面倒を見てたみたい。そのうち、子供の境遇になにか変化があったらしいわ。女家庭教師がよそへ連れていったのか、それともひょっとすると、死んだのかもしれない。それにしてもなぜあなたは、二十年も前にその家に住んでたひとたちのことが、そんなに気になるのかしら。なんだかばかげてるみたいに聞こえるけど」

「この家のことなら、なんでも知りたいんですよ」トミーは言った。「つまり、家内はこの家を探しにいくと言い置いて、それで出かけたんです。どこかでこの家を汽車の窓から見かけた覚えがある、そう言いましてね」

「それはありえないことじゃないわね。橋のすぐこちら側を線路が走ってるから。汽車の窓からもよく見えるはずよ」それからボスコワン夫人はつけたした。「なぜ奥さんは、その家を探そうとしたの？」

トミーは大幅に省略された一部始終を話して聞かせた。ボスコワン夫人は疑わしげに彼を見つめた。

「まさかあなた、精神病院かどこか、そんなところから出てきたんじゃないでしょうね？　仮出獄かなにかで——病院の場合はなんと言うのか知らないけど」

「いかにも、そう聞こえるのも無理はないと思いますよ」トミーは答えた。「ですが、実際には単純な話なんです。家内はこの家のことを知りたいと思った。それで、どこでこれを見たんだったかをつきとめるために、汽車であちこちへ行ってみようとした。でまあつまるところ、首尾よくそれを見つけたんでしょうね。そこで、出かけていったわけです、その土地——なんとかチャンセラーですか？——そこへ」

「ええ、サットン・チャンセラーです。むかしはずいぶんへんぴな土地でしたよ。むろんその後はだいぶ発展してるでしょうし、もしかしたら、近ごろよくある郊外住宅地にでもなってるかもしれない」

「でしょうね」トミーは言った。「ところで家内の話にもどりますが、どこかから電話で帰宅の予定を知らせてきたきり、いまだに帰ってこないんです。それで、家内の身になにがあったのか、知りたいと思いましてね。思うに、家内はこの土地へ出かけていって、家のことをあれこれ調べはじめた。そしてたぶん——なんらかの危険に遭遇したんです」

「どんな危険？」

「わかりません。家内だってわたしだって、なにも知ってたわけじゃない。わたしなんか、なんらかの危険が生じる可能性すら考えたことがなかった。ただ、家内はいちずにそう思いこんでいたわけで」

「超感覚知覚とか？」

「あるいは。ちょっぴりそういうところのある女なんです。第六感を感じるんですよ。ところであなたは、二十年前か、もしくはそれからあと、先月ぐらいまでのあいだに、ランカスター夫人という名前をお聞きになったことはありませんか？」

「ランカスター夫人？　いいえ、覚えがないわね。一度聞いたら、忘れられそうもない名前じゃない？　そのランカスター夫人がどうかしたの？」

「その女性がもともとこの絵を持っていたんですよ。それを気前よくわたしの叔母にくれたってわけです。ところがそのあと、やや唐突に、それまで暮らしていた高年女性の養護ホームから姿を消した。親類が連れだしたんです。それで、行方をつきとめようとしたんですが、どういうわけか、これが難問題でしてね」

「空想家だというのは、どっちなの？　あなた？　それとも奥さん？　あなただって、けっこういろんな想像をして、それで頭を悩ませてるみたい――遠慮なく言わせてもらえばね」

「ええ、そのとおりですよ。なんの根拠もないのに、勝手な想像をして、それでひとりでやきもきしてるって、そうおっしゃりたいんでしょう？　たしかにお言葉のとおりです」

「いいえ、そうじゃないわ」ボスコワン夫人は言った。その口調はわずかに改まっていた。「なんの根拠もない、とは言いませんよ、わたしは」

トミーは怪訝そうに相手を見かえした。

「この絵には、ひとつおかしな点があります。非常におかしな点がね」ボスコワン夫人はつづけた。「わたしはこの絵のことならよく覚えています。ウィリアムはたくさん作品を残したけど、そのほとんどは、わたしも細部までちゃんと記憶してるんです」

「だれに売られたかご記憶ですか？　もし売られたとすれば、ですが？」

「いいえ、それは覚えていません。売られたことはまちがいありませんけどね。ある個展で、彼の作品がまとまって売れたことがありますから。この絵よりも三、四年前から、二年ほどあとまでの作品群です。いっぺんにたくさん売れました。出展されたものの大部分が、と言ってもいいくらい。でも、買ったのがだれだったか、そこまではいまじゃ思いだせないわね。それを思いだせというのは、あまりに過大な要求というものですよ」

「いままで思いだしてくださったことだけでも、じゅうぶん感謝していますよ」

「あなたはまだ、なぜこの絵に不審な点があるとわたしが言ってるのか、それを訊こうとしていないわね。ほかでもないこの絵——あなたが持ってきたこの絵に、ですよ」

「ご主人の作品ではないという意味ですか——だれか別人の描いたものだとでも？」

「いいえ、ウィリアムの描いた絵だということにまちがいはないわ。〈運河のほとりの家〉とカタログでは名づけてたみたい。ただ、いまのこれは、そのときの絵とはちがっているのよ。わかるかしら、ひとつおかしな点があるの」

「どこがおかしいんです？」

ボスコワン夫人は、粘土に汚れたすんなりした指をのばすと、運河にかかった橋の下の一点をさした。

「ここよ。わかるでしょ？　橋の下に小舟がつないであるわ」

「はあ」めんくらって、トミーはただそう答えた。

「これなのよ。この小舟は、前にはなかったの。すくなくとも、わたしが最後に見たときには。ウィリアムは、こんな小舟は描かなかったわ。展覧会に出されたときには、どんな種類の舟もぜんぜん描かれてはいなかったのよ」

「すると、ご主人ではない何者かが、あとで小舟をここに描き加えた、そうおっしゃるのですか？」

「そうよ。おかしいとは思わない？　わたしは不思議なの、なぜなのかって。なにより も先に、この絵を見て、前には舟なんかぜんぜんなかった位置に、この小舟が描かれてる、そのことにわたしは驚いたの。つぎに、これがウィリアムの筆になるものじゃないと気づいて、二度びっくりしたわ。時期はいつであれ、ウィリアムがこれを描き入れたんじゃないってこと、これは確実よ。だれか別人のしわざだわ。わたしはそれがだれであるか知りたいの」

彼女はトミーを見つめた。

「そして、なぜなのかも」

トミーには、いかなる解答の持ち合わせもなかった。だから、無言でまじまじとボスコワン夫人を見つめかえすしかなかった。エイダ叔母さんなら、この女性を正気でないとでも言うだろうが、トミーにはそうは思えない。ただ、とらえどころがなく、ひとつの話題からべつの話題へと、自在にとびうつる癖があるというだけだ。いまその口から言われることは、一分前に言ったこととはなんの関連もないように思える。どうやらこの女性、自らすすんで明かそうとすることよりも、はるかに多くを知っているというタイプの人間らしい。はたして彼女は夫を愛していたのだろうか。嫉妬していたのだろうか。それともまた軽蔑していたのだろうか。彼女の態度にも、またその言葉にも、ほんとのところ彼女がどう思っているかを知る手がかりはない。とはいうものの、橋の下につながれたその小舟の絵が、彼女を不安にさせているのはトミーにもはっきり感じとれた。彼女は小舟がそこにあるのを好ましく思っていないのだ。そのときふとトミーの心に、この女性の述べたことははたして真実だったのかどうか、という疑いがきざした。ほんとうに彼女は、亡き夫が橋の下に小舟を描いたか描かなかったか、そんなむかしのことを覚えているのだろうか。どっちにしろそれは、いまとなってはごく些細な、つまらない問題のように思える。かりに、最後にこの絵を見たのがほんの一年前のことであったなら――だが、どうやらそれは、それよりもずっとむかしのことらしい。しかも、それでいてなおそれが、明らかにボスコワン夫人を不安におとしいれているのだ。トミーはあらためて彼女に目をやり、彼女もまたこちらを観察していたのを見てとった。好奇の色をたたえた彼女のまなざしが、挑発的に、ではなく、ただ思慮ぶかげにこちらにそそがれている。このうえなく思慮ぶかげに。

「これからどうなさるおつもり？」彼女が言った。

すくなくとも、それに答えることは簡単だった。自分がこれからどうするつもりか、その点でトミーにはなんの迷いもなかった。

「今夜はひとまず家へ帰ります——家内からなにか連絡はなかったか——伝言はなかったかを知る必要もあるので。もしなかったとなれば、あすはこの場所へ行ってみますよ、このサットン・チャンセラーに。そこで家内が見つかるんじゃないか、その点に望みをかけます」

「場合によりけりだわね、それは」ボスコワン夫人が言った。

「なにによりけりですって？」トミーは鋭く問いかえした。

ボスコワン夫人は眉根を寄せた。それから、なかばひとりごとのように、「彼女はいまどこにいるのかしら」とつぶやいた。

「だれがどこにいるのかとおっしゃるんです？」

ボスコワン夫人はトミーから視線をそらしていたが、いまその視線をもとにもどした。

「いいえ、あなたの奥さんのことよ」それからつけくわえた。「無事だといいけど」

「無事でないという理由でもあるんですか？　聞かせてください、ボスコワンさん。その場所には——そのサットン・チャンセラーには——なにか不吉な点でもあるんですか？」

「サットン・チャンセラーに？　その土地に？」彼女は思案した。「そうね、それはないと思うわ。土地にはね」

「わたしの言うのはこの家のことなんですが」トミーは言った。「運河のほとりの、この家のことです。サットン・チャンセラーの村そのものじゃなく」

「ああ、その家？　その家はじつのところいい家よ。恋人たちのために建てられた家ですもの」

「恋人たちが住んでたんですか？」

「ときどきはね。しょっちゅうじゃない。でも、恋人たちのために建てられた家なら、恋人たちが住むのが順当でしょう？」

「他のだれかによって、他のなにかの目的に使用されるんじゃなく？」

「あなたって、とても頭の回転が速いのね。わたしの言わんとすることがわかったんでしょ？　そうなのよ、あるひとつの目的のために建てられた家を、まちがった目的のために使用するのはよくないことなの。そういう使いかたをしたら、家が嫌がるわ」

「最近までそこに住んでたひとたちについて、なにかご存じのことはありませんか？」

ボスコワン夫人は首をふった。「いいえ。なにも知らない、その家のことは。一度だってわたしにとって大事な場所だったことはないんだから」

「しかし、あなたはなにかを考えておられる——それとも、だれかのことを、でしょうか」

「そうよ」ボスコワン夫人は言った。「その点ではあなたの言うとおりだわね。わたしは——あるひとのことを考えていたの」

「そのひとのことを話していただくわけにはいきませんか？」

「じつのところ、話すことなんかなにもないのよ。人間って、ときどきふっと考えたりするじゃない——ああ、だれそれさんはいまどうしているかな、とか。あのひとはいまどこにいるんだろう、その後どんなふうに変わっただろう、とか。ある種の予感というのかしら……」ふいに彼女は手をひらひらとふり、それからだしぬけに言った。「あなた、燻製鰊《キッパー》はお好き？」

「キッパー？」トミーはびっくりした。

「ええ、たまたまそれならいくらかあるのよ。汽車をつかまえるのなら、その前になにかおなかに入れておいたほうがいいんじゃないかと思って。乗車駅はウォータールー。

サットン・チャンセラーへ行くんなら、ってことよ。むかしはマーケット・ベイジング で乗り換えだったわ。いまでもたぶんそうだと思うけど」

これはおひきとりくださいという合図だった。トミーはそれにしたがった。

13　アルバート手がかりを追う

1

タペンスは目をぱちぱちさせた。視野がぼやけているようだった。枕から頭を持ちあげようとすると、鋭い痛みが脳天を走り抜けたので、顔をしかめて、また枕に頭を落とした。いったん目をつむったものの、しばらくしてまたその目をひらき、もう一度まばたきした。

なにか大事業でも成し遂げたような気分になって、彼女は周囲を見まわした。「わたしは病院にいる」そう考えて、そこまで思考能力が回復したことに満足し、あえてそれ以上の推論を試みるのは控えた。自分はいま病院にいて、頭が痛む。なぜ痛むのか、なぜ病院にいるのか、それは判然としない。「事故？」と、タペンスは思った。

ベッドのあいだを看護婦たちが歩きまわっている。これはしごく当然のことのように思える。あらためて目をとじたあと、おそるおそるながら、もう一段階つきつめた思考を試みた。聖職者の服装をした年配の人物が、おぼろげに脳裏をよぎった。「おとうさんかしら」首をかしげる。「ほんとにおとうさんなの？」よく思いだせないが、たぶんそうなのだろう。

それにしても、このわたしが病院で寝ている。これはどういうことなのか。つまり、病院勤務の看護婦であるわたしは、当然、看護婦の制服を着ていなくてはならないはずなのに。篤志看護婦《VAD》の制服を。

「へんねえ」タペンスは声に出してそうつぶやいた。

ほどなく、ひとりの看護婦がかたわらにあらわれた。

「いかが？　すこしはよくなりましたか？」と、わざとらしい快活さをよそおいつつ言う。「そう、それはよかったですわね」

はたして〝よかった〟のかどうか、タペンスにははっきりしなかった。看護婦はさらにつづけて、おいしいお茶を一杯どうか、というようなことを言った。

「それじゃまるで患者さんみたい」タペンスは言った。なんとなく、そんな自分が許せないような気がした。なおしばらく仰臥していると、さまざまな思念や言葉の断片が心によみがえってきた。

「兵隊さん。ＶＡＤ。そうよ、それだわ。わたしはＶＡＤなのよ」

さいぜんの看護婦が吸い飲みのような容器に入れたお茶を持ってあらわれ、タペンスを助け起こして、それを口に含ませた。またしても苦痛が頭を走り抜けた。

「わたし、ＶＡＤ《ヴィ・エー・ディー》なのに」と、タペンスは声に出してつぶやいた。

看護婦は、なにを言うのかと言いたげに、まじまじとタペンスを見つめた。

「頭が痛いわ」たんにひとつの事実として、タペンスはそうつけくわえた。

「じきによくなりますよ」

そう言って看護婦は吸い飲みをとりあげると、通りかかった婦長に報告した。「十四号が意識を回復しました。いくらか頭が混乱してるようですけど」

「なにか言ったの？」

「自分はＶＩＰ《ヴィ・アイ・ピー》なのに、とか言っています」

婦長は軽く鼻を鳴らした。自らＶＩＰだなどと高言する並みの患者への、婦長としての思いをあらわしたしぐさだ。

「それについては、またあとでなんとか考えましょう。さあ、急いで。一日じゅうその吸い飲みを持ってうろうろしてるわけにはいかないんですよ」

タペンスはなおも枕の上でうつらうつらしていた。まだいまのところ、さまざまな想念が無秩序に頭のなかを去来するのにまかせているだけで、それ以上には達していなかった。

それにしても、だれかがここにはいるはずだ、だれかわたしのよく知ってるひとが、そう考えた。この病院には、なにやらおそろしく妙なところがある。ここはわたしの記憶している病院ではない。わたしが看護婦として働いている病院ではない。「あそこなら、患者はぜんぶ兵隊さんだった」と、自分自身に言い聞かせた。「そこの外科病棟で、わたしの受け持ちはA列とB列」まぶたをあげて、あらためて周囲を見まわした結果、ここはかつて見たこともない病院だとの結論に達した。つまり、軍の病院だろうとなかろうと、外科の患者を看護することとはまったくかかわりがない、ということだ。

「いったいどこかしら。どこの病院かしら」声に出して言った。なにか地名を思いだそうともしてみたが、思いつけたのは、ロンドンとサウサンプトンだけだった。

婦長がベッドのそばに出現した。

「すこしはよくなりました？」と、問いかけてくる。

「もうだいじょうぶです」タペンスは答えた。「わたし、どうしたんですか？」

「頭に怪我をなさったんですよ。まだいくらか痛みますでしょう？」

「痛みます」タペンスは言った。「ここはどこですの？」

「マーケット・ベイジング王立病院です」

タペンスは考えこんだ。なんの心あたりもない名だ。

「お年寄りの司祭さん」ふとつぶやきが漏れた。

「なんとおっしゃいました？」

「いえ、べつに。わたし——」

「じつはね、わたくしたち、いまだにあなたのお名前をカルテに記入することができずにいるんですよ」

婦長はそう言ってボールペンを構え、うながすようにタペンスを見た。

「わたしの名前？」

「ええ。記録のためにね」

タペンスは黙りこんだ。わたしの名。はて、わたしの名はなんだったろう。「まあいやだ。ばかみたい」と、胸のうちでつぶやく。「自分の名を忘れちゃうなんて。でも、名前がないはずはないんだから」と、とつぜん、かすかな安堵の思いがこみあげてきた。さいぜんの年配の司祭の顔が頭のなかにひらめき、とともに、彼女はきっぱりと言ってのけた。

「もちろん申しあげますわ。プルーデンスです」

「P―r―u―d―e―n―c―eですか？」

「そうです」

「それはクリスチャンネームですわね。姓は？」

「カウリー。C―o―w―l―e―yです」

「それをうかがって安心しました」婦長は言い、さっさと立ち去った。その態度からうかがえるのは、やれやれ、これで記録上の問題はなくなった、とでも言いたげな雰囲気だった。

タペンスもまた、軽い自己満足を感じた。プルーデンス・カウリー。VADのひとり、プルーデンス・カウリーだ。父は聖職者で、教区は――ええと、どこだったか、そしてそれは戦時ちゅうのこと……「でもへんねえ」ついひとりごちる。「なんだかぜんぶがまちがってるみたい。ぜんぶがずっとむかしにあったことみたい」それから、「あれはあなたのお子さんでしたの？」とつぶやいて、首をかしげた。いまそう言ったのは、わたし自身だったのだろうか。それともだれかがわたしにそう言った？

婦長がまたあらわれた。

「ご住所をお聞かせ願えますか、ミス――ミス・カウリー？　それとも、ミセス・カウリーかしら。いまお子さんのことをなにかおっしゃってました？」

「あれはあなたのお子さんでしたの？　だれかがわたしにそう言ったのかしら。それとも、わたしがだれかにそう言ったのだったかしら」

「わたしがあなたでしたら、すこし眠ることにしますわね」婦長は言った。

そのあと婦長は、これまでに判明した事実をたずさえて、然るべき場所へおもむいた。

「先生、どうやら正気づいたようです。名前はプルーデンス・カウリーだとか。でも、住所は思いだせないみたい。子供のことをなにやら言ってますわ」

「まあいいさ」職業的な無関心さで、医師はそう応じた。「あと二十四時間かそこら、このまま待ってみることにしようよ。震盪《しんとう》はすこぶる順調に回復してるようだからね、いまのところ」

2

トミーはポケットのキーをさぐった。だがそれを用いる前に、扉がひらいて、アルバートが戸口にあらわれた。

「どうだ、もどったか？」トミーは言った。

アルバートはのろのろと首をふった。

「なんの伝言もないのか？　電話も、手紙も――電報もこないのかね？」

「ございません、旦那様。なにひとつ。ほかのだれかからも、なにも言ってまいりません。やつらは時機をうかがってるんですよ――それでも、奥様をとらえていることはまちがいありません。そう思いますね。やつらが奥様を拉致してったんですよ」

「いったいなんの話だ――やつらがタペンスを拉致したとは？　またおまえの小説の読みすぎだろう。だれが彼女をとらえてるというんだ」

「だれのことか、旦那様だっておわかりでしょうに。ギャングどもですよ」

「なんのギャングだ」

「飛び出しナイフで武装した悪漢の一味ですよ。でなければ、国際的な犯罪組織とか」

「くだらん寝言はよせ。おれがなんと思ってるか、わかるか？」

アルバートはうながすようにトミーを見た。

「いいか、おれはこう思ってるんだ――タペンスがわれわれに一言の連絡もよこさんとは、じつにけしからん、とな」

「なるほど、旦那様がそうおっしゃりたいお気持ちはよくわかりますよ」アルバートは言った。「ま、それもよろしいでしょう。それでお気持ちが休まるなら」陰気にそうつけくわえて、トミーの腕から包みをとりあげる。「結局、絵はお持ち帰りになったわけですな？」

「ああ、持ち帰ったとも。くそいまいましい絵だよ、まったく。よくも役に立ってくれたものだ」

「とおっしゃると、これからはなんの手がかりも得られなかったと？」

「というわけでもないがね。たしかに二、三のことがこれから判明した。しかし、それらが役に立つ情報かどうかってことになると、さっぱりわからんというのが実情だ」それからトミーはつけくわえた。「ドクター・マレーから電話はなかったかね？　でなければ、〈サニー・リッジ〉養護ホームのミス・パッカードから？　なにかそんなような電話はなかったかね？」

「食料品店から、いい茄子《なす》がはいったと知らせてきただけです。奥様が茄子をお好きなことをよく知ってるものですから、それでいつも知らせてくるんです。ですが、ここ当分は電話にはお出になれない、と返事しておきました。お夕食にはチキンを用意いたしましたが？」

「やれやれ、おまえがチキン以外のものを考えつかないことたるや、ちと常軌を逸したものがあるね」トミーはずけずけと言った。

「今夜のは、いわゆる若鶏《プサーン》というやつでして」アルバートは言った。「ちと痩せてはおりますが」

「かまわんよ」

トミーがそう答えたとき、電話が鳴った。ちょうど席を立ったところだったから、彼はそのまま電話のそばへ駆けつけた。

「もしもし……もしもし?」

かすかな遠い声が言った。「トミー・ベレズフォードさんですね? インヴァーガシュリーからパーソナルコールです。お受けになりますか?」

「ああ、受けよう」

「ではそのままお待ちください」

トミーは待った。徐々に動悸が静まっていった。しばらく待たされたあと、やっと、聞き慣れた声、きびきびした、能率的な声が聞こえてきた。愛娘の声だ。

「もしもし、パパ?」

「デボラか!」

「そうよ。あら、なぜそんなに息を切らせてるの? 走ってきたかどうかした?」

娘というやつは、いつの場合も父親には批判的なものだ、そうトミーは思った。

「年をとれば、だれだってぜいぜいいうさ。そっちはどうだ、デボラ、元気か？」

「あたしは元気よ。ところでね、パパ。あたし、新聞でちょっと気になる記事を読んだの。たぶんパパも読んだんじゃないかしら。不思議な記事なのよ。事故にあって、病院に担ぎこまれたひとの話なんだけど」

「ほう？　そんな記事、読まなかったな。つまり、気がつかなかったということさ。なぜだ？」

「それがね――べつにたいしたことじゃないのよ。自動車事故かなにか、そんなものらしいの。ただその女のひとが、つまり被害者だけど――年配の女性だというのよ――そのひとが、プルーデンス・カウリーと名乗ってるんだけど、病院では住所をつきとめられずにいるんですって」

「プルーデンス・カウリー？　すると――」

「そうなのよ。それでね、もしや――ほんとにもしやと思って。それ、おかあさんの名前でしょう？　つまり結婚前の？」

「もちろん」

「じつをいうとあたし、すっかりプルーデンスっていう本名のこと、忘れてたわ。パパだって、あたしだって、デリクだって、おかあさんのことをプルーデンスなんて名前で考えたことなんて、かつて一度もないんだから」

「そうだな」トミーは言った。「たしかにそれは、おまえのおかあさんと結びつけて考えられるような名じゃないからね」

「それなのよ、まさに同感だわ。それで、ちょっと――へんだなと思ったの。まさかおかあさんの親戚かなにかじゃないでしょうね？」

「かもしれんな。どこだって、場所は？」

「マーケット・ベイジングの病院だったと思うわ。病院で詳しい身元を知りたがってるらしいの。それであたし――そりゃあたしだって、これがばかげてることはわかってるのよ。カウリーなんて名字、ざらにあるはずだし、プルーデンスっていう女のひとだって、たくさんいるはずですもの。でもね、もしやと思って、それで電話してみる気になったの。つまり、確かめさえすればいいのよ――おかあさんがちゃんとうちにいて、おとなしくしてるってことを」

「なるほど。よくわかるよ、おまえのその気持ちは」

「それで、どうなのよ、パパ？　おかあさん、うちにいるの、いないの？」

「いないんだ、じつをいうとね。うちにもいないし、いま現在、無事でいるかどうかも不明だ」

「あらやだ、どういうことなの、それ？」デボラは言った。「おかあさん、このところなにをしてたの？　たしかパパは、ここ四、五日ロンドンへ行って、ばかばかしい過去の遺物のOBたちと、国家の機密とやらをうんぬんしてたんじゃなかった？」

「そのとおりだ。じつは、ゆうべ帰ってきたばかりでね」トミーは言った。

「そしたらおかあさんがいなくなってた、と――それとも、そのことははじめから予定されてたのかしら。ねえったら、パパ、話してちょうだいよ。パパの口ぶり、すごく心配そうよ。パパが心配してるときって、あたしにはちゃあんとわかっちゃうんだから。いったいおかあさん、なにを追ってたの？　なにかを追っかけてたんでしょ？　もうあの年になれば、ちゃんとした一家の主婦らしく、家に落ち着いていてもらいたいって、あたしなんか思うんだけど」

「おかあさんは悩んでたんだ。おまえの大叔母さんのエイダ叔母さんの死に関係のある何事かをね」

「どんなことなの？」

「わからん。ホームの入居者のひとりが、おかあさんになにかを言ったらしい。それを聞いて、その老婦人のことが気になりだしたんだ。そのおばあさんの口にした何事かが、おかあさんの気にかかりだしたってわけさ。そのあと、エイダ叔母さんの遺品を整理しにホームへ行ったときに、もう一度そのおばあさんと話してみるつもりでいたところ、どういうわけか、とつぜんそこを出てったと聞かされてね」

「あら。でもそれって、べつに不自然でもなんでもないでしょ？」

「親戚かなにかが忽然とあらわれて、ひっさらうように連れだしていっちまったらしいんだ」

「それだって、べつに不自然じゃないわ。なぜおかあさんは、そんなにそのことを気にしてるの？」

「つまり、その老婦人に何事かが起きたんじゃないかと考えてるのさ」

「なるほどね」

「要するに、ありていに言えばだ。その老婦人は消されたように見えるということさ。ごく自然なやりかたでね。弁護士やら銀行やら、そういった機関がいっさい合財をちゃんと保証してくれるような方法でだ。ただ問題は、その後その老婦人がどこへ行ったのか、それがさっぱりつきとめられんということだけでね」

「するとおかあさんは、そのひとを探しにどこかへ出かけたってことなの？」

「そうだ。しかも、帰ると言った日に、帰ってこない。二日前だがね」

「で、なにも連絡してこないの？」

「うん、なんてすましこんでないで、もっときっちりおかあさんを見張っていなくちゃだめじゃない」

「きっちりもなにも、おまえのおかあさんを見張れる人間なんて、この世にいるものか。おまえだってそうだぞ、デボラ。それを言うならばな。要するに、まったくおなじだよ。戦争ちゅう、のこのこ用もないところへ出かけていって、よけいなことにくちばしをつっこんだ、あのときとね」

「でも、いまは時代がちがうじゃない。つまり、ずっと年をとってる、ってことよ。普通ならば、とうに家庭に落ち着いて、孫の自慢話でもしてるところだわ。おかあさん、きっと退屈してるんだと思うな。それが根本問題よ」

「マーケット・ベイジング病院、とか言ったな？」

「メルフォードシャーよ。ロンドンから一時間か一時間半ぐらいだったと思うわ――汽車でだけど」

「それだ」と、トミーは言った。「そしてそのマーケット・ベイジングの近くに、サットン・チャンセラーという村がある」

「それがどうかしたの？」

「うん」

「話せば長い話でね。ある運河にかかった、ある橋のたもとの、ある家の絵に関係がある、とだけ言っておこう」

「なんですって？　遠くてよく聞こえないわ」

「気にするな」トミーは言った。「とにかく、これからすぐそのマーケット・ベイジング病院に電話して、詳しい話を聞くとしよう。それがおかあさんだってこと、まず確実だと思うがね。脳震盪を起こすと、ひとはよく子供のころのことを真っ先に思いだすという。そこから徐々に現在へと逆もどりしてくるわけだ。それでおかあさんは、結婚前の姓にもどっちまったのさ。たぶん自動車事故にでもあったんだろうが、ひょっとして、何者かに頭を一撃されたんだとしても、意外だとは思わんね。それがおかあさんみたいな人間の出くわす運命なんだ。自分から面倒事に巻きこまれていくんだから。ともあれ、結果がわかったら、あらためて知らせるよ」

四十分後、トミー・ベレズフォードは受話器を受け台にもどしながら、腕時計をのぞいて、完全な疲労感からくる吐息を漏らした。アルバートがそっとあらわれた。

「お夕食はいかがなさいます？　なにもおあがりになっていませんよ。ただし申し訳ございませんが、またもやチキンのことを失念いたしましまして――すっかり黒焦げになってしまいました」

「なにも食いたくないよ」と、トミー。「それより、いまほしいのは酒だ。ウイスキーをダブルで頼む」

「はい、ただいま」

まもなくアルバートは、命じられた飲み物を用意して、専用のすりきれた、だが居心地のよい椅子に沈みこんでいるトミーのもとへやってきた。

「さてと、むろんおまえも一部始終を聞きたいことだろうな」トミーは言った。

「いいえ、旦那様、じつを申しますと」と、アルバートはわずかにもじもじしながら、「だいたいのところは存じております。どうやら奥様のことらしいと見当がつきましたので、勝手とは存じましたが、寝室の内線で聞かせていただきました。ご立腹ではございますまいな？——なにせ、問題は奥様のことですから」

「とがめはせんよ」トミーは言った。「いや、そうしてくれてよかったというのが本音だ。もしまた最初から説明しなおすとなると——」

「で、ぜんぶ連絡はついたんでございますね？　病院にも医者にも婦長にも？」

「知ってるなら、なにも念を押すことはないじゃないか」

「マーケット・ベイジング病院ですか」と、アルバート。「そのような地名は、これっぽっちも口にはお出しになりませんでしたな、奥様は。そこを連絡先として言い置くようなことは、ぜんぜんなさいませんでした」

「あれだって、なにも病院を連絡先にする予定なんかなかったろうさ」と、トミー。「これまでに判明したかぎりでは、どこか人気のない場所で、頭を棍棒かなにかで一撃されたらしい。それから、その何者かが車でどこかへ運び去って、ありふれた轢き逃げと見えるように、路傍に投げ落とした。まあそんなところだろう」そのあと、トミーはつけくわえた。「あすは六時半に起こしてくれ。早く家を出たいんでね」

「またもチキンを焦がしてしまって、申し訳ございませんでした。冷めないようにオーブンに入れて、それきり忘れてしまいまして」

「チキンのことはもういいったら。おれはいつだってばかな鳥だと思ってたよ、鶏ってやつは。ふいに車の前へとびだしてきたり、うろうろ道ばたで餌をあさってみたり。朝になったら、死骸を埋めて、盛大な葬式でも出してやるといい」

「奥様はお命には別状ございませんので？」アルバートが訊く。

「おいおい、メロドラマじみた妄想はよせよ。ちゃんと電話を聞いてたんなら、順調に回復してることぐらい、おまえにもわかってるだろう。自分がだれなのか、またはだれだったのか、現住所はどこなのか、そういったことも、順次思いだしてるようだし、病院側では、おれが着いて、あいつの監視を引き継ぐまでは、目を離さないように気をつけると約束もしてくれた。タペンスがこっそり病院を抜けだして、愚劣な探偵の真似事をするなんてこと、もうこんりんざいありっこないよ」

「探偵といえば……」言いかけて、アルバートはためらい、あとは咳払いにごまかした。

「おれはとくに探偵のことなんか話したくはないね、アルバート」トミーは言った。

「そんなことはさっさと忘れろ。それよりも、簿記か窓台ガーデニングの研究でもしたほうがいい」

「じつはその、ちょっと考えておりましたんですが——つまりその、手がかりの問題として……」

「なんだ、なんの手がかりだ」

「その、ちょっと考えておりましたので」

「それがこの人生のあらゆる厄介事のもとなんだぞ。考えるってのが」

「いえ、手がかりなんで」と、アルバートはくりかえした。「たとえば、あの絵でございます。あれはひとつの手がかりでしょう?」

トミーはアルバートがさいぜん自分の手から受け取って、また壁にかけた運河の家の絵を見やった。

「あれがもしなにかの手がかりだとすれば、いったいなんの手がかりだと思います?」

自分のあまりに無遠慮な言いかたを恥じてか、アルバートはわずかに顔を赤らめた。

「つまり、あれはいったいなにをあらわしているのかということです。なにかを意味していることはまちがいありません。そこでわたしの考えましたのは――ちょっと説明させていただけば……」

「いいだろう。聞こうじゃないか、アルバート」

「わたしの考えましたのは、あのデスクのことでして……」

「デスク？」

「はい。先日、あの小テーブルと椅子二脚、その他二、三の品物といっしょに届きました、あのデスクのことです。たしか、先祖伝来の品、とかおっしゃっておいででしたが」

「あれか。あれならたしかにエイダ叔母さんの遺品だがね」

「そこですよ、わたしの申しあげたいのは。手がかりってのは、まさにああいうところから見つかるものなんです。古いデスク、骨董品、そういったもののなかから」

「あるいはな」

「じっさいこれは、わたしなんかの口を出すべきことではありませんし、勝手にお宅のなかをひっかきまわすような真似をすべきではないこと、これもよく承知しております。

ですが、旦那様のお留守ちゅう、どうにもじっとしていられませんで。調べてみなくてはいられなかったんでございます」

「なにを――デスクをか？」

「さようで。もしやなにかの手がかりが隠されていはしないかどうか、それを確かめてみたかったわけで。ご存じのように、ああいったデスクには、よく隠し引き出しがあるものですから」

「あるいはな」

「そこですよ。そういった引き出しがあれば、そこになにか手がかりがあるかもしれません。そこに隠してあるかもしれません」

「考えられないことじゃないね」トミーは言った。「しかし、おれの知るかぎりにおいて、隠し引き出しにものを隠さなきゃならない理由なんて、あのエイダ叔母さんにあったとは思えないが」

「とはいちがいには言いきれませんですよ。老婦人というのは、やたらものをためこむ趣味があるものでして。コクマルガラスのように。でなきゃ、鵲《かささぎ》でしたか――どっちだか忘れてしまいましたが。それを考えますと、ひょっとしたら秘密の遺言書とか、見えないインクで書かれた文書とか、さもなければ宝物かなにか、そんなものさえしまってあるかもしれない。秘密の宝を忍ばせておくのには、もってこいの場所ですから」

「せっかくだがね、アルバート。その点ではどうやらおまえを失望させなきゃならんようだな。あの古デスク――かつてはウィリアム伯父のものだったあのデスクに、そんなものなどないってことはまず確実だ。ウィリアム伯父っていうのは、エイダ叔母さんに輪をかけて耳が遠かったうえに、年をとって、えらく気むずかしくなってたつむじ曲がりの老人だけどね」

「わたしの考えておりましたのは、ですね――調べてみても損にはならないということでして。どっちにしろ、掃除が必要でございますよ、あれは。お年寄りのご婦人が、ご自分の持ち物についてどんな考えを持つようになるか、ご存じでいらっしゃいましょう? あまり他人には見せたがらないんです――とくに、リューマチにでもなって、立ち居ふるまいが不自由なような場合には」

トミーはしばし思案した。先日、タペンスとふたりでざっとデスクの引き出しを調べ、書類のたぐいをふたつの大型封筒に入れたあとは、二、三の毛糸の玉と、カーディガン二着、黒ビロードのストールと、二枚の上等の枕カバー、そういったものを下段の引き出しからとりだして、ほかの衣類やがらくたともども、処分するほうに分類したことを思いだした。さらに、帰宅したあとで、持ち帰った封筒の中身に目を通してもみたが、そこからはなにも興味をひきそうなものは見つからなかったのだ。

「デスクの中身なら、とうに調べたよ、アルバート」と、トミーは言った。「じつのところ、二晩もかかったものさ。ひとつふたつ、ちょっと興味をひく手紙もあることはあった。だがほかには、ハムを茹でるこつとか、ジャムのレシピとか、でなきゃ古い配給手帳やクーポン券といった戦時ちゅうの遺物ばかりで、これというものは、ぜんぜん見あたらなかった」

「ははあ、なるほど」と、アルバート。「しかしそれは、ただの書類でございましょう？　しごくありふれた、普通、デスクにしまっておくようなものばかりです。わたしの申すのは、ほんとうに秘密の書類なんでして。じつはわたし、がきのころに、半年ばかり古道具屋に奉公しておりました――ありていに申せば、ときどきあるじが品物に細工をほどこすのに手を貸しておりましたわけで。ただ、そのおかげで、隠し引き出しについてはずいぶんと詳しくなりました。パターンはだいたい一定しておりましてね。三通りか四通りのよく知られたやりかたを、適宜組みあわせるだけなんです。ほんとうに旦那様、いちおう調べてみるべきだとはお思いになりませんか？　わたしとしても、お留守ちゅうに勝手にやるのは気が進みませんでしたので。それではあまりに僭越ですから」なにやらものをねだる犬のような目つきで、彼はトミーを見た。

「ようし、わかった、アルバート。しかたがない」根負けして、トミーは言った。「きなさい、調べてみよう」

まもなくアルバートをそばにしたがえて、エイダ叔母さんの遺品である古ぼけたデスクをながめながら、トミーはこんなことを考えていた。「ふむ、こうして見ると、これもまんざら捨てたものじゃないな。手入れもいいし、磨きこまれて、いい光沢も出てるし、細工も近ごろのやっつけ仕事とはちがう……」

声に出しては、こう言った――

「ようしアルバート、早いところやってもらおう。これはおまえのおもちゃだからな。しかし、無茶をやって、傷をつけないようにしてくれよ」

「御念には及びません。ごらんのとおり、いたって慎重にやりましたから。ひびも入れてはおりませんし、ナイフをつっこんだり、そういったこともいっさいやっておりません。まず最初は、この前面のパネルをさげまして、ほれ、こうしてひきだした二枚の厚板の上にのせます。そうしますと、蓋がこのように降りてきまして、書き物台になります。ああ、これは、みごとな螺鈿《らでん》の吸い取り台をお使いでいらっしゃいましたな、エイダ叔母様は。さて、問題は、この左手の引き出しのなかです」

「引き出しなら、ここにもこういうのがふたつあるよ」

そう言ってトミーは、繊細な細工の片蓋柱《ピラスター》に支えられた、上下二段の浅い引き出しを抜きだしてみせた。

「ああ、それね。そんなのはべつにたいしたものではございませんよ、旦那様。むろん書類は入れられますが、秘密というわけではありませんから。いちばんありふれた型のやつは、この中央の小さな戸棚をあけますと——ほら、底にちょっとしたくぼみがありまして、この底板をこうひきだしますと、そこがものを入れるスペースになっているというもので。しかし、隠しかたやら隠し場所なら、ほかにもあるんでしてね。このデスクは、これの下に、さらに一種のくぼみがあるという型でして」

「それだって、じつはそれほど秘密とは言えないじゃないか。いまおまえは、たんにパネルを一枚ずらしただけで……」

「そこですよ、眼目は。こうしておけば、いかにも探すべきところは残らず探したように思わせられるじゃありませんか。パネルをずらすと、皿のようなくぼみがあって、他人の目に触れさせたくないものを、ここに入れておくことができる。しかし、それだけじゃないんです。ごらんなさい、この手前のところに、ちょうど小さな出っ張りのような木片がついておりましょう？　これをこう、上へひきあげることができるんでして」

「なるほどね。それが動くのはわかった。で、それをひきあげると——？」

「このとおり、ここに秘密の物入れがございます。ちょうど中央の鍵穴の真後ろにあたります」

「しかし、からっぽじゃないか、そこも」

「まあお待ちなさいまし。これだけ見ると、いかにも期待はずれのような気がいたします。しかし、このくぼみに手を入れて、両側をさぐると、ほれ、ふたつの小さな浅い引き出しが隠されているんです。左右にひとつずつ。この上のところに、このように小さな半円形の切り込みがございますから、そこに指をひっかけて――だましだまし手前にひっぱりますと――」そう言いながらアルバートは、ほとんど軽業師めいた角度に手首をねじまげていた。「ときにはちょっと動きが悪いこともございます。お待ちください――お待ちください――ほうら、出てきました」

鉤形に曲げたアルバートの人差し指が、なにかを手前へひきだしてきた。なおもそれに爪をひっかけて、そっとひっぱる。すると、ようやくそのくぼみのなかに、幅の狭い小さな引き出しがあらわれた。彼はそれを抜きだすと、拾ってきた骨を主人の足もとに置く忠犬よろしく、トミーの前に置いた。

「ちょっとお待ちくださいましよ、旦那様。このとおり、ここにはなにかはいっております。なにか、長くて薄い封筒にはいったものが。さて、ではもうひとつの引き出しをためしてみましょう」

アルバートは左右の手を変えて、もう一度いまの曲芸じみた動きを演じて見せた。まもなく、第二の引き出しが抜きだされ、最初のと並べて明かりの下に置かれた。

「ほら、ここにもなにかはいっております」と、アルバート。「やはりだれかの手でここに隠されたものですな。どちらも封をした封筒ですが、このとおり、開封はされておりません――そんな僭越なこと、わたしはけっしていたしませんです」彼の声がひどくとりすました調子になった。「開封は旦那様におまかせしますよ――ですが、わたしの申しあげたいのは――これが手がかりになるかもしれないということで――」

トミーは彼とともに埃まみれの引き出しの中身をとりだした。縦に細長く巻き、輪ゴムで留めた第一の封筒をとりあげる。輪ゴムは古くなっていて、手を触れるや、ぷつんと切れた。

「大事なものらしいですな」と、アルバート。

トミーは封筒を一瞥した。〈極秘〉という上書きがある。

「ごらんなさいまし。〈極秘〉とありますよ。たしかに手がかりです」アルバートが言う。

トミーは封筒の中身をひっぱりだした。手帳から裂きとった紙片で、それに色褪せた文字——それもひどくぞんざいな、なぐり書きの文字——がぎっしり並んでいる。薄れた文字を読みとろうと、トミーはその紙片をひねくりまわし、アルバートも息をはずませて、彼の肩ごしにその手もとをのぞきこんだ。

「鮭のクリーム煮のマクドナルド夫人秘伝のレシピ」と、トミーは読みあげた。「特別の好意をもって、私に伝授されたもの。材料、中ぐらいの鮭の切り身二ポンド、ジャージークリーム一パイント、ワイングラス一杯分のブランデー、新鮮な胡瓜一本」そこまでで、読むのをやめた。「残念だな、アルバート。手がかりは手がかりでも、これは料理上手になるための手がかりだ。それ以外には考えられない」

アルバートは、嫌悪と失望とをあらわす音声を発した。

「まあ気を落とすな」トミーは言った。「まだもうひとつ封筒がある」

第二の封筒は、一見して、さほど古いものではなさそうだった。二ヵ所に淡灰色の封蠟で封がしてあり、そのひとつひとつに、野薔薇をかたどった封印が押してある。

「きれいだ。エイダ叔母さんにしちゃ、ずいぶんしゃれてる。中身はきっとビーフステーキ・パイのつくりかたかなにかだろう」

そう言いながら、トミーは封筒を破った。なかからひらひらと舞い落ちたのは、きちんとたたんだ五ポンド札十枚だった。

「紙がぺらぺらだ。古い札だよ。戦争ちゅうに使われてたたぐいの。いまじゃ法貨として通用しないんじゃないのかな」

「現金ですか！　現金なんか、いったいどうなさるおつもりだったんでしょう」

「なあに、いわゆるばあさんのへそくりだよ」トミーは言った。「エイダ叔母さんは、いつだってこういう予備金というやつを用意してた。いつかおれにも言ったことがある。女たるものは、いざというときの用意に、五ポンド札で五十ポンド常備しておくのがたしなみなんだ、って」

「なるほど。しかし、ほんとうに通用しないんですか、これは？」

「いや、完全に廃物っていうわけでもないだろう。銀行へ持ってけば、交換してくれるはずだよ」

「もうひとつ調べてみるものがありますよ」アルバートがうながした。「べつの引き出しにはいっていたやつですが……」

今度の封筒は、前のふたつよりもかさばっていた。手ざわりからも、中身は相当に分厚いものらしく、大きないかめしい赤の封蠟を用いて、三ヵ所で厳重に封印してある。表書きには、おなじ金釘流の文字で——「私の死後は、開封せずに私の顧問弁護士、ロックベリー&トムキンズ法律事務所のロックベリー氏か、または甥のトマス・ベレズフォードにお渡しください。ほかのひとが許可なくして開封することを、かたく禁じます」とある。

中身は、細かな文字でうずめつくされた数枚の便箋だった。文字は下手くそなうえに、ひどくぞんざいに書かれていて、二、三の箇所ではほとんど判読不可能だった。トミーは苦心惨憺してそれを読みあげた。

私、エイダ・マライア・ファンショーは、最近この〈サニー・リッジ〉と呼ばれる養護ホームにおいて耳にした二、三の事実、ならびに、ここに居住するさる人物から伝えられたある問題につき、ここに書きしるします。これらの情報が真実であるかどうか、証明することはできませんが、しかし、ここである種の疑わしい――あえて言えば、犯罪に類する――行為が行なわれている、または、これまで行なわれてきた、そう信ずべき理由は多々あるように思われます。エリザベス・ムーディーは、愚かではありますが、けっして根拠のない嘘をつくような人物ではありません。彼女は、このホームである著名な犯罪者を発見した、そう断言しています。入居者のなかに、毒殺者がいるかもしれないのです。私自身は、だれにたいしても偏見は持ちたくありませんが、かといって、用心も怠らないつもりでいます。今後、なんらかの事実が判明し次第、逐次ここに書きとめます。あとになってみれば、つまらぬ空騒ぎだったとわかるかもしれませんが、もし私に万一のことがあった場合には、弁護士のロックベリー氏、もしくは甥のトマス・ベレズフォードに、なにとぞ徹底的な調査をお願いしたいと思います。

「ごらんなさい」アルバートが意気揚々と言った。「申しあげたとおりじゃございませんか！　これこそ手がかりにまちがいありません！」

第四部

教会があって塔がある、扉をあければひとがいる

14 思考演習

「わたしたちがやるべきことはね、まず考えることよ」と、タペンスが言った。

病院でのうれしい再会のあと、まもなくタペンスは丁重に釈放された。いま、この忠実な夫婦は、マーケット・ベイジングは〈ザ・ラム・アンド・フラッグ〉亭の最上の続き部屋に陣どり、たがいの情報をつきあわせているところだった。

「考えること？　それはおいとけと言ったら！」と、トミーは言った。「退院前に先生がなんとおっしゃったか、忘れたのかい？　気を遣うな、頭を使うな、体を使うなんてもってのほか――何事ものんびりやれ、ってね」

「それ以外にいまなにをやってると思うの？」タペンスは反駁した。「このとおり、横になって、安静にしてるわ。頭の下には枕がふたつもあてがってあるし。だいいち、考えるってことについて言えばね。それって、必ずしも頭を使うということじゃないのよ。ややこしい数学をやってるわけじゃなし、経済学を勉強してるわけでもない、家計簿の集計に頭を痛めてるわけでもなし。考えるというのは、ただゆっくり体を休めて、心を開放しておくこと。なにか興味をそそる、または重要なことが、ふいに浮かんできたような場合にそなえてね。どっちにしろあなたにすれば、わたしがこうやって横になって、枕に頭をのっけて、ちょっとした考え事をしてくれてるほうが、ありがたいんじゃないの？——またぞろどこかへとびだしていっちゃうのよりは？」

「そうだとも。それればかりはぜったいにお断わりだ。それは問題外だよ。いいね？フィジカルな面では、きみはまだ当分、安静が必要なんだ。もしできることなら、一分だって目を離したくないところさ。なにしろぼくはきみを信用してないんだから」

「わかったわ。お説教はもうおしまい。さあ、考えましょうよ。いっしょに考えるのよ。お医者様が言ったことなんて、気にしっこなし。わたしぐらいお医者様というものをよく知ってれば、あなただって——」

「医者なんかどうでもいい。きみはぼくの言うとおりにするんだ」

「わかったわ。わたしだって、いまとくに体を動かしたいわけじゃないんだから。安心してちょうだい。問題はね、各自が調べたことをつきあわせ、くらべてみるべきだということなの。わたしたち、いろんな事実を握ってるわ。ただあいにく、それが雑然としてることたるや、村のがらくた市も顔負けだというだけ」

「どういう意味だい、いろんな事実とは？」

「要するに、事実よ。あらゆる種類の事実。ありあまるほどの事実。しかも事実だけじゃない——うわさ、ほのめかし、伝説、ゴシップ。なにもかもがごっちゃになって、宝探しの賞品みたいに、おがくずに埋もれてるというわけ」

「おがくずとは至言だね」と、トミー。

「あなた、わたしを侮辱しようとしてるの？　それとも、褒めてくれてるのかしら。どっちにしろトミー、あなただってわたしの意見に不賛成じゃないでしょ？　わたしたち、あまりにも多くの事実をかかえこみすぎてるわ。そのなかには、まちがったものもあり、正しいものもあり、重要なものもあり、とるにたりないものもある。ぜんぶがごたまぜになってるのよ。どこから手をつけたらいいのかもわからないぐらい」

「賛成だね」

「なら、おたがい意見が一致したわけだから、さて、どこから始めましょうか」

「きみが頭をぼいんとやられたところ、そこから始めたいね、ぼくとしては」

タペンスはしばし考えこんだ。「そこが問題の真の出発点だとは思えないんだけど。

それはいろんな事実のうちでも、最後に起きたことよ——最初じゃなく」

「ぼくの頭のなかでは、最初のことなのさ。最愛のワイフの頭をぼいんとやられて、黙ってひっこんでるわけにはいかないからね。それに、それが真の出発点でもあるんだ。それは想像上の出来事じゃない。実際に起きた、実際の事件なんだ」

「その点は全面的に賛成よ。それは実際にあったことで、しかも、このわたしの身に起きたこと。忘れっこないわ。ずっとそのことを考えてたの——つまり、思考能力を回復してからは、ずっと」

「だれにやられたか、心あたりはないのかい?」

「それが残念ながらまるっきり。ちょうどお墓の上にかがみこんでたところでしょ。そこをいきなり後ろから、がつん! だもの」

「可能性としては、だれがある?」

「サットン・チャンセラーのだれかにはちがいないでしょうね。でも、それも考えてみればおかしな話なのよ。あそこのひとたちとはほとんど言葉もかわしてないし、襲われるいわれなんかないんですもの」

「司祭かな?」

「司祭さんってことは、まずないわ。第一に、とてもそんなことしそうにない、やさしいお年寄りだし、第二に、それだけの力がなさそうだし。三つめには、喘息でひどくぜいぜいいうの。気配をさとられずに後ろから忍び寄るなんて、無理だわ」

「じゃあきみは司祭を除外すると……」

「あなたは、しないの？」

「そうだな」トミーは思案した。「まあいいや、やっぱり除外しよう。きみも知ってのとおり、ぼくは彼に会いにいってきた。長年ここの教区を受け持ってるそうだし、だれもが彼を知っている。演技力次第では、悪党だって親切な司祭のふりをすることはできるだろうが、できてもせいぜい一週間かそこらだろう。十年も二十年も、そんな演技をつづけていられるもんじゃない」

「となれば、つぎなる容疑者はミス・ブライね。ネリー・ブライよ。理由はとんと見当もつかないけど。まさかわたしが墓荒らしをたくらんでる、なんて思ったわけでもあるまいし」

「彼女かもしれんという感じ、するのかい？」

「そうね、じつのところ、しないわ。もちろん、とても有能なひとよ。もしもわたしを尾行して、わたしがなにをやってるのかつきとめようとすれば、そしてそのあげくにわたしの頭を一撃しようとすれば、あのひとならまちがいなくやってのけたはず。それに、司祭さん同様、現場にもいたわけだし。現場のサットン・チャンセラーにいて、あれやこれやの仕事をするために、自宅を出たりはいったりしてた。だから、もしも墓地でわたしの姿を見かけて、好奇心からそっと後ろに忍び寄り、わたしがお墓を調べているのを知って、なんらかの理由でそれを阻止しようとしたとすれば、教会にある金属製の花瓶かなにか、手近な鈍器でわたしの頭を殴ったというの、考えられないことじゃないわ。でも、なぜかとは訊かないでちょうだい。これという理由なんか、ぜんぜん見あたらないんだから」

「じゃあ、おつぎはだれだい、タペンス？　そのコッカレル夫人だかなんだか、その女かい？」

「コプリー夫人よ。いいえ、コプリー夫人じゃないわね」

「これはまた、ばかに確信ありげに言うじゃないか。サットン・チャンセラーの住人なんだし、きみが家を出るところを見かけたかもしれん。とすれば、あとをつけることだってできるはずだ」

「ええ、ええ、そのとおりよ。でも、あのひとはおしゃべりすぎるから」

「しゃべりすぎることと、このことと、いったいどういう関係がある？」

「わたしみたいに一晩じゅうあのひとのおしゃべりを聞かされてたら、あなただって、きっとわかるわ。だれであれ、あのひとみたいにのべつまくなしにしゃべるひとって、けっして行動のひとにはなりきれないってこと。あのひとだったら、せいいっぱいの声をはりあげてなにかしゃべりながらでなくちゃ、わたしに近づいてくることなんかできっこないわよ」

　トミーはこれについて考えてみた。

「よしわかった。そういうたぐいのことについちゃ、きみは直観的な判断力を持ってるからな。ならばコプリー夫人は除外だ。ほかにだれがいる？」

「エイモス・ペリーがいるわ。運河の家に住んでるひと。ついでだけどわたし、どうしてもあの家を〈運河の家《キャナルハウス》〉としてしか考えられないの。名前がたくさんありすぎて、覚えきれないし、もともとそういう名だったんですもの。エイモスって、つまり、例の善意の魔女のご亭主よ。彼にはどこか妙なところがあるの。ちょっぴり単純だし、大男で力は強いし、その気になれば、他人の頭を殴るのなんて朝飯前よ。それに、ある種の状況のもとでは、その気になることもじゅうぶんありうると思うし――ただし、なぜわたしを殴る気にならなきゃいけないのか、そこのところははっきりしないけど。でもどっちかっていうと、ミス・ブライよりも彼のほうが、その可能性は強いわね。ミス・ブライって、わたしに言わせれば、ただのお節介焼きよ。頼まれもしないことで、あちこち駆けずりまわってる、有能だけど退屈な中年女のひとり。なにかとくに感情的な理由がないかぎり、他人に暴力をふるったりするタイプじゃないわ」それからタペンスは、かすかな身ぶるいとともにつけくわえた。「前にも言ったけど、はじめてエイモス・ペリーに会ったとき、わたし、なんとなくぞくっとしたの。彼に庭を案内してもらったときのことよ。そのときふっと——なんていうか、この男と敵対関係にはなりたくない——すくなくとも、夜道で出くわしたくはないって、そんな気がしたの。しょっちゅう暴力をふるう男だとは思わないわ。だけど、なにかのはずみで暴力的になる傾向を秘めている男、とでもいうのかしら」

「よしわかった」トミーは言った。「エイモス・ペリー。容疑者第一号だ」

「それから彼のおかみさん」タペンスはのろのろとつづけた。「善意の魔女よ。親切なひとだし、わたしにもやさしくしてくれた。彼女であってほしくはない——彼女だったとも思わない。でも、どこか記憶に混乱があるみたいなの……あの家にまつわるいろんな問題に関してね。そしてそこからまた、べつのポイントも出てくるのよ、トミー——そういったいろんな問題のなかで、なにが重要なのかわからないということ。なんだかわたし、いっさい合財があの家のまわりをぐるぐるまわってるんじゃないかって、そんな気がしてきたわ——あの家こそがすべての中心なんじゃないかって。絵のこともあるし——あの絵、たしかになにかを意味してるんじゃない？　そうにちがいないと思うんだけど」

「そうだな。ぼくもそう思う」と、トミー。

「わたしはこの土地へランカスター夫人を探しにきた。ところが、土地のひとたちは、だれひとり彼女のことを聞いたことすらないみたい。ひょっとしたらわたし、物事を逆のほうから見てたんじゃないかしら。つまり、ランカスター夫人が危地に陥ってるのは（というのも、わたしはいまだにそう確信してるからなんだけど）、彼女があの絵を持ってたからなのかもしれない。彼女自身がかつて、サットン・チャンセラーに住んでたことがあるとは思えないわ——ただこの土地の、ある家の絵をもらうか、買うかしただけなの。ところがその絵がなにかを意味している——だれかにとって、なんらかの意味で脅威を与えるというわけ」

「ミセス・ココア——つまりムーディー夫人——は、エイダ叔母さんに言った。〈サニー・リッジ〉である人物を見つけた——〝犯罪行為〟に関係しているだれかを発見したと。ぼくの思うに、その犯罪とやらは、あの絵に、ひいては運河のほとりのあの家に関係してるんじゃないだろうか。それと、おそらくはあそこで殺された子供にもね」

「エイダ叔母さんは、ランカスター夫人の絵を褒めた——それでランカスター夫人はその絵を叔母さんにくれた——そしておそらくそのついでに、絵にまつわる来歴についても話した——どこで手に入れたか、あるいは、どこでもらったか、その家はどこにあるのか、そういったことを——」

「ムーディー夫人が消されたのは、たぶん、〝犯罪行為に関係〟していた人物を、はっきりそれと見わけたからなんだ」

「もう一度、マレー先生との話の内容を聞かせてちょうだい」タペンスは言った。「ミセス・ココアのことを話したあと、先生はある種の殺人者のタイプについて、実例をひいて話したと言ったわね？ そのひとりは、病身のお年寄りのための養護ホームを経営してる女だった——そういえば、漠然とだけど、そんな記事を読んだような気もするわ。その女の名前までは思いだせないけど。でも、骨子はこういうことだった。お年寄りたちは、財産いっさいをその女に引き渡す。かわりに、死ぬまでじゅうぶんな介護を受けながら、お金の心配もなく、安楽に暮らせる。そしてたしかにみんな、安楽に暮らしたわ——問題は、入居後ほぼ一年以内に、たいがいのひとが亡くなってしまうということ——それも睡眠ちゅうに、きわめて安らかにね。そのうち、とうとう世間が怪しいと感づきはじめた。その女は裁判にかけられ、殺人罪で有罪を宣告された——ところが本人は、罪の意識など毛頭なく、かえってお年寄りに親切をほどこしてやった、ぐらいにうそぶいてた」

「そう。そのとおりだよ」トミーは言った。「ぼくもとっさにはその女の名を思いだせないけどね」

「まあいいわ、名前はどうでも」と、タペンス。「そのほかにも、先生は二、三の実例を話してくれたんだったわね。ひとつは、これもまた女性で、メイドや料理女や家政婦として、他人の家庭にはいりこむというケース。ときにはなにも起きないこともあるけど、ときには集団中毒事件が起きる。うわべは食中毒と見られてたんだったわね。症状はどれもありふれた食中毒で、なかには回復する患者もいた」

「手口はいつもおなじでね。サンドイッチをつくって、それをいくつかの包みに分け、ピクニックに持たせてやる。一見、しごく善良そうな、忠実な女で、集団中毒の場合には、自分もちょっとした症状を発してみせる。おそらく、軽い症状を誇張してみせてたんだろうな。そのうち事件が一段落すると、そこを辞めて、よそへ行く。いままでとはまるきりちがった土地へ。発覚するまでには、何年もかかったってわけだ」

「そう、そうだったわ。たしか、その女がなぜそんなことをしたのか、だれにもつきとめられなかったはずよ。彼女にはもともとそういう傾向が——そういう習癖があったのか。それともただおもしろ半分にやってたのか。正確なところは、ついにわからずじまいだった。被害者たちになにか個人的な恨みがあったわけでもなさそうだし、やっぱりちょっと頭がおかしかったのかしら」

「ああ、そうだと思うな。もっともぼくに言わせりゃ、お偉い精神科の学者さんたちがさんざん分析をくりかえしたあげく、いっさいは彼女が子供のときに飼ってたカナリアの死に関係がある、それが彼女のトラウマとなって、心の平衡を狂わせたんだ、とでもいうような結論を出すんじゃないかと思うけどね。でもまあいずれにせよ、大要はそういったところさ。

それから、第三のケースは、いささか奇妙なやつだった。フランスの女だ。夫と子供の死をひどく嘆いてね。他人に親切にすることで、その失意をまぎらそうとした。それで別名を〈慈悲の天使〉という」

「ええ、覚えてるわ」と、タペンス。「なんていう村だったか忘れたけど、その村の天使と呼ばれたんだったわね。ギヴォンだったかなんだったか、そんなような名。近隣のひとが病気になると、どこへでも出かけていって、看病した。とくに子供が病気になったと聞くと、すぐに駆けつけて、献身的に看護する。ところが、きまって病人はいったん回復に向かうように見えたあと、すぐまた病状が悪化して、結局は死んでしまう。彼女は自分のことのように嘆き悲しみ、泣きながら葬列についてゆく。そして村人たちはそれを見て、彼女がいなかったらどうすればいいのかお手あげだったところだ、そう言いあうわけ」

「なあタペンス、どうしてきみ、いまさらそんな話を蒸しかえすんだ？」

「どうしてって、マレー先生がそういった話を引き合いに出したのは、それなりの理由があったからじゃなかったのかって、そう思うからよ」

「するときみは、ドクターがそれを――」

「その三つのよく知られたケースを〈サニー・リッジ〉にあてはめ、だれかがそれに符合しないかどうか、いわば手袋を手に合わせるように、あれこれ検討してみてた、そう思うわけ。ある意味でわたし、あのホームのひとたちのだれにでも、それがあてはまるような気がするのよ。たとえばミス・パッカードは、第一のケースにぴったりだし。高齢者ホームの有能な経営者という点で」

「きみはじっさい彼女にたいしてきびしいんだな。ぼくはいつだって彼女には好意を持ってきたけどね」

「ひとはいつだって殺人者に好意を持ってきた、そう言いたいわね。たとえば、いつもいちばん正直そうな顔をして、はためにもそう見えるのって、ぺてん師とか取り込み詐欺師とかなのよ。殺人者もそれとおなじに、うわべはいたって善良そうに、とくべつやさしい心根を持っていそうに見えるにちがいない。まあそういったことよ。どっちにしろミス・パッカードは、あのとおり有能なひとだし、疑惑を招かずに自然死を演出する手段だって、いくらも持ってたわ。ただミセス・ココアのようなだれかだけが、そういう彼女を疑う可能性があるわけ。もしかしたらミセス・ココアは、自分自身いくらか正常でなかったから、変質者の心理を理解できたのかもしれない。でなければ、以前どこかで彼女に会ったことがあるのかも」

「ぼくに言わせれば、ミス・パッカードは、入居者のだれの死によっても、金銭的な利益を受けるとは思えないけどね」

「さあ、いちがいにそうとは言えないわよ。あんがいもっと深い狙いがあるのかもしれない。必ずしもぜんぶの入居者から利益を受けなくてもいいんですもの。そのうちのひとりかふたり、お金持ちのひとだけにかぎって、死後に遺産を自分に遺すようにさせておけば、残りのなんの利害関係もないひとたちのまったく自然な死が、うまく疑惑をカバーしてくれるわ。もしかしたら――ほんとにもしかしたら、だけど――マレー先生もミス・パッカードに、一瞬ちらっと疑惑の目を向けてみて、それから、『ばかばかしい、そんなのはおまえの気のせいだ』って、自分に言い聞かせたことがあるのかもしれない。だけど、ばかばかしいとは思ってみても、その考えはなかなか頭から払いのけられないってわけ。

それからまたつぎのケースは、あのホームの雑役婦とか調理師、場合によっては看護婦たちにもあてはまるんじゃないかしら。だれかあそこの従業員——中年の、信頼できるひとではあるけど、ある特殊な点では必ずしも正常とは言えない人物。ことによると、入居者のだれかにたいして、多少の怨恨か悪意を持ってさえいたかも。でもこの線では、あまり深い詮索はできないわね。だって、それほどよくあそこのひとたちを知らないんだから……」

「で、第三のケースは？」

「第三のケースは、いささか難物だわね」タペンスは認めた。「だれか献身的なひと。一身をなげうって他人に尽くすひと」

「もしかしたら、それはただ員数合わせのためにつけくわえただけかもしれんよ」トミーは言った。それから、言葉を継いで、「ぼくはあのアイルランド人の看護婦が、もしや、とは思うんだがね」

「わたしたちが毛皮のストールをあげた、あの親切なひと？」

「ああ。エイダ叔母さんのお気に入りだった、あの女さ。とりわけ親身に世話をしてくれる、という触れ込みだった。入居者みんなに好意を持っていて、亡くなると、ひどく悲しんだ。われわれと話をしたときだって、なんだかばかにそわそわしていた。きみがそう言ったんだよ、タペンス。もうじき辞める予定だという話だったけど、理由も言わなかったしね」

「どちらかというと、神経症的な傾向はあったかもしれない、とはわたしも思うわ。看護婦というのはね、あんまり患者に親身な感情を持っちゃいけないの。不即不離、それがまず教えられることなのよ。冷静に、能率本位にふるまって、自然に信頼感をかきたてるようでなくちゃいけないって」

「経験者は語るか」トミーがにやりとして言った。

「でも、ここらで絵のことに話をもどしましょう」タペンスは言った。「もし問題をしぼるとしたら、絵のことにすべきだわ。なぜって、ボスコワン夫人についてあなたが話してくれたこと、とても興味をそそりますもの。そのひと——とっても興味ある人物みたい」

「たしかに興味はそそるだろうさ。おそらく、このへんてこな事件にかかりあって以来、ぼくらの出くわしたもっとも興味ぶかい人物だろうな。考えずしていろんなことを知ってるというタイプ。この土地についても、ぼくの知らない、そしてたぶんきみも知らないなにかを知ってるみたいだった。そうさ、たしかになにかを知ってるんだ、彼女は」

「そのひとがボートについて言ってたってこと、それも考えてみればへんよね。あの絵にははじめ舟なんか描かれていなかったという、あの話よ。なぜいま舟が描かれてるんだと思う？」

「さあ、わからんね」

「その舟、名前が書いてあったかしら。わたし、見た覚えがないわ——もっとも、べつに意識して見てたわけじゃないけど」

「あったよ。〈睡蓮号〉《ウオーターリリー》と書いてあった」

「しごくぴったりな名前じゃない、舟の名としては——それがわたしになにを連想させるか、わかる？」

「見当もつかんね」

「そしてボスコワン夫人は、その小舟がご主人の手で描かれたものじゃないってことに、強い確信を持ってた——あとで描き加えたかもしれないのに」

「それはけっしてないと言ってた——その点、おおいに自信ありげだったよ」

「もちろん、もうひとつわたしたちの検討してない可能性も残ってるわ。わたしが頭がつんとやられたことについてね。つまりそれは、ここではない、よそのだれか——だれにせよ、その日わたしがなにを狙ってるのかつきとめようと、マーケット・ベイジングからはるばる尾行してきた人物。それというのも、わたしがあの町でいろいろ質問をしてまわったから。軒並み不動産屋にはいりこんで。ブロジット&バージェスをはじめ、一軒残らずよ。どこへ行っても、きまって店のひとはわたしのあの家への関心をそらそうとした。なんのかんのと逃げ口上を並べて。お客にべつの物件をすすめようとするのともちがう、なんとなく不自然な感じなの。ちょうどランカスター夫人の行方をつきとめようとしてぶつかったような、ああいったごまかしかた。やれ弁護士がどうの、銀行がどうの、持ち主が海外に行っていて、連絡がとれないの。まったくおなじパターンよ。そのあげくが、わたしの狙いがどこにあるのかつきとめようと、だれかにわたしを尾行させ、やがてのことに頭を一撃した。そこから推理は教会の墓地につながってくるわけ。なにゆえに彼らは、わたしにあの古い墓標を見せたくなかったのか。どっちにしろ、お墓はみんなひきずり倒されてたわ——愚連隊のしわざよ。電話ボックスを破壊するのにも飽きて、今度は墓地にはいりこみ、死者を冒瀆することで、楽しみをもとめようとした」

「字が書かれていたと言ったね——それも、ぞんざいに彫ってあったとか」

「ええ——鑿で彫ったんでしょうね。面倒な細工に嫌気がさして、中途でほうりだしちゃったみたい。

ええとね、書かれていたのは、まず名前ね――リリー・ウォーターズ――それと、年齢――享年七歳だったかしら――このふたつは最後まで彫ってあったわ。ほかに、二、三の文章の断片――たしか、〈然《さ》れどわれを信ずる……〉――それから、〈蹟かするものは〉――そして――〈碾臼〉とか……」

「なんだか聞いたことのあるみたいな文句だな」

「ええ、そうよ。まちがいなく聖書の文句――でもそれを彫ったひとは、その文句をうろおぼえにしか覚えていなかったみたい……」

「すこぶる妙だ――なにもかもが」

「それに、なぜ暴力をふるってまでわたしを阻止しなきゃならなかったのかしら――わたしはただ、司祭さんの手助けをしてあげようとしてただけなのに――それともうひとり、行方不明の子供を探している、気の毒な父親のことも。そこでね、ほら――またた消えた子供という最初の主題にもどってくるわけ。ランカスター夫人は、暖炉の奥に塗りこめられたかわいそうな子供のことを話題にした。コプリー夫人は、壁に塗りこめられた尼さんと、殺された子供のことを話題にした。それから、赤ちゃんを殺した若い母親のこと、恋人のこと、私生児のこと、自殺のこと――なにもかも古い話で、どこまでがうわさだか伝聞だか伝説だかもわからない。ぜんぶがごっちゃになってて、しかもそれが、早合点と臆測とで裏打ちされてるんだから！　にもかかわらず、にもかかわらずよ、トミー、それでもひとつだけれっきとした事実があるの――伝聞でも伝説でもない、確固たる事実が……」

「というと？」

「〈キャナルハウス〉の煙突のなかに、古い縫いぐるみの人形が落ちてたってこと――子供が抱いて遊ぶ人形が。あれはきっと、ずっと、ずっとむかしから、あそこに落ちてたのにちがいないわ。すっかり煤や瓦礫におおわれてたから――」

「それが手もとにないのが残念だな」

「あら、あるのよ、それが」タペンスは意気揚々と言った。

「持ってきたとでも言うのかい？」

「ええ。意外な発見だったでしょう？　だから、持ってきて、よく調べてみようと思ったの。だれも用はなさそうだったし。あのままあそこに置いてくれれば、ペリー夫婦がまっすぐごみ箱に直行させちゃったでしょうしね。ここに持ってきてあるのよ」

タペンスはソファから立ちあがると、スーツケースに歩み寄って、しばらくなかをかきまわしていたあげくに、新聞紙にくるんだなにかをとりだした。

「これよ、トミー。見てちょうだい」

多少の好奇心をもって、トミーは新聞紙をひろげた。そして、縫いぐるみの人形の残骸をそっととりだした。腕や脚はくたっとしているし、色褪せたドレスのリボン飾りは、手を触れるやいなや、ほろほろとくずれた。胴体は、とびきり薄いスエード革を縫いあわせたものらしく、かつてはおがくずでふくらんでいたのだろうが、いまはあちこちほころびて、詰め物がなくなってしまっているため、すっかりぺちゃんこになっている。トミーはひときわ慎重に持ち扱っていたのだが、にもかかわらず、調べているうちにそれは突如として解体して、はらりとほどけた縫い目から、一握りのおがくずと、それにまじって数個の小石がこぼれでた。床にころがったその小石を、トミーは丹念に拾い集めた。

「なんてこった。こりゃどうだ！」思わずつぶやきが漏れた。

「へんだわね、小石がはいってるなんて」タペンスが言った。「煙突のくずかしら。漆喰《しっくい》のかけらかなにかがまじってたのかしら」

「いや。この小石は胴体のなかにはいってたんだ」

小石をていねいにかきあつめたトミーは、あらためて人形の胴体に指をつっこんだ。さらにいくつかの小石がこぼれおちた。彼はそれらを窓ぎわへ持ってゆくと、手のひらでころがしてみた。タペンスはいぶかしげに夫の動作をながめていた。

「おかしなことを考えるものね――人形の胴に小石を詰めこむなんて」

「まあね。ただし、小石といってもただの小石じゃない」と、トミー。「そうするのには、りっぱな理由があったのさ」

「どういうこと？」

「まあ見てごらん。手にとってみるといい」

怪訝そうに、タペンスは夫の手からそのいくつかをとりあげた。

「大きいのもあれば、小さいのもあるわ。なぜそんなに興奮してるの？」

「なぜならばだ、タペンス、ようやく事の次第がわかりかけてきたからさ。こいつは小石じゃない。よく見たまえ、ダ、イ、ヤ、モ、ン、ド、だ」

15　司祭館の一夜

1

「ダイヤモンド！」タペンスは息をのんだ。

夫から、いまだに手のなかにある小石に視線を移しながら、彼女は言った。

「この埃だらけの石が、ダ、イ、ヤ、モンドですって？」

トミーはうなずいた。

「これでようやくのみこめてきただろう。すべてが結びついてるんだ。〈キャナルハウス〉。あの絵。アイヴァー・スミスがこの人形を見てなんと言うか、まあ待っていたまえ。きっときみに花束をくれるぜ、タペンス――」

「なぜわたしに？」

「大がかりな犯罪組織を摘発するのに功績があった、という理由でさ！」

「あなたも、あのアイヴァー・スミスも、ぜんぜん変わらないのね！　どうせ先週は、ずっと彼のところに入りびたりだったんでしょう？　こっちはあのぞっとするような病院で、延々と回復期を過ごしてるっていうのに――山ほどの慰めと、気の利いた会話を必要としてたのよ、わたしは」

「それでも、毎晩のように面会にはきてたじゃないか」

「でも、話らしい話はろくに聞かせてくれなかった」

「あのおっかない婦長に釘をさされてたんだよ――あまり患者を興奮させちゃいかん、って。とにかく、アイヴァーがあさってここにくる。彼がきたら、司祭館でちょっとしたパーティーをひらく予定になってるんだ」

「だれとだれがくるの？」

「まずボスコワン夫人。この土地の大地主のひとり。きみの友人たるミス・ネリー・ブライ。司祭。それからもちろんきみとぼく――」

「それと、アイヴァー・スミス氏ね――それ、彼の本名なの？」

「ぼくの知るかぎりでは、いつだってアイヴァー・スミスだったけどね」

「あなたって、ほんとに口がかたいのね……」

だしぬけにタペンスは笑いだした。

「なにがおかしいのさ」

「あなたとアルバートとが、エイダ叔母さんのデスクから、秘密の隠し引き出しを発見したとき、そのときのようすを見ていたかったと思って」

「あれはぜんぶアルバートの手柄だよ。さんざんやっこさんから隠し引き出しの講釈を聞かされてね。なんでも、古道具屋で丁稚奉公をしてて、そういったことを覚えたらしい」

「それにしても、エイダ叔母さんがほんとうにそんなところに機密書類を隠してた、とはね。厳重に封印までして。実質的にはなにも知ってたわけじゃないんだけど、〈サニー・リッジ〉になんらかの危険人物がいるってこと、それだけは容易に信じられる心境だったんでしょうね。叔母さんはそれがミス・パッカードだと思ってたんじゃないかしら」

「それはきみの想像にすぎんよ」

「でも、この狙いは悪くないと思うわ――もしわたしたちの追ってるのが犯罪組織だとすれば。組織は〈サニー・リッジ〉のような場所を必要としていた。評判がよく、管理がゆきとどいていて、しかも、運営にあたってるのは有能な犯罪者。必要な場合には、麻薬を扱う資格も持ってる人物。さらに、入居者が死亡した場合にも、それをごく自然な死として受け入れることにより、医師にもそう思わせてしまうだけの影響力を持ってるひと……」

「きみはすっかりわかったつもりでいるらしいな。しかし、きみがミス・パッカードを疑いだしたのは、彼女の歯が気に食わんという、そこからだったんだろう？」

「〝おまえを食ってやるのに便利なようにね〟」タペンスは思案にふけりながら言った。

「じつは、もうひとつ聞いてもらいたいことがあるのよ、トミー。もしかして、あの絵が――あの〈キャナルハウス〉の絵が、そもそもランカスター夫人のものではなかったとしたら……」

「しかし、そうだってことはわかってるんだぜ」トミーは彼女を凝視した。

「いいえ、ちがうわ。わたしたちはただ、ミス・パッカードからそう聞かされただけよ。あれはランカスター夫人がエイダ叔母さんにくれたものだって、そう言ったのはミス・パッカードだったわ」

「しかし、なぜわざわざそんな……」言いさして、トミーは口をつぐんだ。

「もしかしたら、それこそがランカスター夫人の連れ去られた理由かもしれない――あの絵は自分のものじゃない、自分がエイダ叔母さんにあげたものじゃない、そうわたしたちにばらしたりしないように」

「そいつはちと無理なこじつけじゃないのかい？」

「かもね――でもあの絵は、まさしくサットン・チャンセラーで描かれたのよ――絵のなかの家も、サットン・チャンセラーにあるわけだし――わたしたちには、その家がある犯罪組織によって隠れ家として使われてる、もしくは使われてたと信ずべき理由がある――エクルズ氏は、その組織の黒幕と目されてる。そしてまたエクルズ氏は、ジョンソン夫人を送りこんで、ランカスター夫人をよそへ移させた張本人。いろいろ考えてみたけど、ランカスター夫人がサットン・チャンセラーに、あるいは〈キャナルハウス〉に住んでたことがあるとは思えないし、そもそもあの家の絵を持ってたことすらないんじゃないかしら――たんに〈サニー・リッジ〉にいるだれかを通して、その家のことを聞かされただけ――ミセス・ココアかしら。おそらく。そしてランカスター夫人は、そのことを触れまわりはじめた。そのために危険な存在になってきたので、急遽よそへ移されたというわけ。でもね、いつかはわたし、ランカスター夫人を見つけだしてみせるわよ！　いいこと、トミー、この言葉を忘れないで」

「トミー・ベレズフォード夫人の探索の旅か」トミーは憮然として言った。

2

「拝見したところ、もうすっかりいいようじゃないですか、トミー夫人」と、アイヴァー・スミス氏が言った。

「おかげさまで、完全に回復しました」タペンスは言った。「それにしても、みっともない話――ノックアウトされるなんて」

「あなたの働きは勲章にあたいしますよ――とくにあの人形の件では。もっとも、そもそもどうしてこの事件に首をつっこむことになったのか、そこのところはいまひとつはっきりしないが」

「このタペンスはテリアみたいなものでね」トミーが言った。「足跡に鼻をこすりつけてやる。と、たちまち、ぱっと走りだすんだから」

「まさか今夜のパーティーから、わたしを除外しようなんてもくろんでるんじゃないでしょうね？」タペンスは胡散くさそうに言った。

「とんでもない。あなたのおかげで、かなりの問題が解決したんです。どんなにあなたがたおふたりに感謝してるか、とても言葉では言いつくせんぐらいで。いかにも、ある程度までは、われわれのほうでも探索を進めていた。ここ五、六年のあいだに起きた山ほどの強盗事件、これに、あるきわめて巧妙な犯罪組織が関係していることまでは嗅ぎつけていた。先だってトミーが、問題のこの抜け目のない法律家、エクルズ氏について訊きにきた、あのときにも言ったように、われわれもすでに長いあいだ、エクルズが怪しいとにらんではいた。ところがあいつ、簡単に尻尾をつかませるようなタマじゃない。じつに慎重なやつなんです。なんせ、正式に開業している弁護士だ——ごくまっとうな、正道を行く仕事ぶりで、依頼人だってみんな、ごくまっとうな連中ばかり。

トミーにも言ったことですが、これまでに判明したことのうち、なにより重要なポイントは、例の一連の家屋の問題です。いたってまともに、りっぱに暮らしているひとたちの住む、いたってまともな家——ただしそれらの住人は、ほんの短期間そこに住んだだけで、やがてどこかへ行ってしまう。

そこへ今度の事件です、トミー夫人。そしてあなたの働きのおかげで——あなたが煙突に落ちた鳥を見にいかれた、そのおかげで——そうした家のひとつをわれわれは発見することができた。そこにはかなりの盗品が隠匿されていました。じつに巧妙なシステムでしたな、あれは。宝石をはじめ、各種の高価な盗品をダイヤモンド原石に替えて、一時隠匿しておく。そしてほとぼりが冷めたころ、空路、国外へ送りだすか、あるいは漁船で運びだす」

「ペリー夫婦についてはどうなんですか？　あのひとたちも――そうでなければいいと思いますけど――やっぱり一味に加担してましたの？」

「確かなところはわかりません」スミス氏は答えた。「さよう、確実なところはまだなんとも。ただ、わたしの見るかぎり、すくなくとも細君のほうはなにかを知っている、もしくは、かつては知っていたはずだ、そう思いますな」

「実際に犯罪組織のひとりだという意味ですか？」

「ではないかもしれません。ですが、組織が彼女の弱みを握っているという、これなら考えられますな」

「どんな弱みを？」

「まあこれはここだけの話ですがね。この種のことについて、奥さんは口がかたいと信じてますが、じつのところここの土地の警察は、以前から亭主のエイモス・ペリーが、かつて発生した連続少女誘拐殺人事件の犯人ではないか、そう疑ってるんです。彼はあのとおり精神にやや問題のある男だ。専門家によれば、ああいうタイプの人間は、子供を殺したいという衝動を容易に持ちうるということでしてね。彼が真犯人だという直接の証拠はなにもない。ただ、一連の事件が起きるつど、細君のほうがどうもちと不自然なくらいに、亭主のアリバイを強調してきた。もしそうだとすれば、不埒な犯罪者の一味が、そこに彼女の弱みを見いだしたとも考えられる。そして彼女を脅しつけて、組織の持ち家の一部に店子として住まわせた。家の残り半分については、彼女もきっと沈黙を守るはずだ。ことによると一味は、ほんとうに彼女の夫にとって致命的な証拠を握っていたのかもしれない。トミー夫人、あなたはあの夫婦に会われたんでしょう？　どう思われましたかな、あのふたりを？」

「おかみさんのほうには好感を持ちました」タペンスは答えた。「あのひとは――そう、一言で言えば、善意の魔女って感じですわね。黒魔術ではなく白魔術を使うほうの」

「で、亭主のほうは？」

「こわいと感じました。といっても、それがそのままつづくわけじゃないんです。ほんの一度か二度。なんだか急にむくむくと大きくなったみたいな、ぞっとする感じがして。それも一、二分のあいだだけ。なにが恐ろしく感じられるのか、そこがはっきりしないんですけど、とにかくぞっとするんです。ひょっとすると、いまあなたもおっしゃったように、精神的に必ずしも健全でないという、それを直観的に感じとっていたのかも」

「そういう人間というの、けっこういるものでしてね」と、スミス氏。「普段は危険でもなんでもないんですが、さりとて、ほんとのところはわからないし、まちがいないと断定もしきれない」

「今夜の司祭館の集まりでは、いったいなにをするんですか？」

「いくつかの質問をします。二、三のひとに会います。われわれに必要な情報――いくらかつっこんだ情報をもたらしてくれそうななにか、それをさぐりだすんです」

「ウォーターズ少佐もくるんですか？　例の子供のことで、司祭さんに手紙をよこしたひとですけど」

「もともと存在しないようですな、そのような人物は！　問題の古い墓石が動かされたあとには、棺がひとつ埋まっていました――子供用の棺で、鉛で裏張りされたしろものです――そして棺のなかは盗品でいっぱいでした。セント・オールバンズの近くで起きた、ある押し込み強盗事件の被害品で、宝石やら金製品のたぐいです。司祭への手紙は、この墓がいまどうなってるか、それを知ろうという目的で書いてきたものでしてね。土地のちんぴらどもの破壊行為が、一味の慎重な布石を台なしにしてしまったというわけです」

3

両手をさしのべてタペンスのほうへ進みでてきながら、司祭が言った。「先日はどうも、たいへん申し訳ありませんでしたな、奥さん。いやまったく、あんなに親切にしてくださったあんたが災難にあわれた、そう聞いて、すっかり動転しましたよ。ここでわたしの手助けをしてくださってるあいだに起きたことで、だとすれば、すべては——さよう、すべてはこのわたしの責任だと言ってもいい。あんたに墓石を調べることなんか、お願いすべきではなかったんだ。それをついお言葉に甘えて——しかしまさか——まさかああいう無法な若者たちが——」

「さあさあ司祭さん、あんまり興奮なさっちゃお体に毒ですわよ」ふいにミス・ブライの声がして、ご本人が司祭のすぐそばにあらわれた。「あれが司祭さんのせいなんかじゃないってことぐらい、ミセス・ベレズフォードだって、おわかりになってらっしゃいますわ。手伝ってあげようとおっしゃったのは、とてもご親切なことでしたけど、とにかく、もうすんでしまったことですし、このとおり、もうすっかり回復なさってるんですから。そうですわね、ミセス・ベレズフォード？」

「ええ、たしかに」答えはしたものの、ミス・ブライが他人の体調についてこんなにも断定的な口をきくのを耳にすると、タペンスもいくぶんむしゃくしゃした。

「さあ、こちらへいらして、おかけくださいな。お背中にこのクッションをあてがうとよろしいですわよ」ミス・ブライはなおもつづけた。

「クッションはいりません」ミス・ブライが親切にも押してよこした椅子を断わって、タペンスはわざと暖炉の反対側の、背もたれのまっすぐな、ひどくすわり心地の悪い椅子を選んで腰かけた。

ドアに鋭いノックの音がして、室内の全員がびくっとした。ミス・ブライが急いで進みでた。

「お気づかいなく、司祭さん。わたしがまいりますから」

「すみませんな、いつも」

外のホールで低い話し声がして、やがてミス・ブライがブロケードのシフトドレスを着た大柄な女性を案内してもどってきた。その女性のあとからもうひとり、すばぬけて背の高い、骸骨を思わせる風貌の、痩身の男があらわれた。タペンスはその男をまじまじと見つめた。肩にはおった黒いマント、細面のやつれた面ざし、落ちくぼんだ目、さながら前世紀から出現した亡霊を思わせる。そっくりエル・グレコの絵から抜けだしたみたい、そうタペンスは思った。

「これはこれは、よくおいでくださった」司祭がその男に挨拶して、一同のほうをかえりみた。「フィリップ・スターク卿をご紹介します。こちらはベレズフォード氏ご夫妻。

アイヴァー・スミス氏。ああ！　これはボスコワン夫人。久しぶりですな、じつに久しぶりで――こちらはベレズフォード氏ご夫妻です」

「ベレズフォードさんには、先日お目にかかりました」ボスコワン夫人はそう言って、タペンスに視線を移した。「はじめまして。どうぞよろしく。事故におあいになったとか」

「ええ。でも、もうだいじょうぶです」

紹介がすんだところで、タペンスはあらためて椅子に腰をおろした。ふいに疲労感が全身をおおいつくした。これまではこんなこと、めったになかったのに。おそらくは震盪の後遺症だろう。静かにすわって、目を半眼にとじた。だがそのあいだも、視線はそれとなく動いて、室内の全員を仔細に観察していった。会話に耳を傾けることはせず、ただ見ることにだけ集中する。ちょうど舞台に役者が登場するように、ここにはこのドラマの――タペンス自身がはからずも巻きこまれることになったこのドラマの――登場人物が集まってきている。さまざまな断片がたがいに引き寄せあい、おのずからなる緊密な核を形成しつつあるのだ。フィリップ・スターク卿とボスコワン夫人の登場により、いまその舞台には、これまで隠されてきた登場人物がふたり、突如として姿をあらわした感がある。いままでこのふたりは、終始、いわば圏外ともいうべき位置にいた。それがいま、圏内に踏みこんできたのだ。ふたりはある意味でこれに関係している。かかわりを持っている。今夜もふたりはわざわざこの土地に足を運んだ。なぜだろう？　だれかがふたりを招いたのだろうか？　アイヴァー・スミス？　彼がふたりに出席を命じた？　それとも、やんわり招請しただけ？　あるいはまた、タペンス自身にとってと同様に、アイヴァー・スミスにも、やはりこのふたりは新たな要素なのだろうか？　タペンスはひそかに自分に言い聞かせた。「この事件は〈サニー・リッジ〉から始まった。だが〈サニー・リッジ〉は、事件の真の中心ではない。中心はつねにここ、このサットン・チャンセラーにあったのだ。すべてはここで起きたことなのだ。それほど新しいことではない。近年のことでないのはほぼ確実だ。遠いむかしのこと。ランカスター夫人とはかかわりのない出来事——だがランカスター夫人は、はからずもそれに巻きこまれてしまった。ではいったいランカスター夫人は、いまどこにいるのだろう？」

冷たい戦慄がタペンスの全身を走り抜けた。

「ひょっとしたら、ひょっとしたら、彼女はもう死んでいるのではあるまいか——」

もしそうなら、これまでの努力はむなしかったことになる。わたしがこの探索に乗りだしたのは、ランカスター夫人の身を気づかってのことだった。ランカスター夫人がなんらかの危険にさらされている、そう感じたからこそ、それを阻むため、ランカスター夫人の身を護るため、その行方をつきとめようとしてきたのだ。

「だから、もしもランカスター夫人がまだ無事でいるのなら、わたしはいまからでも彼女を探しだしてみせる！」と、タペンスは心に誓った。

サットン・チャンセラー……ここが始まりなのだ。この土地で、かつてなんらかの不吉な意味を持つ、危険を秘めた出来事が起きた。運河のほとりのあの家は、その出来事の一端——いや、ことによると、あの家こそがすべての中心なのかも。それとも、中心はこのサットン・チャンセラーだろうか？ ひとびとがきたり、住まい、去り、逃亡し、行方をくらまし、蒸発し、またあらわれる、この土地。ちょうどフィリップ・スターク卿があらわれたように。

頭は動かさず、ただ目だけを動かして、タペンスはフィリップ・スターク卿を見やった。この人物については、いつぞやコプリー夫人の長話のなかで聞かされたこと以上は知らない。物静かな紳士。学殖豊かな人物。植物学者。実業家。でなければすくなくとも、実業界に大きな勢力を持つ男。したがって、金持ちでもあるにちがいない——そしてもうひとつ、子供好きな男。ここでまた振り出しにもどってくる。またしても子供だ。運河のほとりのあの家と、煙突のなかの鳥。そしてそこに落ちていたのは、かつてだれかが煙突に押しこんだのだろう子供の人形。胴体のなかに、一握りのダイヤモンド——

犯罪による取得品――を隠し持った人形。家は、大規模な強盗団の本拠のひとつだった。だが世のなかには、強盗よりもさらに悪質な犯罪がある。コプリー夫人もあのとき言っていた――「ここだけの話ですがね、あたしはいつだって、あれはサー・フィリップがやったことかもしれない、なんて思ってましたよ」と。

フィリップ・スターク卿が殺人者？　なかばとじたまぶたのかげから、タペンスは卿を観察した。自分が心のなかに持っている殺人者の概念――とくに、幼児殺害者のそれ――と、フィリップ卿とが多少なりとも合致するかどうか、それを確かめようとしているおのれをはっきりと意識しつつ。

卿はいくつぐらいだろう？　すくなくとも七十、あるいはもっと上かもしれない。やつれた禁欲的な面ざし。そう、明らかに禁欲主義者だ。明らかに苦悩を背負った男。あの大きな黒い目。エル・グレコの目。あの痩せ衰えた体。

彼は今夜の集まりにやってきた。なぜだろう？　タペンスの目は、ミス・ブライへと移った。なにやら居心地悪げに腰をおろし、たびたび席を立っては、だれかの前にテーブルを押してやったり、クッションをすすめたり、シガレットボックスやマッチの位置を直したりしている。落ち着きがない。そわそわしている。その目はフィリップ・スターク卿に向けられている。動きまわっていないときには、きまって卿に目をやっている。

いない。ある意味では、いまなお恋しているのかも。年をとったからといって、ひとは恋をするのをやめられるわけではない。デリクやデボラのような若いひとは、そう思いこんでるかもしれないけど。若くない人間が恋をするということが、彼ら若いひとたちには想像できないのだ。でも、わたしはちがう。わたしは——そう思う。ミス・ブライは、いまだにフィリップ卿を恋している、と。報われない、望みのない恋心を卿にたいしていだいている、と。だれかが言わなかったろうか——コプリー夫人だったか、それとも司祭さんだったか——ミス・ブライは、かつてフィリップ卿の秘書だったし、いまでもこの土地での卿の事業上の問題は、彼女が処理してる、って？

そう、そうだとしたら、それは自然な感情だ。秘書は往々にして雇い主に恋をするものだから。では、これで決まった——ガートルード・ブライは、フィリップ・スタークを愛していると。でも、これがはたしてなにかの役に立つだろうか？　フィリップ・スタークのあの物静かな、禁欲的な人格の背後に、一筋の忌まわしい狂気が隠れているとミス・ブライは知っている、または疑っているだろうか？　つねに異常なほどの子供好きだった彼の、

「犬のような献身」そうタペンスは思った。「きっとむかしは卿を恋していたのにちが

「あたしに言わせれば、サー・フィリップの子供好きは、ちょっと度が過ぎてた」そう

コプリー夫人は言ってたっけ。

そういったことは、人間の性格に影響を与えずにはいないものだ。ことによると、彼があれほど苦悩にやつれているように見えるのも、それが理由なのかも。

「病理学者か精神科医でもないかぎり、狂気の殺人者の心理なんてわかるもんじゃないわ」そうタペンスは思った。「なにゆえに彼らは子供を殺したがるのだろう？ なにが彼らにそのような衝動を起こさせるのだろう？ 彼らもまた、あとになってからそれを後悔するのだろうか？ たとえば自己嫌悪を感じたり、絶望的な、みじめな気分に陥ったり、おびえたりするのだろうか？」

まさにその瞬間だった、タペンスは卿の視線が自分に向けられているのに気づいた。卿の目がこちらの目をとらえ、何事かを語りかけようとしているかのようだ。

「あなたはわたしのことを考えておられますな」と、その目は語っていた。「さよう、あなたの考えておられることは事実だ。わたしは憑かれた男なのです」

然り、それが正確な表現だ──彼は憑かれた男なのである。

タペンスはしいて卿から目をそらした。つづいて視線は老司祭へと移った。この司祭には好感が持てる。愛すべき人物だ。はたして彼はなにかを知っているだろうか？ あるいは。それとも、なんらかの複雑な悪の中心にいながら、なにひとつ疑わずに過ごしてきたのだろうか？　周囲では、さまざまなことが起きてきただろう。だが本人はなにも知ろうとしない。あの純真無垢というういささかいらだたしい美質、それを彼はそなえているのだ。

ではボスコワン夫人は？　だがこのボスコワン夫人という人物、軽々しい臆測を許さぬところがある。中年の女性、トミーの言うところの女傑。だがそれだけではじゅうぶんな表現とは言えない。と、そのとき、あたかもタペンスが呼びかけでもしたように、当のボスコワン夫人がだしぬけに立ちあがって、言った。

「ちょっと二階へ行って、お手洗いを拝借してもいいかしら」

「あら、気がつかなくて、どうもすみません」ミス・ブライがはじかれたように立ちあがった。「わたしがご案内しましょう。よろしいですね、司祭さん？」

「場所ならよくわかってますよ」ボスコワン夫人は言った。「どうかおかまいなく。ミセス・ベレズフォード？」

タペンスははっとして腰を浮かせた。

「おいでなさい」と、ボスコワン夫人。「ご案内しますよ。ごいっしょにどうぞ」

タペンスは子供のように従順に立ちあがった。タペンス本人はそういう表現では考えなかったろうが、それでも、召喚されたことはぴんときたし、ボスコワン夫人に呼びつけられれば、ひとは黙ってしたがうしかないのだ。

すでにボスコワン夫人はホールへ出ていたから、タペンスも急いであとを追った。ボスコワン夫人は階段をのぼりはじめた――タペンスもつづいた。

「予備室は、階段のとっつきにあります。いつでも使えるようになってるんですよ。お手洗いはその奥」

そう言って、ボスコワン夫人は階段のあがりはなの扉をあけると、なかにはいって、明かりをつけ、タペンスを導き入れた。

「ここであなたをつかまえられて、ほっとしましたよ」と、ボスコワン夫人は言った。「お会いしたいと思ってたんです。あなたのことが心配でね。ご主人からお聞きになりましたか？」

「あることを口にされた、というふうに聞いておりますけど」

「そうです、心配だったのですよ」ボスコワン夫人はタペンスの背後で扉をたてきった。いわば、内密の相談のために、内密の場所にとじこもる、といった趣だ。「ひとつうかがいますけど」と、エマ・ボスコワンは言葉を継いで、「あなたはサットン・チャンセラーを多少なりとも危険な場所だと感じたこと、ありますか？」

「わたしにとっては危険でしたわ」

「そうですってね。命に別状がなくて、さいわいでした。でも、そう――わたしにはそれ、さもありなんという気がしないでもないんです」

「あなたはなにかをご存じですのね」タペンスは言った。「この事件の全貌について、なにかをご存じなんでしょう?」

「ある意味ではね」エマ・ボスコワンは言った。「そう、ある意味では、知ってるとも言えます。でもある意味では、知らない。人間には、直観とか本能とかいうものがあります。それが的中していたとわかると、かえって不安になるものなんですよ。この犯罪組織だか盗賊団だかの件、なんだかひどく途方もない話に聞こえます。とうていこの事件の本質と関係があるようには……」

唐突に彼女は口をつぐみ、それから言いなおした。

「つまりこういうことですよ。それはたんに、げんに進行しつつある問題――これまでずっと、ほんとうに進行してきた問題――それらの一面をなすものにすぎないんです。ですがそれは、いまや非常によく組織されていて、まるきりビジネスみたいになっている。真に危険な面というのは、じつのところ、こっちのほうには見あたらない。危険なのは、そうした犯罪にかかわる一面ではなく、もうひとつのほうなんです。そのもうひとつのほうはいま、どのあたりに綻びが出はじめてるか、その綻びを防ぐにはどうすればいいか、それに気づきつつあります。ですからあなたも気をつけなきゃいけませんよ、ミセス・ベレズフォード。くれぐれも気をつけなきゃいけません。どうやらあなたは、前後の見さかいなしに物事の中心にとびこんでゆくタイプのひとらしい。そういうやりかたは、けっして安全とは言えないんです――ここではね」

タペンスはのろのろと言った。「わたしの叔母――正確には主人の叔母ですけど――その叔母に打ち明けたひとがいるんです。叔母が他界するまで暮らしていた養護ホーム――そこに殺人者が存在する、って」

エマ・ボスコワンはゆっくり首をうなずかせた。

「じつは、過去にそのホームで二件の死亡事件がありました。その二件の死因について、ホームの嘱託医は必ずしも納得していないんです」

「それがあなたを行動に走らせた理由なんですか？」

「いえ。それはその前からです」

「さしつかえなければ、いま手みじかに話してみてください――いつ邪魔がはいるかもしれない。できるだけ簡略に――その養護ホームだか、高齢女性ホームだかで起きたこと、あなたがのりだす原因になった出来事を」エマ・ボスコワンは言った。

「わかりました。ごく簡略にお話しできます」タペンスは答えた。そして、そうした。

「なるほど」エマ・ボスコワンは言った。「で、いまだにその老婦人――ランカスター夫人とやらの行方はわからない？」

「ええ」

「もう死んでると思いますか？」

「あるいはそういうことも――ありうるかと」

「彼女がなにかを知ってたから？」

「ええ。なにかについて知ってたからです。なんらかの殺人事件。おそらくは、ある子供が殺された事件のことを」

「そこですけどね、そこからあなたはまちがった方向にそれてしまった。そう思いますね」ボスコワン夫人は言った。「その子供のことは、どこかで混同されてるんです。混同したのは、たぶん彼女でしょう。つまり、あなたの言うその老婦人です。彼女はなにかほかのことと、その子供のこととを混同した。なにかほかの、別種の殺人事件のたぐいと」

「それはありうるでしょうね。老人って、えてして物事を混同しがちなものですから。でも、実際にこの土地には、とうとうつかまらなかった子供殺しの犯人がいたんでしょう？　すくなくとも、わたしの泊めてもらった宿のおかみさんはそう言ってましたけ

「かつてこの地方に、数件の連続少女殺害事件があったことは事実です。ですけどそれ、ずいぶん古い話ですよ。わたしも詳しいことは知りません。司祭さんもご存じないでしょう。当時はまだここにはいませんでしたから。でも、ミス・ブライはいました。ええ、ええ、たしかにいたはずです。そのころはまだ、ずいぶん若かったでしょうけど」

「でしょうね」

それからタペンスは言い足した——

「あのひと、そのころからずっとフィリップ・スターク卿に恋してたんですか？」

「すると、あなたもそれに気がついたんですね？　ええ、わたしはそう思いますよ。盲目的崇拝というのより、さらに深い愛情。完全に自分をなげうった、献身的な愛情。わたしたち、ウィリアムもわたしも、はじめてここへきたときに、すぐにそれに気づきましたっけ」

「どういうわけで、この土地へいらしたんですか？　〈キャナルハウス〉にお住まいだったんですか？」

「いいえ、あそこに住んだことはありません。ただ、夫があの家を描くのが好きだったんです。何度か描きましたよ。ところで、先日ご主人がわたしに見せてくださった絵、あれはどうなったんでしょう?」タペンスは答えた。「あの小舟についてあなたがおっしゃってたということ、主人から聞きました──お亡くなりになったご主人がお描きになったものじゃないとか──あの〈睡蓮《ウォーターリリー》号〉と名づけられたボート……」

「そうです。あれは夫の描いたものじゃありません。最後にわたしがあの絵を見たときには、舟なんかぜんぜんありませんでした。だれかが描き加えたんです」

「そしてそれに〈ウォーターリリー〉と名を入れた──いっぽう、実在しないはずのある人物、ウォーターズ少佐は──子供のお墓についての手紙をよこした──リリアンとかいう子供の──でも、そのお墓には、子供は埋葬されていず、かわりに、ある大がかりな強盗事件の被害品でいっぱいの、子供用の棺が埋まっているだけだった。ボートの絵は、ある種の伝言として──盗品の隠し場所を教えるためのメッセージとして描かれたものに相違ない──こう考えてみると、すべてはその犯罪組織に結びついているように……」

「見えますね、たしかに──でも、はたしてそれが……」

唐突にエマ・ボスコワンは言葉を切ると、早口につづけた──

「彼女があがってきます。トイレにおはいりなさい──」

「彼女？」

「ネリー・ブライですよ。さあ、早く、そこの個室にはいって——ドアをロックするんです」

「あのひとはただのお節介焼きというだけで……」タペンスはトイレの個室に身を隠しながら言った。

「それだけじゃありませんよ」

ボスコワン夫人がそう言うのと同時に、扉がひらいて、ネリー・ブライがきびきびとはいってきた。

「ご入用のものはぜんぶ見つかりましたか？　新しいタオルと石鹼はそろってましたでしょうね？　いつもコプリー夫人がかよってきて、司祭さんのお世話をしてくれてるんですけど、やっぱりときどきはわたしが見まわりませんと」

ボスコワン夫人とミス・ブライとは、連れだって階下へ降りていった。ふたりが応接間の入り口まで行ったところで、タペンスも追いついた。部屋にはいるなり、フィリップ・スターク卿が立ちあがって、タペンスのために椅子の位置を直してくれたうえ、かたわらにすわった。

「これでよろしいですかな、ミセス・ベレズフォード？」

「ありがとうございます。とても楽ですわ、おかげさまで」

「事故にあわれたとかで――たいへんお気の毒でした」フィリップ卿の声はちょうど亡霊のそれのように、響きを欠いたうつろな感じだったが、にもかかわらず、ある独特の深みがあって、なんとはない魅力を持っていた。「まったく嘆かわしい時代です――いたるところに事故がころがっている」

卿の視線がこちらの顔面をなめるようにゆっくり動いているのに気づいて、タペンスは考えた。「このひともわたしを観察している――わたしがさっき向こうを観察していたのとおなじに」そして、ちらりと鋭い一瞥をトミーに向けたが、トミーはエマ・ボスコワンと何事か話しこんでいた。

「そもそもあなたにこのサットン・チャンセラーへ足を向けさせたもの、それはなんだったのです、ミセス・ベレズフォード？」

「ああ、それですか」タペンスは答えた。「漠然とですけど、田舎に家を探そうという気持ちがありまして。たまたま主人が会議で留守にしますので、そのあいだを利用して、めぼしい土地をぐるっとまわってみようと思いたちましたの――周辺の状況とか、買うとしたら、値段はどのくらい出さなきゃならないか、とか、そういったことを」

「例の運河のそばの家も見にいかれたそうですな？」

「ええ。以前、汽車から見た覚えがありましたので。とても魅力的な家だと思ったものですから――外から見たかぎりでは」

「そうです。しかし、外側もやはり相当の修復を必要としそうだ。屋根とか、鎧戸とか。おまけに、裏側はさほど魅力的でもない。そうでしょう？」

「ええ。わたくしにもああいう分割のしかた、妙だと感じられますわ」

「さよう。ひとにはそれぞれ異なる考えがありますから」

「あなたはあそこにお住まいになったことはないんでしょう？」

「もちろんです。わたしの屋敷は、ずっと前に火災で焼けてしまいました。いまでも一部は残っていますがね。たぶんごらんになったか、あれがそうだと教えられたかなさったのではないですか？　この司祭館のすぐ上ですよ。ちょっと丘をのぼったところです。すくなくともこの近辺では丘と呼んでいますが、なに、そんなごたいそうなものじゃない。屋敷を建てたのはわたしの父親で、たしか一八九〇年かそのあたりのことです。えらく豪勢な大邸宅だったが、これがまあ、悪趣味の最たるもので。ゴシック風味のめっきをかけたうえに、バルモラル城の模倣もいくらかまじっているというやつ。近ごろまたどういうわけか、ああいったのがもてはやされだしたようですが、四十年前には、じっさいぞっとするしろものでしたな。いわゆる紳士の住まいに必要なものは、なんでもそろってるというやつでね」それとない皮肉味が声にあらわれた。「ビリヤードルーム。昼間の居間。ご婦人用の客間。べらぼうに広いダイニングルーム。舞踏場。総数十四にもなんなんとする寝室。おまけにそのころは、屋敷の維持管理のために、たしか――えと――十四人からの使用人をかかえていたはずです」

「あまりお屋敷が気に入ってらっしゃらなかったみたい」

「気に入るどころか。わたしは父にとっては不肖のせがれでね。父は実業家として非常に成功した男で、おそらくはわたしを跡継ぎにと望んでいたことでしょう。だがわたしはその期待を裏切った。それでも父は、けっこう甘やかしてくれましたよ。高額の定収入――父の呼びかたで言えば、手当ですか――をくれて、好きな道に進ませてくれましたから」

「たしか、植物学者でいらっしゃるとか」

「そうです。それはわたしにはおおいなる気晴らしのひとつだった。よく野生の花を探しに出かけたものです。とくにバルカン半島へ。バルカン半島へ野生の花の採集に行かれたこと、おありですかな。その種の旅にはもってこいの土地です」

「おもしろそうですこと。でも、旅のあとはいつもここへもどってらして、ここでお暮らしになったんでしょう?」

「ここには長いこと住んでいませんよ、いまでは。じつのところ、家内の死後は、二度とここへはきませんでした」

「あら」タペンスは多少どぎまぎしながら言った。「失礼しました――そうとは知りませんで」

「なに、もうむかしの話ですから。亡くなったのは戦争前。一九三八年です。わたしの口から言うのもなんだが、すばらしく美しい女性でした」

「まだこちらのお屋敷に、奥様の肖像画を置いてらっしゃいます？」

「いや、屋敷はからですよ。家具をはじめ、肖像画その他、すべてまとめて倉庫に預けてあります。いま使えるのは、寝室一部屋と、オフィス、それに居間として一部屋、それだけでね。差配のものが泊まるとか、どうしてもわたしがこっちへきて、不動産関係の問題を処理する必要があるとか、そういうときにだけ使っています」

「お売りにはならなかったんですね？」

「ええ。聞くところによれば、近隣一帯の再開発計画があるそうですがね。詳しくは知りません。屋敷になんらかの思い入れがあるわけじゃないんです。父はあそこを一種の封建領土みたいなものにしたかったらしいですがね。父の死後はわたしが受け継ぎ、わたしの死後はわたしの子供たちが受け継ぎ、そうやって子々孫々、血筋のつづくかぎり継承していってもらいたい、と」フィリップ卿はいったん口をつぐみ、一呼吸してからつづけた。「だがあいにく、わたしとジュリアには子供ができなかった」

「まあ、そうでしたの」タペンスはそっと言った。

「というわけで、ここにくる理由など、じつはなにもないのです。事実、めったにくることもありませんがね。ここで処理することが必要な問題は、なにもかもネリー・ブライが差配してくれますし」彼はミス・ブライのほうへほほえんでみせた。「彼女はつねに得がたい秘書でした。いまでもその種の事務的な問題は、彼女に一任しています」

「めったにおいでにならないのに、それでもお売りになる気はない？」タペンスは問うた。

「売らないのには、それなりのわけがあるのです」

かすかな笑いがフィリップ・スターク卿の禁欲的な面《おもて》をよぎった。

「結局のところこのわたしも、父の事業の才を多少は受け継いでいるようでしてね。土地はこのところ大幅に値上がりしています。現金で置いておくよりも、ずっと割りのいい投資なんですよ。もし手ばなせば、の話ですが。相場は日々に高騰しています。将来あの土地に、新しい大団地が建たない、とはだれにも言いきれませんからな」

「そうなると、あなたはお金持ちにおなりになる？」

「現在よりも、もっと金持ちになるわけです」フィリップ卿は悪びれずに言った。「いまでもけっこう金持ちではあるんですがね」

「いつもはどんなふうにしてお暮らしになってるんですの？」

「旅をしています。ロンドンでも事業を営んでいます。画廊をひらいてるんですがね。これでも、画商として多少は名が通ってるんですよ。いずれもすこぶる興味ぶかいもので、暇つぶしにはうってつけです——いつの日か、おごそかな手が肩に置かれて、〝さあお迎えだ〟と声がかかるまでのね」

「まあ、やめてくださいな、そんな言いかた。ぞっとしますわ」タペンスは言った。

「それには及びませんよ、ミセス・ベレズフォード。あなたなら、じゅうぶん天寿を全うされるはずだ。それも、非常に幸福な一生を」

「まあね、先のことはわかりませんけど、いまのわたくしが幸福であることは確かですわ。いずれは年寄りらしく、いろんな痛みとか病気とか障害とかに悩まされるようになるでしょうけど。耳が遠くなったり、目が悪くなったり、関節炎にかかったり、まあいろいろと」

「自分で予想しておられるほど、そういったことを苦にはされないんじゃないかな、あなたは。はばかりながら言わせてもらえば、あなたとご主人とは、はためにもまことに幸福なご夫婦のように見えますよ」

「ええ、そのとおりですわ、たしかに。じつのところわたくし、この世に幸福な結婚生活に勝るものはないと思ってますの」

だがそう言ってしまってから、心ないことを言ったものだとタペンスは後悔した。いま、向かい側にすわる男を見て、男が最愛の妻の死を長年にわたって嘆き悲しみ、そしていまもなおそれを深く悼んでいるらしい、そう感じたときには、彼女の自分への腹だたしさはいよいよつのったのだった。

16 一夜明けて

1

パーティーの翌朝だった。

アイヴァー・スミスとトミーとは、会話を中断して、顔を見あわせた。それから、そろってタペンスに目を向けた。タペンスは暖炉の火格子を見つめていた。その心は、どこか遠くにあるようだった。

「あれで結局どこまで進展したのか、だって？」トミーが言った。

その声でわれにかえったらしく、タペンスは吐息をついて、ふたりの男を見た。

「わたしには、いまだにすべてが結びついてるように思えるのよ。結局のところ、ゆうべのパーティーはなんだったの？　あれはなんのためだったの？　どういう意味があったの？」彼女はアイヴァー・スミスに視線を移した。「あなたがたふたりには、なにか意味があったんでしょう？　あれでなにか進展があったのかどうか、あなたならおわかりなんじゃありません？」

「わたしなら、そこまで結論を急ぎはしませんな」と、アイヴァーが言った。「だいたいわれわれは、必ずしも同一のものを追いもとめてるわけではないかもしれない」

「ええ、そうですわね、必ずしも」と、タペンス。

男たちは、そろっていぶかしげに彼女を見かえした。

「わかりました。こう言いましょう」タペンスは言った。「わたしは女です。それも強迫観念にとりつかれた女なんです。わたしはなんとかランカスター夫人を探しだしたい。なんとか彼女が無事でいることを確かめたいんです」

「それにはまずジョンソン夫人を見つけるのが先決じゃないかな」トミーが言った。「ジョンソン夫人が見つからないかぎり、ランカスター夫人もけっして見つからないはずだ」

「ジョンソン夫人ねえ。そうね、ひょっとしたら――でもこの方面の話、あなたがた男性には関心がありませんでしょ？」タペンスはアイヴァー・スミスに言った。

「とんでもない。おおありですよ、トミー夫人。関心ならおおいにあります」

「エクルズ氏はどうなってますの？」

アイヴァーは微笑した。「近いうちに、天の応報がくだるでしょうな。とはいえ、あまりあてにしてはいません。足跡をくらますことにかけては、途方もない達人ですから。あまりに巧妙なんで、そもそも足跡があったのかどうか、それすら疑わしくなってくるくらいで」それから、思案げに小声でつけくわえた。「たいした実務家。たいした企画者ですよ、彼は」

「ゆうべ——」言いかけて、タペンスはためらった。「ひとつ質問してもよろしいですか？」

「質問ならいくらしようと勝手さ」と、トミーが言った。「もっとも、このアイヴァーの狸おやじから、満足な答えがひきだせると思ったら大まちがいだが」

「フィリップ・スターク卿ですけど——」タペンスは言った。「あのかたは、いったいどこでこの一件にかかわってきますの？　およそ犯罪者タイプには程遠いひとみたいですけど——もしもあれで、ある種の……」

そこでタペンスは急いで口をつぐみ、連続少女殺害事件の犯人に関する、コプリー夫人の大胆な推論を押し殺した。

「フィリップ・スターク卿がこれにかかわってくるのは、重要な情報源としてですよ」と、アイヴァー・スミスが言った。「なにぶん、この地方最大の大地主ですし——ほかの土地にも、広大な地所を所有してますから」

「カンバーランドにも？」

アイヴァー・スミスは鋭い目でじろりとタペンスを見た。「カンバーランド？　なぜとくにカンバーランドなどとおっしゃる？　なにかそこに心あたりでもあるんですか、トミー夫人？」

「いえ、べつに。ただなんとなく頭に浮かんだだけで」タペンスは眉根を寄せて考えこんだ。「それともうひとつ、薔薇のこともあります。ある家の庭にあった、赤と白の斑入りの――オールドファッションド・ローズ」

いまひとつ自信なげに、首を左右にふる。

「フィリップ・スターク卿は、〈キャナルハウス〉の持ち主なんですか？」

「あそこの地所を所有しています――ここら一帯が、あらかた彼の所有地なんです」

「そうね。ゆうべ自分でもそう言ってましたっけ」

「彼のつてで、われわれは多くを知ることができました。ややこしい法的手続きを重ねることで、巧妙に隠蔽されていた賃貸契約、あるいは借家について――」

「わたしが出向いたマーケット・ベイジングのいくつかの不動産屋――なにかいかがわしいところでも見つかりました？　それとも、そう感じたのはわたしの気のせいだったたのかしら」

「いや、気のせいではありませんよ。午前ちゅうに、軒並みあたってみようとしてるところです。ちと痛い質問をしてやるつもりですよ、連中には」

「結構ですわね」

「おかげで捜査は順調に進んでいます。一九六五年の大がかりな郵便局襲撃事件が解決できましたし、オールベリー・クロス強盗事件や、アイルランド郵便列車の事件、これらも証拠をつかみました。盗品の一部も回収しました。まったくうまい隠し場所を考えたものです――一連の家のなかにそれらを造りこむとは。ある家では、新たに据えつけた浴槽、べつの家では、増築した使用人部屋。二、三の部屋が実寸より小さめにできていて、そこにちょっとした隙間ができる――じつに興味ぶかい空間が。そうです、われわれは多大の収穫をあげていますよ」

「でも、一味のひとたちはどうなんですの？」タペンスは言った。「つまり、それを考えだしたひととか、組織を動かしていたひと――エクルズさんのほかに。彼のほかにも、事情に通じているひとがいたはずでしょう？」

「そりゃいましたとも。男がふたり――ひとりは、なんとも都合よく、Ｍ１本部のすぐ近くで、ナイトクラブを経営してました。〈しあわせ《ハッピー》〉ヘイミッシュと異名をとったやつですがね。鰻《うなぎ》そこのけの、尻尾のつかみにくいやつです。それから女――仲間うちでは〈殺し屋《キラー》〉ケートと呼ばれていました――もっとも、そう呼ばれてたのは、だいぶむかしの話ですが――非常に興味をそそる犯罪者のひとりです。美人なんですが、いわゆる精神的バランスにいささか問題があった。それで組織から追放されたわけです――きっと一味にとって危険な存在になったからでしょうな。彼らは厳密にビジネスに徹していた――いってみれば、盗みはすれど非道はせず、というわけですよ」

「で、〈キャナルハウス〉は、その一味の隠れ家のひとつだったんですか？」

「かつてはね。〈奥様牧場《レディーミード》〉と当時は呼ばれていましたが。その後もいろいろ異なる名がついていたようです」

「おかげでますます話が混乱するくらいにね」タペンスは言った。「〈レディーミード〉ですか。なんだかその名前、ある特定のなにかと結びついてるみたいな……」

「なにと結びついてるんです？」

「とくにお話しするほどのことじゃありませんわ。たんにわたしの頭のなかで、べつの兎が放たれたというだけで――わたしの言う意味がおわかりなら。ただ困ったことに、わたし自身にもまだいまのところ、自分の言ってる意味がよくわからない。それから、あの絵のこともありますわね。ボスコワンがあの絵を描き、だれかがボートを描き足した——ボートに名前までつけて……」

「〈鬼百合《タイガーリリー》〉でしたか」

「いえ、〈睡蓮《ウオーターリリー》〉です。そして未亡人は、亡くなったご主人がボートの絵を描いたんじゃないと言ってる」

「未亡人にそんなことがわかりますかな？」

「わかると思います。画家と結婚していて、そのうえ自分も芸術家ならば、絵のスタイルのちがいって、一目でわかると思うんです。それにしてもあのひと、どこか恐ろしいひとですわ」

「だれが——ボスコワン夫人が、ですか？」

「ええ。恐ろしいというか、パワフルなんです。なんとなく圧倒されるような」

「それならわかりますよ。たしかにそうです」

「あのひと、いろんなことをよく知っています。でも、それらを知っているから知っているのかどうか、そのへんがはっきりしません。わたしの言いたいこと、おわかりですかしら」

「わからんね、さっぱり」トミーがきっぱりと言った。

「要するに、こういうことなんです。物事を知るのには、知るという方法がひとつ。もうひとつの方法は、ある意味でそれを感知することです」

「きみの得意なのは、そっちのほうだろう、タペンス」

「なんとでもおっしゃい」どうやらタペンスは、べつの思考の筋道をたどっているらしかった。「今回の事件は、すべてがこのサットン・チャンセラーを中心にして結びついています。サットン・チャンセラーでないにしても、〈レディーミード〉だか〈キャナルハウス〉だか、とにかくあの家に。そして関係者のすべては、現在または過去のいつごろかに、一度はあの家に住んでいる。当然、いくつかのことについては、遠い過去にさかのぼって考えることが必要になってくるわけです」

「きみの考えてるのは、コプリー夫人のことなんだろう？」

「ただ、わたしに言わせれば、コプリー夫人の話は全体として、ますます事態を紛糾させるだけでしかなかったと思うけど。つまり、年代やら日付けやらがすっかり混同されてるんじゃないか、って」

「珍しいことじゃないさ。田舎ではね」と、トミー。

「それはわかってるわ。こう見えてもわたし、田舎の司祭館で育ってるんですからね。田舎のひとって、日付けを歴年で記憶しようとせず、出来事で記憶しようとするの。〝あれは一九三〇年のことだ〟とか、〝一九二五年に起きたことだった〟とか言うかわりに、〝あれは古い水車小屋の焼けたつぎの年だ〟とか、〝オークの大木に雷が落ちて、農夫のジェームズが感電死した、すぐあとのことだった〟とか、〝あれは小児麻痺《ポリオ》の流行した年だった〟とか、そんなふうに言うわけ。だから当然、彼らの記憶してる出来事と出来事とのあいだには、はっきりした時間的なつながりがない。おかげでいっさいはひどくややこしくなってくる。ただそこで、ちょこちょこと真実らしき断片がのぞいてるだけなの。でもね、もちろん最大の問題は——」と、タペンスはたったいまとつぜん重大な発見をした、といったふぜいで、「——問題はね、わたし自身がもう年をとったってことよ」

「あなたは永遠の若者ですよ」と、アイヴァーが思いやりぶかく言った。

「ばかおっしゃい」タペンスの口調は手きびしかった。「わたしはもう年寄りです。だってわたし自身、物事をそういうふうにしか思いだせませんもの。記憶の手がかりということに関するかぎり、すっかり原始にもどっちゃったという感じで」

立ちあがった彼女は、部屋のなかを歩きまわりはじめた。

「こういったホテルの腹の立つことといったら」

そう言いながら、隣りの寝室へはいっていったが、すぐにまた首をふりながらもどってきた。

「聖書ひとつ置いてないんだから」

「聖書？」

「ええ。ご存じでしょ？　むかしのホテルには、必ずギデオン協会の聖書が備えつけてあったものだわ。そのおかげで、昼でも夜でも、救われたいときにひとは救われるというわけ。それがここにはないんだから」

「聖書がいるのか？」

「まあね。わたしは司祭の娘として正しく育てられたから、以前はこう見えても、聖書を隅から隅まで暗記してたわ。でもいまとなってはね、記憶力が減退しちゃって。とりわけ近ごろでは、教会ですらちゃんとした日課祈禱書を読もうとしないんですものね。なにしろ、このごろの新共同訳ときたら、翻訳も正確、語法もたてまえ上は適切ということになってるんでしょうけど、読んでもさっぱりむかしのような味がなくなっちゃって。あなたがたが不動産屋をあたってるあいだに、わたし、ちょっとサットン・チャンセラーへ行ってくることにしますから」

「なんのために？　それは厳禁だよ」トミーが色をなして言った。

「よしてちょうだい——探偵の真似をしようっていうんじゃないんだから。ただ教会へ行って、聖書を見てくるだけよ。もしも教会のが新共同訳だったら、司祭館へ行って、司祭さんに古いのを見せてもらうわ。司祭さんなら、当然、持ってるはずでしょ？　ちゃんとした――つまり欽定訳聖書を」

「欽定訳聖書がなんのために必要なんだ」

「例のお墓に彫られていた碑銘について、記憶を新たにしたいだけ……あれ、なんだか興味があるから」

「それはそれでいい――しかしぼくはきみを信用しないぜ、タペンス。いったん目を離したら、またまたどこでどんな面倒に巻きこまれるか、わかったものじゃないんだから」

「約束するわよ、二度と墓地をうろついたりはしないって。晴れた朝の教会、それに司祭さんの書斎――それ以外はどこへも行かないから。これほど安全な場所があると思う？」

トミーは疑わしげに妻を見やり、それから妥協した。

2

サットン・チャンセラーの墓地門の近くに車を停めたタペンスは、教会の構内にはいってゆく前に、まず慎重にあたりを見まわした。ある特定の地点で激甚な肉体的損傷をこうむった身として、彼女にも人並みにはその場所への本能的な警戒心があった。とはいえ、今回にかぎって、どんな怪しい襲撃者も墓石のかげにひそんでいる気配はなかった。

タペンスは教会にはいっていった。なかではひとりの初老の女がひざまずいて、せっせと真鍮の器具を磨いていた。タペンスは忍び足で聖書台に歩み寄ると、そこに置いてある分厚い書物をぱらぱらとめくってみた。器具を磨いていた女が顔をあげて、胡散くさそうにこちらを見た。

「ご心配なく。盗むつもりはありませんから」そう言って、タペンスはまたていねいに書物をとじると、爪先だって教会の外に出た。

しばらくそこに立って周囲を見ているうちに、このまま墓地へ行って、最近の発掘跡とやらを見てきたい衝動にかられたが、それだけはぜったいにしないと約束したことを思いだして、しいて自分をおさえた。

「躓かするものは……」と、そっと唱えてみた。「これはあのことを意味してるのかもしれない。でも、もしそうだとすると、それはだれかが——」

車を走らせて司祭館までのわずかな道のりを行くと、車を降りて、玄関への小道を歩いていった。呼び鈴を押してみたが、家のなかでそれが鳴る気配はない。「こわれてるみたいね」司祭館の呼び鈴なるものの習性を熟知しているタペンスは、そうつぶやいて、扉を押した。扉はやすやすと内側にひらいた。

彼女はホールに足を踏み入れた。ホールのテーブルに、外国の切手を貼った大型の封筒が置かれている。アフリカのある宣教師会のロゴが印刷されたものだ。

「やれやれ、宣教師でなくて、よかった」と、胸中ひそかにつぶやく。

だがその漠然たる想念の奥に、もうひとつべつのなにかが横たわっていた。なにか、どこかの家のホールのテーブルに関係のあること。なにかぜひとも思いださねばならぬこと……花？　葉？　なにかの手紙か小包？

ちょうどそのとき、左手のドアから司祭が出てきた。

「これはこれは。わたしにご用ですかな？」司祭は言った。「おや、これはミセス・ベレズフォード――でしたな？」

「そのとおりですわ」タペンスは言った。「用というほどでもないんですけど、もしやこちらに聖書がおありじゃないかと思いまして」

「聖書。さあて、聖書とね」司祭は意外にもあやふやな表情になって、言った。

「こちらなら、たぶんお持ちじゃないかと思ったんですけど」タペンスはくりかえした。

「ああ、もちろん。聖書ね、ありますとも。じつをいうと、何冊かあるはずだ。ギリシア語訳のもありますぞ。お入り用なのは、それじゃないでしょうな？」

「いいえ」タペンスはきっぱり言った。「わたしの見たいのは、欽定訳聖書なんです」

「ああ、なるほど。それならむろん、うちじゅうに何冊もあります。そう、何冊もな。じつは、いまではその欽定訳というのは使っておらんのですよ、教会では。主教の方針だからしたがうしかないんだが、この主教というひとが、近代化にはことのほか熱心でしてな。若いものたちを教会にひきつけねば、うんぬん、というわけで。そうまでせんでも、とわたしなんかは思うんだが。まあとにかく、書斎は本だらけで、何冊かはその下に埋もれてしまっておるが、なに、探せばすぐに見つかるはずですわ。そう、そのはずです。もし見つからなんだら、そのときはミス・ブライに訊けばいい。どこかそのへんで花瓶を探しておるはずじゃから。教会の〈子供のコーナー〉で野の草花を飾るとかいうことで、その花瓶をな」タペンスをホールに残して、司祭はいま出てきた部屋へひきかえしていった。

タペンスはそのあとを追おうとはしなかった。その場に立ち止まったまま、眉根を寄せて考えこんだが、そこで、はっとして顔をあげた。ホールの奥のドアがいきなりひらいて、ミス・ブライが出てきたからだ。両手で重そうな大きな金属製の花瓶をかかえている。

タペンスの頭のなかで、いくつかのことがかちりとつながった。

「そうか。そうだったんだわ、もちろん」タペンスは言った。

「おや、なにかご用──あ──あ──あなたはベレスフォード夫人……」

「ええ」タペンスは言った。それからつけたした。「そしてあなたはジョンソン夫人。そうですよね？」

重い花瓶が床に落ちた。タペンスはかがみこんでそれを持ちあげ、手にのせて重みをはかった。

「手ごろな凶器だわ」そう言いながら、花瓶を下に置く。「ひとの頭を後ろからがつんとやるのには、ちょうどうってつけ。それなんでしょ、あなたがわたしになさったことは？──ねえジョンソン夫人？」

「あ──あの──なんとおっしゃいまして？　わ──わたし──け、けっしてそのような……」

だがタペンスにしてみれば、それ以上は聞くまでもなかった。いまの自分の言葉の効果のほど、それはすでに見てとっていたから。二度めにこちらがジョンソン夫人の名を口にしたとき、ミス・ブライはありありと正体をさらけだしてしまっていた。恐怖に打たれて、全身がわなわなとふるえている。

「先日お宅にうかがったときに、ホールのテーブルに手紙がのっていました」タペンスはつづけた。「カンバーランドのどこやらにご滞在の、ヨーク夫人とかおっしゃるかたに宛てたお手紙。そこなんでしょ、ジョンソン夫人？――〈サニー・リッジ〉からあのかたを連れだして、送り届けた場所は？　そこにあのかたは現在おいでなんでしょう？ヨーク夫人、またはランカスター夫人、どっちでもおなじこと――ヨーク家とランカスター家とは、表裏一体なんですから――ちょうどペリー家のあの庭の、赤と白の斑入りの薔薇のように」

すばやくタペンスは背を向けると、いまだに階段の手すりにすがったまま、口をあんぐりあけて立ちすくんでいるミス・ブライをその場に取り残し、足早に司祭館を出た。そして門までの小道を駆けてゆくと、車にとびのり、走り去った。一度だけ後ろをふりかえってみたが、だれも門口に出てくるものはなかった。いったん教会の前を通り過ぎて、マーケット・ベイジングへ向かったものの、そこでふと気が変わって、Uターンすると、いまきた道をしばらくもどり、それから左へ折れて、〈キャナルハウス〉をめざした。橋に着いて、車を捨てると、ペリー夫妻のどちらかが庭に出ていはしないかと、門扉の上からのぞいてみた。だがふたりの姿はどこにもなかった。タペンスは門をくぐり、さらに小道を裏口まで歩いていった。裏口のドアはしまっていて、窓もぴったりとざされている。

タペンスは焦燥を覚えた。ひょっとするとアリス・ペリーは、マーケット・ベイジングへ買い物にでも出かけたのかもしれない。タペンスの目的はアリス・ペリーに会うことにあったから、念のために裏口のドアをノックし、しばらく待って、さらに音高くたたいてみた。依然として返事はなかった。把っ手をまわしてもみたが、ドアはひらかない。施錠されているのだ。去就に迷って、タペンスはその場に立ちつくした。

どうしてもアリス・ペリーにたずねてみたいことがあった。それを訊かないかぎり、どうにも気がすまない。ことによるとアリス・ペリーは、サットン・チャンセラーへでも行っているのかも。こちらもそこへひきかえそうか。この〈キャナルハウス〉の難点は、近くに一軒の人家もなく、橋を渡ってやってくる車も、めったにないということである。ペリー夫妻がいまどこにいる可能性があるか、それをだれにも訊いてみることはできないのだ。

17　ランカスター夫人

眉をひそめて、タペンスはしばし立ちつくした。と、とつぜん、なんの前ぶれもなく、扉がだしぬけにひらいた。思わず一歩後退して、そこでタペンスははっと息をのんだ。目の前に立っているのは、およそこの世でもっとも予想外の人物だった。その戸口に、〈サニー・リッジ〉で会ったときとまったくおなじ服装のまま、まったくおなじにこやかな、どっちつかずな笑顔で立っている人物、それこそはだれあろう、かのランカスター夫人そのひとだった。

「まあ」それ以上は言葉がつづかなかった。

「おはようございます。ペリー夫人にご用かしら」と、ランカスター夫人は言った。

「きょうは市《いち》の立つ日でしてね。わたしが留守番をしていて、ちょうどようございました。あいにく、キーを見つけるのに手間どっちゃって。ようやく見つけましたけど、どうせこれも、合い鍵にちがいありませんよ。とにかく、まあおはいりなさい。お茶でも一杯いかが?」

夢でも見ているような気分で、タペンスは戸口をまたいだ。なおもおなじ女主人然とした愛嬌をふりまきながら、ランカスター夫人はタペンスを居間へと案内した。

「おかけなさいまし。お茶と言いましても、あいにく勝手がよくわかりませんでね。ここへきて、まだ一日か二日にしかならないもので。ところで——ええと、あら——あなたは——たしか以前にどこかでお目にかかりましたわね?」

「ええ」タペンスは答えた。「〈サニー・リッジ〉にいらしたときですわ」

「〈サニー・リッジ〉。さて、〈サニー・リッジ〉とね。たしかになにかを連想させるんだけど——ああ、そうそう、ミス・パッカードだわ。そう、あそこはなかなかすてきなところでしたよ」

「ずいぶん急いでお出になったみたいですのね?」タペンスは言った。

「みんながばかに高飛車でね。やれああしろ、やれこうしろと、やたらにせきたてるんです。出るなら出るで、それ相応の手配りも必要だし、荷物もきちんとまとめてからにしたいのに、そういったことはなにひとつやらせてくれない。もちろん、善意でやってることはわかってるんですけどね。ネリー・ブライは、わたしも大好きだし。でもあのひとときたら、やりかたがとても強引で。ときどき思うんだけど——」と、ランカスター夫人はタペンスのほうへ近々と身を寄せながら、「――ときどき思うんだけど、あのひと、ちょっとここが……」と、意味ありげにひたいをたたいてみせて、「もちろん、よくあることですけどね。とくにオールドミスの場合に。未婚の女性にね。仕事の面では有能だし、働き者でもあるんだけど、へんな妄想を持つことがちょくちょくあるんです。若い副牧師なんかは、それでずいぶん迷惑してますよ。彼女たち、つまりそういったオールドミスの妄想の対象になるのって、えてして若い副牧師ですから。彼にプロポーズされたみたいに思いこむんだけど、じつは男のほうはそんなこと、夢にも考えちゃいないわけ。そうなんですよ。かわいそうなネリー。ほかの点では、あんなに分別に富んだひとだというのにね。ここの教区では、まさに大黒柱。それに、いつだって第一級の秘書だったし。でも、それでいて、ときどき突拍子もないことを思いつく。たとえば、とつぜんやってくるなり、有無をいわさずわたしを〈サニー・リッジ〉から連れだして、カンバーランドへ送ったり――それがまた、ひどくへんぴなところでねえ――かと思うと、またぞろ予告もなしに、こんなところへ連れてきてみたり……」

「いまはここにお住まいなんですか？」タペンスは問うた。

「さて、これを住んでると言えるならばね。なにしろ、ここでの手配いっさい、なにもかもすごく妙なんですから。ここへきてから、まだやっと二日ですしね」

「その前は、カンバーランドの〈ローズトレリス・コート〉に──」

「そうそう、たしかそんな名前でしたっけ。〈サニー・リッジ〉みたいに、きれいな名前じゃありませんでしょ？　じつをいうと、わたしはもともとあんなところに落ち着く気はありませんでしたよ。〈サニー・リッジ〉ほど、すべてにゆきとどいてもいませんしね。サービスはよくないし、それにまあ、ひどい安物のコーヒーを出すことといったら。それでも、わたしなりになんとか慣れて、ひとりふたり、お近づきになったかたもいらしたんですけどね。ひとりは、ずっと以前にわたしの伯母をご存じだったかた。楽しいものですよ──そうやって古い縁故関係が見つかってゆくというのは」

「でしょうね」タペンスは相槌を打った。

ランカスター夫人は快活につづけた──

「ところであなたは〈サニー・リッジ〉を訪ねてみえたけど、あそこに入居なさるためじゃありませんでしたよね？　どなたかをお見舞いにいらしたんでしょう？」

「夫の叔母ですわ。ミス・ファンショーです」

「ああ、あのかた。そうそう、思いだしました。それから、なんでしたか、あなたのお子さんのこともありましたでしょ？──煙突の奥の壁に塗りこめられたお子さん……」

「いいえ」タペンスは言った。「わたしの子供じゃありませんわ」

「でも、いまここにいらしたのは、そのためなんでしょう？　ここの煙突には、いろいろといわく因縁がありましてね。たしか、鳥がはいりこんだこともあったとか。家全体が修理を必要としてるんですよ。こんなところ、ぜんぜん気に入りませんね、わたしは。ええ、ええ、まるっきり気に入りません。今度ネリーに会ったら、さっそくそう言ってやりましょう」

「ここでは、このペリー夫人のお宅にご滞在なんですの？」

「ある意味ではそうですし、ある意味ではそうじゃありません。あなた、秘密は守っていただけるでしょうね？」

「ええ、もちろん。その点はどうかご心配なく」

「じゃあお話ししましょう。じつはわたし、ここで暮らしてるわけじゃぜんぜんないんです。つまり、家のこちら側では。こちら側は、ペリー夫婦の領分ですからね」ランカスター夫人は身をのりだした。「向こうにべつの区画があるんですよ、階段をのぼったところに。いらっしゃい、お目にかけましょう」

タペンスは立ちあがった。なにやら途方もない悪夢のなかにいるような気分だった。

「その前に、まず扉に錠をおろしておきましょう。そのほうが安全ですから」

そう言ってランカスター夫人はタペンスの先に立ち、二階への階段をのぼった。そして二人用の寝室――生活の跡があるところから推して、ペリー夫妻の部屋だろう――を抜けると、奥のべつの扉から、隣室へはいっていった。そこには洗面台のほか、背の高い楓材の衣裳だんすがひとつあるきりだった。ほかにはなにもない。ランカスター夫人はその衣裳だんすに歩み寄ると、その裏側をさぐった。それから、いきなり軽々とそれを脇に押しのけた。衣裳だんすには脚輪がついているらしく、するすると壁ぎわから離れた。と、その後ろから、そんな場所にしてはちと妙なことに、暖炉があらわれた。マントルピースの上には一枚の鏡がかけてあり、鏡の下の小さな棚には、いくつかの磁器製の鳥の置物が並べてある。

驚いたことに、ランカスター夫人はマントルピースの中央の鳥をいきなりわしづかみにすると、ぐいとひっぱった。どうやら鳥はマントルピースに固定されているようだ。事実、タペンスがすばやくさわって確かめてみたところでは、鳥はどれもしっかりと固定され、動くようすはない。ところが、ランカスター夫人の動作の結果、どこかでかちりと音がしたかと思うと、マントルピース全体が、ぽこりと壁から離れて、手前へせりだしてきた。

「うまい仕掛けでしょう？」ランカスター夫人は言った。「この細工ができたのは、ずっとむかしです。この家を改造したときですよ。〈司祭さんの隠れ家〉と呼ばれていたけれど、ほんとに司祭さんがここに隠れたことがあるなんて、わたしは信じませんね。司祭さんとはいっさい無関係。一度だってそういうことがあったとは思いませんよ。さあ、ここをくぐるんです。わたしのいま住んでるのは、こっちでしてね」

ランカスター夫人は、目の前の壁を押した。すると、その壁もまた向こう側へひらいて、いくらもたたぬうちに、ふたりは窓から運河と正面の丘とが見晴らせる、広々した感じのよい部屋のなかにいた。

「すてきな部屋でしょう？」と、ランカスター夫人は言った。「眺望がとてもよくてね。わたしはいつだってこの部屋が気に入ってました。ご存じでしょうけど、むかし娘のころに、しばらく住んでたことがあるんです」

「はあ」

「あまり縁起のいい家じゃないんですけどね。みんなもよくそう言ってました──ついてない家だって。じつはわたしもね、もうじきこの家はたたんでしまうつもりなんです。いくら用心しても、用心しすぎるということはありませんから」

手をのばした彼女は、いまふたりがはいってきた扉を押した。鋭いかちりという音がして、それは自動的にもとの位置におさまった。

「これもそのときの改造のひとつなんでしょうね？」と、タペンスは言った。「そのひとたちがここを隠れ家に使おうと考えたときの」

「改造ならいろいろしましたよ」ランカスター夫人は答えた。「まあおかけなさい。高い椅子のほうがいいかしら。それとも低いほうのが？　わたしは高いほうのにさせてもらいますよ。リューマチの気があるものでね。あなた、さだめしあの奥に、子供の死体があるとでもお考えになったんじゃない？」それからつけくわえて、「ばかげた考えですよ、じっさい。そうはお思いにならない？」

「ええ、まあ」

「〈警官と泥棒〉」そう言うランカスター夫人の態度には、どこか子供を甘やかすようなところがうかがえた。「ひとはだれしも若いころにはばかな考えを持つものでしてね。とにかくばかげたことばかり。犯罪組織とか——大がかりな強盗団とか——そういったことが若いころには、えらく魅力的に感じられる。殺し屋の情婦になるというのが、この世でなによりすばらしいことのように思えたり。わたしも一度はそう思いましたよ。ところがね——」のりだすと、タペンスの膝をぽんとたたいて、「——まあお聞きなさい。それがね、じつはそうじゃないんです。ぜんぜんちがうんです。一度はわたしもそう思ってたけど、そうこうするうち、それだけじゃ物足りなくなってくる。たんにものを盗んで、それを持って逃げるだけじゃ、真のスリルは味わえない、って。スリルどころか、それにはちゃんとした組織が必要でしてね。いわばひとつの事業なんですよ」

「ということは、あのジョンソン夫人だかミス・ブライだか——どっちだかは存じませんけど——彼女は……」

「もちろんわたしにとっては、いつだってネリー・ブライ以外のだれでもありませんでしたよ。ただ、ときどきなにかの理由で——物事を容易にするため、とか本人は言ってますけど——ジョンソン夫人と名乗ることもあるというだけで。といっても、結婚したことは一度もないんですけどね。ええ、そうですとも、まったくの未婚なんです」

ふいに階下からノックの音が聞こえてきた。

「おやまあ」ランカスター夫人は言った。「ペリー夫婦が帰ってきたのにちがいないわ。こんなに早く帰ってくるとは、思ってもみなかった」

ノックの音はつづいた。

「入れてあげたほうがいいんじゃありません?」タペンスはそれとなく言った。

「いいえ、いやですよ。それはお断わり」ランカスター夫人はぴしゃりと言う。「ひとの邪魔をするひとって、わたしには我慢できません。せっかくこんな楽しいおしゃべりをしてるところなのに。ですからね、ここに隠れていてやりましょう——あらまあ、今度は窓の下で呼びはじめたわ。ちょっとあなた、だれだか見てくださいな」

タペンスは窓ぎわへ行った。

「ペリーさんですわ」

下からそのペリー氏が呼びかけてきた。

「ジュリア！　ジュリア！」

「ふん、失礼な」ランカスター夫人は言った。そうですとも。「エイモス・ペリーごときに、呼び捨てにされるいわれなんかありませんよ。あなた、気になさるには及びませんよ。ここにいれば安全ですから。お話のつづきもできますしね。わたしのことをすっかり聞かせてあげましょう――それはそれはおもしろい、わくわくするような一生を送ってきたんですよ、ほんとに――波瀾万丈のね――自叙伝を書くべきじゃないかって、ときどき考えることもあるくらい。悪事の仲間に加わってたんです。お転婆娘でしてね、当時は。それで、悪い仲間にはいったってわけ――いえ、まあ実際には、ただのありふれた犯罪組織でしたけど。それ以外には呼びようがありません。仲間のうちには、それはもう不愉快な男もいましたっけ。いえ、言っときますけどね、いいひとだってたしかにいたんですよ、一部には。ちゃんとした身分の出の」

「たとえば、ミス・ブライ？」

「いえいえ、ミス・ブライはぜんぜん犯罪とは関係ありません。ネリー・ブライにかぎって、そんなことは問題外。あのひとはね、あのとおり教会一辺倒、信心ぶかいひとなんです。それだけですよ。ただ、いちがいに宗教と言っても、いろいろちがった途がありましてね。あなたもたぶんご存じでしょうけど」

「いろいろちがった宗派なら、それはたくさんあるでしょうね」

「そうです。そうでしょう、凡人にとっては。でも世のなかには、凡人ばかりがいるわけじゃない。ある特別な人間、特別な使命のために選ばれた、特別な人間がいるんですよ。特別な集団があるんです。わたしの言う意味、おわかりかしら」

「さあ、よくわかりませんけど」タペンスは言った。「あのう、やっぱりペリーさんご夫婦を入れてあげたほうがいいのでは？　だいぶ困ってるようですし……」

「いいえ、ペリーなんか入れてやるのはごめんです。まだ話がすんでいませんし――とにかく、この話をすっかりあなたに聞かせてしまってからでなくては。こわがることはありませんよ、あなた。なにもかも、とても――とても自然で、害なんかありませんから。これっぽっちも苦痛なんかないんです。まるで眠るようなものでね。それだけのことですよ」

　タペンスは一瞬まじまじとランカスター夫人を凝視し、それからぱっと立ちあがると、壁の出入り口のほうへ駆け寄った。

「そっちから出られるもんですか」ランカスター夫人は言った。「掛け金のありかも知らないくせに。あなたの思いつきそうなところにはありませんよ。その場所はわたししか知りません。この家の秘密なら、わたしはなんだって知ってますからね。娘時代に、犯罪者一味とここに住んでたんですから。そのうちとうとうその一味からは逃げだして、救済を得たんですけどね。特別の救済を。それがわたしに与えられた使命なんです——わたしの罪を償うことが——子供ですよ、ご存じでしょう？——わたしは子供を殺しました。そのころわたしは踊り子だった——子供はほしくなかったんです——ほら、あそこの、あの壁の——あの絵はわたしを描いたものです——バレエを踊っていたころの」

タペンスの目は、ランカスター夫人のゆびさすほうを追った。そこの壁に、一枚の油絵がかかっていた。葉っぱをかたどった、白いサテンの衣裳を着た娘の、等身大の肖像で、〈睡蓮の精《ウオーターリリー》〉と題がついている。

「〈睡蓮の精〉は、わたしのいちばん評判のよかった役です。だれもがそう言ってくれましたっけ」

タペンスはのろのろと椅子にもどり、また腰をおろした。目はランカスター夫人を凝視していた。と、自然にあのときの言葉が頭に浮かんできた。〈サニー・リッジ〉で耳にしたあの言葉が。「あれはあなたの、かわいそうなお子さんでしたの？」——そう聞いたときには、恐怖に打たれた。ぞっとした。いままたわたしは、おなじ恐怖を感じる。なにが恐ろしいのか、それはいまなお判然としないが、それでも、おなじ恐怖は厳として存在している。目の前の温和な顔、そのやさしい微笑を見まもることのうちに。

「わたしは与えられた使命にしたがわねばならなかった――世のなかには、破壊の先兵がいなくてはならない。それにわたしは任命されたのです。わたしはその任務をひきうけた。彼らは罪から解放され、みもとへ行きました。子供たちです――彼らは罪を知らぬままにこの世を去りました。罪を知るほど成長してはいませんでしたから。ですからわたしは定められた任務にしたがって、彼らを天上の栄光のもとへと送り届けてやったのです。けがれのないままに。人間の罪深さを知らぬままに。その役目に選ばれることが、どれほどの名誉だかわかるでしょう。大勢のうちから、とくに選ばれてその仕事をすることが。わたしはいつだって子供が好きだった。でも、わたし自身の子供はついに生まれなかった。こんな残酷なことって、あるでしょうか。でもそれは、自業自得なんです。わたしのしたことへの天罰なんです。わたしがなにをしたか、たぶん見当がついてるでしょうね？」

「いいえ」タペンスは答えた。

「おや、あなたはずいぶんいろいろとご存じのようなのに。当然そのことだって知っておいでだと思ってましたよ。医者がいたんです。わたしはそこへ行きました。そのときわたしはまだ十六の小娘で、とてもおびえていました。医者は言いましたっけ——だれにも知られぬように、そっと子供を始末してしまえば、それでもうだいじょうぶだと。でもそれ、ちっともだいじょうぶじゃなかったんです。わたしは悪夢を見るようになった。たえず子供が目の前にいて、どうして産んでくれなかったんだ、ってわたしを責めるんです。生まれることができないのなら、せめても友達がほしい、って。女の子でした。そう、女の子だったとわたしは信じてます。その子がわたしのところへきて、友達がほしいとねだるんです。そのときでした——わたしが神勅を受けたのは。わたし自身は、もう子供を持つことはできない。すでに夫のある身で、そのうち子供ができると思っていましたし、夫もたいそう子供をほしがっていましたけど、それがどうしてもできなかった。なぜかといえば、わたしが呪われていたから。わかりますよね、この意味？ わたしは呪われた体になっていた。でも、ひとつだけ罪滅ぼしをする途はありました。わたしのしたことを償う途が。わたしのやったことは殺人だった。そうでしょう？ とすれば、ほかにもひとを殺すことでしか、その殺人の罪を償うことはできない。ほかにもひとを殺すことで、それがじつは殺人ではなく、贖罪のための供犠になるんですから。彼らは生け贄としてささげられる。そのちがい、わかりますよね？ 子供たちは、わたしの子供の遊び相手となるために昇天しました。年齢はひとりひとり異なりますけど、みんな幼い子です。そのたびに神勅がくだって、そのうち——」またしても身をのりだして、タペンスに手を触れ、「——そのうち、それがまことに楽しい仕事になってきました。わかってくださいますよね、あなた？　彼らがけっしてわたしのような罪深い身にならないよう、幼いうちにそれから解放してやる、こんな楽しいことはありません。もちろん、だれにも打ち明けるわけにはいかなかった。かりにもだれかに知られてはならなかった。その点だけは、じゅうぶん気をつけましたよ。でもねえ、いくら気をつけてても、ちょっとしたことからなにかを感づいたり、疑ったりするひとは、どこにでもいるものです。そうなればむろん——そう、そのひとたちにもやっぱり死んでもらわなければね。このわたしの身の安全をはかるためには。そうやってきたから——いままでずっとそうしてきたから、だからわたしはいままで安全でいられた。わかるでしょう、ねえ？」

「いえ——わかるとは言えません」

「でもあなたは知っている。だからこそ、ここまでやってきたんでしょう？　あなたは知っていた。〈サニー・リッジ〉でわたしがたずねたときから、すでに知っていた。あのときわたしはあなたの顔を見てたんですよ。『あれはあなたのお子さんでしたの？』

そうわたしはたずねた。つまりね、あなたが母親だから、それでやってきたんだと思ったんです。わたしの殺した子供たちの母親のひとりだから、と。その後もわたし、あなたがもう一度あそこへお見えにならないかと願ってました。そうすれば、いっしょにミルクが飲めますからね。いつでもミルクをさしあげるんです。ときにはココアのこともありますけど。わたしのことを知ってしまったひとには、だれにでも」

ランカスター夫人はゆっくりと部屋を横切ってゆくと、一隅の食器戸棚をあけた。

「ムーディー夫人……」タペンスは言った。「じゃあ、あのかたもそのひとりだったんですね？」

「おや、彼女のことをご存じなの？——あのひとは母親じゃありませんよ——劇場の衣裳方でした。それでわたしを見覚えてたから、やむなくあの世へ行ってもらったわけ」

くるりと向きなおるなり、ランカスター夫人はミルクのグラスをさしだしながら、にこやかにほほえみつつタペンスに近づいてきた。

「さあ、これをお飲みなさい。ぐっと飲むんですよ」

ちょっとのあいだタペンスは、口もきけぬままにすわりこんでいた。それから、はじかれたように立ちあがると、窓へ駆け寄った。手近の椅子をふりあげて、ガラスをたたき割った。そこから顔をつきだして、声をかぎりに叫んだ。

「助けて！　助けて！」

ランカスター夫人は笑った。手にしたグラスをテーブルに置き、椅子の背にもたれかかって、けらけらと笑った。

「おやおや、ばかなひとだこと。だれがきてくれると思ってるの？　だれがこられると思ってるの？　扉を破ったうえに、あの壁をこわさなけりゃ、はいってこられないのよ。ようやくはいってくるころには――そう、なにもミルクだけじゃないんだから。それにかぎったことじゃないんだから。ただ、ミルクのほうが楽だというだけで。ミルクかココア、場合によってはお茶でも。ムーディー夫人の場合には、ココアに入れましたけどね――あのひと、ココアが好物だったから」

「モルヒネを？　どうやって手に入れたんですか？」

「あら、そんなの簡単なことよ。むかしわたしがいっしょに暮らしてた男――彼は癌だった――医者がよこしたんです、彼に与えるようにと――わたしに預けたんですよ――ほかの薬もね――あとでわたし、ぜんぶ処分したと言いました――でも実際には、こっそりしまっておいたわけ。ほかの薬とか鎮痛剤とかも――いつか役に立つことがあるかもしれないと思って――事実、役に立ってくれましたよ――残りはいまでも持ってます――自分じゃいっさい用いません。その種の薬物って――信用してませんから」ミルクのグラスをタペンスのほうへ押してよこした。「さ、お飲みなさい。これがいちばん楽な方法ですよ。もうひとつのほうとなると——おやいけない、どこにしまったんだったか、忘れてしまったわ」

ランカスター夫人は立ちあがって、室内をぐるぐる歩きまわりはじめた。

「ええと、どこにしまったんでしたっけ。どこに置いたんでしたっけ。年をとると、忘れっぽくなって、いけないわねえ」

タペンスはまた叫んだ。「助けて！」だが運河のほとりは、依然として静まりかえったままだ。ランカスター夫人は、まだうろうろと室内を歩きまわっている。

「ええと——あれはたしか——そうそう、編み物袋のなかだったわ」

タペンスは後ろをふりむいた。ランカスター夫人が近づいてくるところだった。

「あなたもばかなひとだこと。こっちのほうがいいなんて」

左手がのびてきて、タペンスの肩をつかんだ。右手が背後からあらわれた。その手に握られているのは、長い細身の両刃の短剣だった。タペンスはもがいた。もがきながら思った——「このくらいの相手、容易に防げる。容易に。相手は年寄りなのだから。体力が落ちているのだから。わたしとくらべれば——」

だがとたんに、冷たい恐怖が彼女の心臓をわしづかみにした。

「でも、わたしだって年寄りなんだ。自分でそう思ってるほど強くはない。この女ほど強くはない。この女の手、この力、この指。狂気だからだ。そして狂人は力が強い。それはいつも聞かされてることだ」

ぎらつく刃がじりじりと眼前に迫ってくる。タペンスは悲鳴をあげた。階下で叫び声、そして乱打の音。音はいまではあちこちで響いている——だれかが力ずくで扉か窓を押し破ろうとしているような。

「だけど、ここへはけっしてはいってはこられまい」と、タペンスは思った。「けっしてこの仕掛けのある入り口を抜けてくることはできまい。そのからくりを知らないかぎりは、無理だ」

タペンスは夢中で抵抗した。奇跡的にも、いまもって相手の腕をせいいっぱい遠くへ押しやることに成功していた。けれども相手は大柄な女だ。大柄な、常人にはない力を持った女だ。その顔はいまなおほほえんではいるが、表情にはもはや柔和さはない。そこにあるのは、成り行きを楽しんでいる狂人の表情。

「〈殺し屋〉《キラー》ケート」思わずタペンスはうめいた。

「じゃあ、わたしのニックネームを知ってるのね？　そうよ。でもわたしはそれを昇華した。わたしは神に遣わされた殺人者になった。わたしがあなたを殺すのも、おなじ神様の思し召し。そう考えれば、納得がいくでしょう？　それが理解できるでしょう？　ねえ？　それですべてが正当化されるってことが？」

いまやタペンスは、かたわらの大きな椅子の側面に押しつけられていた。片手で相手はタペンスを椅子に押しつけ、ぐいぐいのしかかってきた——これ以上あとずさりする余地はない。相手の右手に握られた鋭利な刃物が、じりじりと近づいてくる。

タペンスは思った。「——ここであわてては いけない。けっして冷静さを失ってはいけない——」だが、そう思うその下から、べつの想念に打ちのめされた。「でも、いまさらわたしになにができるだろう？」あらがうことは無益であるように思われた。

つづいて恐怖——〈サニー・リッジ〉ではじめてそれを耳にしたときとおなじ、あの鮮烈な恐怖……

「あれはあなたのお子さんでしたの？」

あれが最初の警告だったのだ——ところがわたしはそれをとりちがえてしまった——それが警告だとは、つゆほども考えてみなかったのだ。

目は肉薄してくる刃物を見まもっていた。だが不思議なことに、いまタペンスを恐怖で金縛りにしているのは、そのぎらぎらした鋼鉄でも、そのもたらす脅威でもなかった。

それは、その刃物の上にある顔——ほほえんでいるランカスター夫人の温顔だった——

楽しげに、満足げに、にこにこしている——定められた任務を、あくまでも自分なりの論理で遂行しようとしている女。

「とても狂っているとは見えない」そうタペンスは思った。「恐ろしいのはそこなのだ。狂人には見えないのも当然だということ。なぜなら本人の心のなかでは、あくまでこの女は正気なのだから。自分は完全に正常だ、自分のすることは道理にかなっている——そうこの女は思いこんでいるはずだ——ああトミー、トミー、今度はわたし、いったいなんてことに巻きこまれちゃったのかしら」

眩暈と無力感とがタペンスをのみこんだ。全身から力が抜けた——どこかでガラスの砕けるけたたましい音がする。その音に押し流されて、暗黒と昏冥のかなたへと、彼女はどこまでも運ばれていった。

2

「そう、それでいい——気がついたようだな——これを飲みなさい、ミセス・ベレズフォード」

グラスがくちびるに押しあてられた――タペンスは激しく抵抗した――毒入りミルク――前にそう言ってたのは、だれだったっけ――なにか〝毒入りミルク〟に関することを？　毒入りミルクなんか、死んでも飲むものか――いや、ミルクじゃないみたい――においがちょっとちがう……

ほっと体の力が抜けた。くちびるがひらく――液体が流れこんでくる――

「ブランデー」気がついて、そう言った。

「そのとおり！　さあ――もうちょっと飲むといい――」

タペンスはまたすすった。そして背中のクッションに体を預け、周囲を見まわした。窓の向こうに、梯子のてっぺんがのぞいている。その窓の内側の床に散乱しているのは、大量のガラスの破片。

「ガラスの割れる音がしたっけ」

タペンスはブランデーのグラスを押しのけた。そして彼女の目は、そのグラスを持っている手から腕へ、腕から男の顔へとあがっていった。

「エル・グレコ」

「なに？」

「いえ、べつに」

タペンスは室内を見まわした。

「どこです、あのひと——ランカスター夫人は？」

「彼女は——休んでいる——隣室で……」

「はあ」だがはたして納得がいったのかどうか、自分でもよくわからなかった。そのうちには、いくらか頭もはっきりしてくるだろう。いまのところはまだ、一時にひとつのことしか考えられない——

「サー・フィリップ・スターク」ののろのろと、おぼつかなげに言った。「そうでしたわね？」

「さよう——なぜエル・グレコと言われた？」

「苦悩です」

「苦悩？」

「エル・グレコの絵——トレドの——でなきゃプラド美術館だったか——ずっと前にそう思ったんです——いえ、それほど前じゃなかった——」思案して、やがて答えを得た。「——ゆうべです。パーティーで——司祭館の……」

「そうそう、だいぶはっきりしてきたようだな」フィリップ卿が励ますように言った。

なぜか、これがこよなく自然なことに思えた。こうしてガラスの破片の散乱した部屋にすわり、この男——色の浅黒い、苦悩に憑かれた顔をしたこの男と、言葉をかわしているということが——

「わたし、勘ちがいをして——〈サニー・リッジ〉で。完全にあのひとのことを誤解してしまった——そのとき、たしかに恐怖を感じたんです——背筋の寒くなるような恐怖を——ところが、肝心のその恐怖を、わたしはとりちがえてしまった——彼女を恐れるのではなく、彼女のために恐れた——なにかが彼女の身に起ころうとしている、そう思いこんでしまって——それで、護ってあげようと——彼女を救ってあげようと——わたし……」タペンスはあやぶむようにフィリップ卿を見た。「おわかりでしょうか。それとも、ばかげて聞こえますかしら」

「世界広しといえども、わたし以上にそれをよく理解できる人間はあるまいよ」

タペンスは思わず相手を凝視した——かすかに眉間に皺を寄せて。

「だれ——だれなんですか、あのひと? ランカスター夫人のことですけど——それともヨーク夫人でしょうか——どっちにしろ本名じゃない——薔薇の名前からとっただけの——何者なんですか?——正体は?」

フィリップ・スターク卿はきしるような声音で暗誦した——

だれだったのか？　ほんとうは？　彼女の正体は何者なのだ。

だれだったのだ——ひたいに〈神のしるし〉のあるあの女性は？

「あなたは『ペール・ギュント』をお読みになったことがあるかな、ミセス・ベレズフォード？」

彼は窓ぎわへ行った。そしてしばらく窓外に目をやりながら、そこにたたずんでいた——それから、唐突に向きなおった。

「あれはわたしの妻なのです、残念ながら」

「奥様、あなたの——でも奥様はお亡くなりに——教会に追悼銘額が……」

「妻は海外で死んだ——とはわたしの流した作り話——ついでに教会にも記念の銘額を掲げた。妻に先だたれた男やもめには、世間も遠慮して、あれこれ詮索しようとはしない。そのときかぎり、ここに住むのもやめた」

「一部には、奥様があなたを捨てて出奔したといううわさもあるようですけど」

「それもまた、結構なうわさと言うべきだろうね」

「あなたは奥様をよそへ連れていった——あの——あの——子供たちのことがわかったときに……」

「すると、子供たちのことも知っているのか」

「あのひとが話してくれました——とても——とても信じられませんでしたけど」

「普段はまったく正常だった。怪しいと思うものなど、だれもいなかったろう。ただ、警察が疑いはじめていてね——なんとか手を打つ必要があった——あれを救ってやらねば——護ってやらねばならなかった——わかってもらえるだろうか——理解してもらえるだろうか——いくらかなりと——」

「ええ」タペンスは言った。「よくわかるつもりです」

「あれは——妻は——非常に美しかった——」声がわずかにかすれた。「ほら——あそこに肖像画がある」壁の絵をゆびさした。「〈睡蓮の精《ウォーターリリー》〉。あれはいつも無鉄砲な女だった——つねにそうだった。母親というのは、ウォレンダー家の——古い家系で、同族結婚をくりかえしていたらしい——その一家の末裔で——ヘレン・ウォレンダーといったが——これが長ずるに及んで、家を出奔した——その後、悪い仲間とつきあうようになって——相手は前科者だが——やがて生まれた娘が舞台に立った——バレエダンサーとして仕込まれたので——〈睡蓮の精〉は、なかでもいちばん人気の高い役だった——ただところがやがて、この娘もまたある犯罪者集団とかかわりを持つようになって——ただただスリルがほしかっただけ——まったくそれ以上の動機なんかない——なにをやってもすぐに飽きて、退屈するたちだった——

わたしが彼女を妻に迎えたころには、そういった乱脈な生活とは縁が切れていた——身をかため、子供ももうけて、平穏な家庭生活を営みたいと考えるようになっていたのだな。わたしは金持ちだった——ほしがるものなら、なんでも彼女に与えることができた。ただひとつ恵まれなかったもの、それが子供だった。これはわれわれ夫婦には痛恨の極みだった。やがて妻は、罪の意識に悩まされるようになった——ことによると、もともと精神にいくらか不安定なところがあったのかもしれん——わたしにはなんとも言えんが——とはいえ、原因がどうであろうと、それがなんだというのだ——妻は……」

フィリップ卿は絶望的な身ぶりをした。

「わたしは彼女を愛していた——終始一貫して、心から愛してきた——たとえ狂気であろうと——なにをしでかそうと——わたしは彼女の安全を願った——安全なところに置いておきたかった——さりとて、どこかに幽閉するとか——みじめな囚人のような暮らしをさせる、とかはしたくなかった。そしてこれまでのところ、わたしたちは目論見どおり、彼女を安全なところに置いてきた——長い、長いあいだ」

「わたしたち？」

「ネリー——わたしの忠実なネリー・ブライとわたしだ。愛すべきネリー・ブライ。彼女はすばらしい助手だった——いっさいを計画し、手配してくれたのもネリーだ。高齢女性のホーム——あらゆる安楽と贅沢とが保証されている。そのうえ、誘惑もない——子供がいない、いないからな——妻を子供に近づけないこと、それが肝要だった——この目論見は、図に当たったようだった——片田舎にあるこういった養護ホーム——カンバーランド——ノース・ウェールズ——だれも妻を見覚えているとは思えなかった——すくなくとも、わたしたちはそう思った——それはエクルズ氏の助言にしたがってのことだった——非常に抜け目のない弁護士だ——料金も高い——だがわたしは信頼していた」

「恐喝、とか？」タペンスはそれとなく言った。

「そういうふうに考えたことはないな。彼は友人であり、助言者でもあった——」

「だれがあの絵にボートを描き加えたんですか？——〈ウォーターリリー〉という名のボートを？」

「わたしだ。それは妻を喜ばせた。舞台での成功を思いださせたからだ。あれはボスコワンの絵だった。妻はボスコワンの描く絵が好きだった。ところがある日、橋の下に、黒の顔料で名前を書いてしまったのだ——死んだ子供のひとりの名を——それでわたしがそれを塗りつぶして、その上にボートを描き加え、〈ウォーターリリー〉と書きこんだのだ……」

壁の通路の入り口が音もなくひらいた。善意の魔女がそこからはいってきた。彼女はタペンスを見、タペンスからフィリップ・スターク卿へと視線を移した。

「もうよろしいんですか?」いたって事務的な口調で言った。

「ええ」タペンスは答えた。この善意の魔女のいいところは、何事においてもけっして騒ぎたてないことだ、そう思った。

「ご主人が下にきておいでですよ。車のなかでお待ちです。あたしが奥さんをお連れしてきますと申しあげたんですが——奥さんさえよろしければ」

「ええ、ぜひお願いしますわ」タペンスは答えた。

「ではそのようにしましょう」善意の魔女は寝室に通ずる扉のほうを見た。「あのかたは——あちらですか?」

「ああ」と、フィリップ・スターク卿。

ペリー夫人は寝室へはいっていったが、すぐまた出てきた——

「なるほど——」問いかけるように卿に目をやる。

「こちらのベレズフォード夫人に、ミルクを飲ませようとしたのだ——ベレズフォード夫人は飲むのを拒まれた」

「で、自分で飲んでしまったというわけですか」

卿はためらった。

「そうだ」

「じきにドクター・モーティマーがお見えになりますよ」ペリー夫人は言った。

そしてタペンスを助け起こすために近づいてきたが、タペンスは手を借りずに立ちあがった。

「どこにも怪我はありません。ただちょっとショックを受けただけで――もうだいじょうぶです」

彼女とフィリップ・スターク卿とは見つめあった――たがいに言うべき言葉が思いつけぬかのように。ペリー夫人はすでに、壁の通路のそばに立っていた。

最後にようやくタペンスは口をひらいた。

「わたしにしてさしあげられるようなこと、ございませんわよね？」だがそれは、ほとんど質問ではなかった。

「ひとつだけ――先日、墓地であなたを襲ったのは、あれはネリー・ブライだった」

タペンスはうなずいた。

「きっとそうだろうと思いました」

「動転していたのです――あなたが彼女の、われわれの秘密をあばこうとしていると勘ちがいした。それであんなことを――わたしは自責の念に堪えない。この年月、彼女にあれほどの緊張を強いてきたことにたいして。並みの女性なら、とうにまいってしまっていただろうに……」

「深くあなたをお慕いしていたからでしょうね」タペンスは言った。「でもわたしたち、もうこれかぎりジョンソン夫人というひとを探すことはないと思います。もしもそれが、わたしたちへのあなたのご要望ならば」

「かたじけない――感謝します」

またちょっと沈黙があった。ペリー夫人は辛抱づよく待っていた。タペンスはあたりを見まわした。それから、割れた窓のところへ行き、すぐ下の静かな運河を見おろした。

「二度とこの家を見ることもありますまい。いつでも思いだせるように、いましっかり心に刻みつけてゆきますわ」

「思いだしたいのですか？」

「ええ。いつかだれかが言ったことがあります――これはまちがった目的のために使われてきた家だと。いまその意味がわかりましたの」

フィリップ・スターク卿は物問いたげにタペンスを見たが、なにも言おうとはしなかった。

「だれがあなたをここに？」タペンスはたずねた。

「エマ・ボスコワンです」

「やっぱり」

秘密の通路の入り口で、善意の魔女に追いついたタペンスは、通路を抜けて、階段を降りていった。

恋人たちのために建てられた家――エマ・ボスコワンはそう言った。いまタペンスが出てゆこうとしている家、それもやはり恋人たちの家なのだ――一組の恋人たちの情念に取り憑かれた家――ひとりは死に、ひとりは生きつづけ、苦悩しつづけるだろう恋人たちの……

門口を出たタペンスは、トミーの待っている車へと向かった。

そこまで送ってくれた善意の魔女に別れを告げ、彼女は車に乗りこんだ。

「タペンス」トミーが言いかけた。

「わかってるわ」

「もう二度としないでくれ。二度とこんな無茶はやめてほしい」

「もうしないわ」

「いまはそう言う。ところが、なにか起きると、すぐに忘れちまうんだから」

「いいえ、忘れないわよ。もう年をとったもの、わたしも」

トミーはスターターを押した。車は走りだした。

「気の毒なネリー・ブライ？」

「なぜ？　なぜ気の毒なんだ？」

「あれほどまでにフィリップ・スターク卿を熱愛してるからよ。この年月、ずっと彼のためにだけ、ああいったいろんなことをやってのけて——無駄なのに。あんな犬みたいな献身なんて、およそむなしいのに」

「ばかをいえ！」トミーは言った。「ぼくに言わせれば、彼女は一分一秒ごとにそれを楽しんでいたはずだよ。女のなかには、そういうのがいるんだ」

「ずいぶんな言い草ね」タペンスは言った。

「さてと、どこへ行く——マーケット・ベイジングの〈ザ・ラム・アンド・フラッグ〉へでも行くか？」

「いいえ、うちに帰りたいわ。わが家よ、トマス。そしてそこから一歩も出ないことにする」

「すこぶる結構だね」ベレズフォード氏は言った。「そしてもしもアルバートのやつが、黒焦げのチキンでわれわれを歓迎しようとでもしてみろ。ただじゃ置かないから！」

解説

評論家
竜 弓人

トミーとタペンスのベレズフォード夫妻がコンビを組んで繰り広げる冒険譚は、適度のサスペンスとユーモア、そして夫婦ならではの愛情が描きこまれてほほえましくなる。個人的な感想だが、独身時代よりも結婚生活十数年で再読した時の方がより楽しめたような気がする。『親指のうずき』では、「あれはあなたのお子さんでしたの?」という老婦人の言葉が気になったタペンスが単独で調査を始め、ミステリ紹介の決まり文句である〝殺人と陰謀と裏切りの渦〟に巻きこまれていく。謎めいた発端、核心に近づく過程、意外な真相と、ミステリの基本をきちんと押さえたクリスティーならではの小説作法に改めて感心させられた。小説では少なくない夫婦探偵ものだが、映画の世界では決して多いわけではない。夫婦という設定上、新たなロマンスを盛り込むのが難しいこともあるだろう。なんと言っても恋愛は映画をドラマティックに盛り上げる最高の要素なんだから。事件に巻き込まれたカップルが協力して謎を解明していくという設定の作品に比べて、夫婦探偵映画が少ないのもこうした理由からではなかろうか。

クリスティーの小説が初めて映画化されたのは一九二八年、ドイツにおいてで、『秘密機関』に基づく"Die Abenteuer G.m.b.H."がそれだ。つまり、ポアロやミス・マープルよりも二人の方が銀幕デビューは早かったのだ。サイレント映画で、イタリア人のカルロ・アルディーニとイギリス人のイヴ・グレイがトミーとタペンスを演じていた。ただし、『秘密機関』では二人はまだ結婚しておらず、結婚してからの『おしどり探偵』『NかMか』『親指のうずき』『運命の裏木戸』は映画化されていないので、夫婦としてはついに映画には出ることはなかった。

というわけで、夫婦探偵映画としてはダシール・ハメットが一九三四年に発表した小説に基づきMGMが製作した「影なき男」(三五年)の方がずっと有名だ。ニックとノラのチャールズ夫妻が素人探偵をつとめ、軽妙洒脱な会話をかわしながら、発明家の死の謎を解く。金持ちで生活の心配もない二人は不景気時代の観客の憧れの的となり、ニックとノラは七十年たった今でも夫婦探偵の象徴的な存在とみなされている。ファイロ・ヴァンスを演じたこともあるウィリアム・パウエルとマーナ・ロイの絶妙のコンビネーションが人気を博し、シリーズ化された。「影なき男」とは被害者があまりにもやせているので影もないという意味だから、以後のシリーズに「影なき男」が付けられているのは妙な話ではあるのだが。三六年のクリスマスに「夕陽特急」が公開。三九年の「第三の影」では生後八カ月の息子ジュニアが登場し、四一年の「影なき男の影」で息子は六歳に成長。四四年の「風車の秘密」では武器工場におけるスパイと妨害工作を暴くといった時局にふさわしい筋書きになっていた。四七年の「影なき男の息子」(日本ではテレビ放映のみ)でシリーズは打ち切られた。

ＭＧＭに対抗してコロムビアも夫婦探偵ものの製作に乗り出し、ウィリアム・コリソンの創作したキャラクターに基づく「奥さんは嘘つき」を三八年に公開。ビルとサリーのリアードン夫妻は探偵事務所を経営しているが、依頼者が来ないので、ビルは前に勤めていた地方検事のもとで働くことに。何とか事務所を軌道に乗せたいサリーは、社交界の夫人ローラから夫ウォルターと元恋人アンとの関係を探ってくれと依頼され、アンの後をつけまわす。翌日ウォルターの死体が発見されたことをきっかけに、アンの暴走がはじまる。アンに扮したジョーン・ブロンデルの演技が好評だった。翌年に続篇“There's That Woman Again”が公開されたが、サリー役はヴァージニア・ブルースに交代。宝石泥棒と殺人事件二件を捜査する過程で、サリーは夫の生命と評判を危うくしてしまう。

一方、MGMは「影なき男」シリーズの間隔が開きすぎるという興行者の要望を受けて、ほかにも夫婦探偵映画を製作することになった。ジョエルとガルダのスローン夫妻が活躍するシリーズで、第一作はマルコ・ペイジの『古書殺人事件』を映画化した“Fast Company”。ペイジが本名のハリー・カーニッツ名義で脚本も執筆。彼は他にも「影なき男の影」「情婦」とミステリ映画の脚本を多く手掛けている。古書商セリグが殺され、同じ古書商のジョエルが調査を始める。被害者はいかがわしい商売をしていたので敵も多かった。スローン夫婦ものは他に“Fast and Loose”“Fast and Furious”と全部で三本作られたが、そのたびに夫婦を演じる俳優が異なっていたこともあって観客の興味をひきつけられなかった。このように夫婦探偵映画は三〇年代に集中しているが、現代でもウディ・アレン監督・主演の「マンハッタン殺人ミステリー」(九三年)のように、殺人事件を妻が掘り起こして、しぶしぶ夫がつきあうというコメディ仕立ての作品もあり、決してすたれたわけではない。

さて、トミーとタペンスだが、テレビの方では八三年のTVムーヴィー「秘密機関」で初登場し、「パートナー・イン・クライム」という総タイトルで一時間のエピソードが全部で十話放送されている。八一年のTVムーヴィー「なぜエヴァンスに頼まなかったのか?」で共演したジェームズ・ワーウィックとフランセスカ・アニスがそれぞれトミーとタペンスに扮し、原作の雰囲気を壊さずに作られていて楽しめた。

冒険心あふれるおしどり探偵

〈トミー&タペンス〉

本名トミー・ベレズフォードとタペンス・カウリイ。『秘密機関』（一九二二）で初登場。心優しい復員軍人のトミーと、牧師の娘で病室メイドだったタペンスのふたりは、もともと幼なじみだった。長らく会っていなかったが、第一次世界大戦後、ふたりはロンドンの地下鉄で偶然にもロマンチックな再会をはたす。お金に困っていたので、まもなく「青年冒険家商会」を結成した。この後、結婚したふたりはおしどり夫婦の「ベレズフォード夫妻」となり、共同で探偵社を経営。事務所の受付係アルバートとともに事務所を運営している。トミーとタペンスは素人探偵ではあるが、その探偵術は、数々の探偵小説を読破しているので、事件が起こるとそれら名探偵の探偵術を拝借して謎を解くというユニークなものであった。

『秘密機関』の時はふたりの年齢を合わせても四十五歳にもならなかったが、

最終作の『運命の裏木戸』（一九七三）ではともに七十五歳になっていた。青春時代から老年時代までの長い人生が描かれたキャラクターで、クリスティー自身も、三十一歳から八十三歳までのあいだでシリーズを書き上げている。ふたりの活躍は長篇以外にも連作短篇『おしどり探偵』（一九二九）で楽しむことができる。

　ふたりを主人公にした作品が長らく書かれなかった時期には、世界各国の読者からクリスティーに「その後、トミーとタペンスはどうしました？　いまはなにをやってます？」と、執筆の要望が多く届いたという逸話も有名。

47　秘密機関
48　NかMか
49　親指のうずき
50　運命の裏木戸

灰色の脳細胞と異名をとる

〈名探偵ポアロ〉シリーズ

本名エルキュール・ポアロ。イギリスの私立探偵。元ベルギー警察の捜査員。卵形の顔とぴんとたった口髭が特徴の小柄なベルギー人で、「灰色の脳細胞」を駆使し、難事件に挑む。『スタイルズ荘の怪事件』（一九二〇）に初登場し、友人のヘイスティングズ大尉とともに事件を追う。フェアかアンフェアかとミステリ・ファンのあいだで議論が巻き起こった『アクロイド殺し』（一九二六）、イニシャルのABC順に殺人事件が起きる奇怪なストーリーが話題をよんだ『ABC殺人事件』（一九三六）、閉ざされた船上での殺人事件を巧みに描いた『ナイルに死す』（一九三七）など多くの作品で活躍し、最後の登場になる『カーテン』（一九七五）まで活躍した。イギリスだけでなく、イラク、フランス、イタリアなど各地で起きた事件にも挑んだ。

映像化作品では、アルバート・フィニー（映画《オリエント急行殺人事件》）、ピーター・ユスチノフ（映画《ナイル殺人事件》）、デビッド・スーシェ（TVシリーズ）らがポアロを演じ、人気を博している。

1 スタイルズ荘の怪事件
2 ゴルフ場殺人事件
3 アクロイド殺し
4 ビッグ4
5 青列車の秘密
6 邪悪の家
7 エッジウェア卿の死
8 オリエント急行の殺人
9 三幕の殺人
10 雲をつかむ死
11 ABC殺人事件
12 メソポタミヤの殺人
13 ひらいたトランプ
14 もの言えぬ証人
15 ナイルに死す
16 死との約束
17 ポアロのクリスマス
18 杉の柩
19 愛国殺人
20 白昼の悪魔
21 五匹の子豚
22 ホロー荘の殺人
23 満潮に乗って
24 マギンティ夫人は死んだ
25 葬儀を終えて
26 ヒッコリー・ロードの殺人
27 死者のあやまち
28 鳩のなかの猫
29 複数の時計
30 第三の女
31 ハロウィーン・パーティ
32 象は忘れない
33 カーテン
34 ブラック・コーヒー〈小説版〉

訳者略歴　1951年都立忍岡高校卒，英米文学翻訳家　訳書『NかMか』『招かれざる客』クリスティー，『渇きの海』クラーク，『永遠の終り』アシモフ，『光の王』ゼラズニイ（以上早川書房刊）他多数

Agatha Christie

親指《おやゆび》のうずき

〈クリスティー文庫49〉

二〇〇四年九月　十五日　発行
二〇二四年十月二十五日　七刷

（定価はカバーに表示してあります）

著者　アガサ・クリスティー
訳者　深《ふか》町《まち》眞《ま》理《り》子《こ》
発行者　早川　浩
発行所　株式会社　早川書房

郵便番号一〇一－〇〇四六
東京都千代田区神田多町二ノ二
電話　〇三－三二五二－三一一一
振替　〇〇一六〇－三－四七七九九
https://www.hayakawa-online.co.jp

乱丁・落丁本は小社制作部宛お送り下さい。
送料小社負担にてお取りかえいたします。

印刷・株式会社精興社　製本・株式会社明光社
Printed and bound in Japan
ISBN978-4-15-130049-3 C0197

本書は活字が大きく読みやすい〈トールサイズ〉です。